講談社文庫

異人館(上)

白石一郎

講談社

異人館（上）・目次

異人館（上）

上海の月

一隻の蒸汽船が揚子江の河口にちかい呉淞口《ウースン》から西へ折れて川幅の狭い黄浦江《ホワンプー》を遡《さかのぼ》ってくる。

蒸汽船というより正確には蒸汽帆船と呼ぶべきだろう。

三本マストの合間に高い煙突が聳《そび》え立ち、船腹の両脇《りょうわき》に二つの外車輪をつけて回転させている。

外車輪は飛沫《しぶき》を避けるためカバーで覆われ、そのカバーにはP&Oと船会社の頭文字が大きく描かれてある。

P・Oラインと呼ばれている大英帝国の定期航路の蒸汽船だ。

もっとも大西洋の定期航路とは違い、ロンドンを発して東洋をめざしてくるP・Oラインは一直線に海を駆《か》けてくるというわけにはゆかない。

イギリスを船出してアレキサンドリアに達すると人も貨物も下船してラクダの背中に積み替えられ、スエズ地峡を三日がかりで踏破した上、紅海に待っている同じ会社の蒸汽船に再び乗り替えて東洋へ渡るという仕組みだ。

アフリカの喜望峰を回ってインド洋へ達する長い航海は、まだ帆船の面影を色濃く残した不細工な蒸汽帆船では荷が勝ちすぎた。

一八五九年（安政六年）四月——。

P・Oラインの定期船オリエンタル号は二ヵ月半に亘《わた》る長い航海を終えて、ようやく目的の中国大陸上海の港へ到着しようとしている。

蒸汽帆船なのでタグボートの川蒸汽に頼らず、煙突から黒煙を吐いて二十数キロの川をゆっくりと遡ってくる。

煙突の上部がくの字に曲がっているのはマストの帆を煙で汚さないための配慮だろうが、見た眼には恰好《かっこう》がわるい。

船は中型のバーク船だが、アメリカの新型クリッパーなどにくらべて甚《はなは》だしく見劣りがする。かつてイギリス東印度会社の帆船は性能がわるく事故が頻発《ひんぱつ》するので、棺桶船《かんおけぶね》などと悪口をいわれたものだが、お国柄なのか、蒸汽帆船にもその頃の面影は残っている。

オリエンタル号は両岸に青々と草が茂り、みすぼらしい人家が点在する川面をゆっくりと走り、やがて上海の港口に入った。

花崗岩《かこうがん》で建てられた白亜の城閣のような建物が見えてくる。イギリス、アメリカ、フランスなど各国の国旗が翻っているのは領事館だろう。

甲板に集まっていた乗船客達が右手を高くかざし、飛びあがって喜んでいる。自国の国旗に帽子を振りかざして挨拶《あいさつ》している者もいる。

時刻はもう黄昏《たそがれ》どきだった。

まだ明るさの消えぬ東の空に白い月がくっきりと浮かび出ていたが、気づく者はいない。明るい空にかかった白い月は、どことなく間が抜けて見える。しかも満月だ。

遠いイギリスから遥々《はるばる》と上海へ到着した乗船客達は、出迎えの小舟にわれ先に分乗し、外《ワイ》灘《タン》と呼ばれる租界地の海岸通りへ上陸してゆく。

昼間と違って清国人の苦力《クーリー》達の姿がないので、人通りは多くはない。

そこかしこに出迎えの西洋人の男女が佇《たたず》み、上陸する人々の中から知人の顔を見て走り寄り、肩を叩《たた》いたり抱擁し合ったりして、喜びの声をあげている。

海岸通りの北のはずれに倉庫群がある。蘇州《スーチヨウ》河が黄浦江へと流れ入る河口の一角で、正面通りからやや離れている。大小さまざまの倉庫には艀《はしけ》を横づけする桟橋が海へ向かって突き出していた。


一人の男が人の姿の絶えた桟橋の突端に両手で膝《ひざ》を抱える姿勢でうずくまっている。頭に茶褐色の布をターバンのように巻いていた。痩《や》せて頰《ほお》の肉が削《そ》げ落ちている。

男は東の空にかかる月を見ていた。宵闇《よいやみ》がうっすらと忍び寄るにつれ、淡い月の輪郭がくっきりとしてくる。それを見ている。

桟橋の板を踏んでくる足音がし、男は素早く振り返った。

鋭い眼だ。射るような視線で近づいてくる相手をみつめ、すっと立った。

左手に杖《つえ》を握っている。その柄に右手を添え、いつでも一撃を加える身がまえになった。

相手は距離を置いて立ち止まり、右手を顔の前にかざして、ひらひらと振った。

「心配するな。わしは昼間の喧嘩《けんか》の仕返しにきたわけではない」

裾長《すそなが》の寛衣をまとい碗帽《わんぼう》を弁髪の上に乗せた中年の男だった。

「お前も外灘《ワイタン》の苦力《クーリー》なら、わしの顔は知っているだろう」

笑顔で話しかけたが、若い男はにこりともしない。寄らば打ち据えるぞという姿勢のままだ。

「わしは黄小波、ここらで働く苦力《クーリー》達の差配人だ。名前ぐらいは覚えておくがいい」

ふっと視線をそらし、西洋人達が上陸してくる海岸通りへ眼を向けて、

「また禿鷹《はげたか》のような奴らがやってきた。洋鬼《ヤンクエイ》の数は増えるばかりだな」

男はこたえない。黄小波はかまわず桟橋の突端へ歩いてきて、板の上に腰をおろした。両足を海の上に垂らし、ぶらぶらさせながら、

「まあ座れよ」

背中を見せたまままいった。

「しかしお前は喧嘩の強い男だな。その杖で十人以上の苦力《クーリー》達を打ちのめした。あんな杖《じょう》術《じゅつ》は見たことがない。どこで覚えた」

　男は黄小波の背中をみつめて突っ立っている。

「座れよ」と振り向きもせずに黄小波は再びいった。

　若い男がためらいがちに黄小波と並んで腰をおろした。

「お前、名は何という」

「林大元」

　と男はこたえた。

「林か……どこの生まれだ」

　林大元はちょっと口ごもった。

「蘇州だ」

「ほう。蘇州では何をしていた」

「働いていた」

「何の商売かね」

「いろいろだ」

　黄小波は男の横顔を吟味するようにみつめ、うすら笑いした。

「お前、清国人ではないな。蘇州人ではないし、広東人でもない。福建人でも、そんな言葉は使わん」

林大元はむっとして口もとをひきしめた。

「マレー人だろ。一文なしでここへ出稼ぎにくるのはマレー人さ」

林大元はちらと黄を見返して黙って立ち上がった。

ゆっくりと歩み去ろうとする。

「おい、待てよ」

と黄小波は男の背中に声をかけ、自分も立ち上がった。

「お前の喧嘩っぷりには驚いた。変わった杖を持っているな。ちょっと見せてくれないか」

林大元は足をとめ、左手に持っていた杖を差しのべた。

黄はそれを手に取って見た。

二尺七、八寸はあろう。手垢《てあか》のせいか黒光りしていた。ずっしりと重い。

両手に横たえてしげしげと見ていた黄小波が、

「珍しい杖だ。杖ではなくて剣のようだな。そうだ、これは倭人の刀剣にそっくりだ。お前、ひょっとして……」

黄小波は眼を光らせた。

「日本人か」

林大元はうすら笑いした。白い歯が見えた。

「日本人？　ほんとか」

黄は身を乗り出し、顔を近づけた。

「おどろいたな。どうやってここへ来た。日本人はここらにはいないぞ。いやアメリカ商館で一人だけ見た。漂流して捕鯨船に助けられた船乗りだった。お前も船乗りか」

黄の早口が聞き取れないらしい。首をかしげた林大元は、手渡した木刀を取りあげ、黙って離れてゆこうとする。

「待て」と黄は追って肩を並べた。

「いっしょに夕飯でも喰《く》おうじゃないか。困ってるようなら仕事も寝ぐらも世話してやるよ。日本人なんてめったに会えないからな」

林大元は疑わしそうに黄を見ている。暗い孤独の翳《かげ》がにじみ出ている容貌《ようぼう》だ。

「さ、行こう」

黄小波は先に立って歩きだした。しばらくその背中を見送っていた林がゆっくりした足取りで後に従った。

黄小波の気安いが馴々《なれなれ》しくはない態度にしぜんと誘われたのだろう。

西洋人達が馬車や馬で闊歩《かっぽ》している海岸通りを避け、二人の男はイギリス租界の路地から路地を歩いた。

租界といっても裏通りには清国人の商店が多い。朱色や青の欄干のついた二階屋が並び、階下の店棚に薬種、骨董《こっとう》、菓子、古着などが置き並べてある。洋館ほど美麗ではないが、かなり大きな貿易商の屋敷もある。

清国人の男女が往来している。男は額を剃《そ》りあげ、頭頂の髪を編んで背中へ垂らした弁髪である。女は前髪を眼の上で切り揃《そろ》え、後ろ髪を束ねて編んでいる。

イギリス租界を抜けてフランス租界へ入ると間もなく上海城の城壁が見えてきた。西洋人達がやってくる前の上海の旧市街だ。方二里の区画が楕円《だえん》形状の城壁にすっぽり囲まれている。

濠《ほり》にめぐらした吊《つ》り橋を渡って老北門から城内に入ると、租界地にはない独特の臭気がむーんと立ちこめている。

狭い路地の到るところで物売りが路上に店を拡《ひろ》げていた。鳥獣の肉を焼いて売る者もあり、それを立ち喰いしている客もある。

夕餉《ゆうげ》どきなのでそばやうどんの類までも街路で煮炊きして売られている。

宵闇の中を夥《おびただ》しい男女が往来していた。提灯《ちょうちん》に火が灯《とも》り路上のカンテラが油煙をたなびかせている。

無言で歩いていた黄小波が、青い屋根の軒先に提灯を掛け並べた一軒の大きな建物の前で足をとめ、うしろを振り返った。建物の中から笛と胡弓《こきゅう》の音色が洩れて聞こえている。

林大元はちょっとためらっていた。ここが音曲を聞きながら食事をする高級料亭だと察したからだろう。

ふだん妓楼《ぎろう》や料亭には立ち入らない西洋人達もしばしば顔を見せるところだ。

「心配するな。わしの馴染《なじ》みの店だ。お前がどんな姿でも、追っ払われたりはせんよ」

黄は気おくれしている林を促し扉を押し開けて入った。

十二、三歳の少女がなかに佇《たたず》んでおり、黄に笑顔を見せ、先に立って二人を二階へ案内した。

階上は大広間だった。広間には大小の円卓がばら撒《ま》いたように置かれていた。まわりに客達が腰をかけ卓上に並んだ料理を喰べながら酒盃《しゅはい》を傾けている。相当な人数だ。

中央に円形の舞台があった。何本も腕をのばした青銅製三脚の燭台《しょくだい》二基が据えられ、舞台を明るく際立たせている。

客達の視線は中央の円形舞台に注がれていた。華麗な衣裳をまとい厚化粧した女達七、八人が舞っている。きらびやかな赤や青の袖を翻し、裳裾《もすそ》をひろげて円舞する女達。その女達の輪の中に地味な衣裳の男数人が座り、月琴を爪弾《つまび》き、笛を吹き、胡弓を鳴らしていた。

案内の少女が黄小波を広間の一隅の空席へ導く。林大元もためらいがちに席に着いた。

中央の舞台にくらべて客席はほの暗い。

卓上には洋灯《ランプ》が一つ置かれてある。

客が席に着くと同時に酒と盃《さかずき》をが運ばれてくる。

「わしの奢《おご》りだ。遠慮なくやってくれ」

と黄小波は盃をあげてみせた。料理の皿が次々と卓上に並ぶ。

林大元が小皿の料理を落ち着いて口に運ぶさまを、ちょっと意外な眼で見ていた。もっとがつがつ喰うかと思っていたのだろう。黄はあまり口を利かず、酒を飲みながら、もっぱら舞台を見ている。

女達の円舞はおわり、一人の女が佇み他は座っていた。

裾長《すそなが》の赤い衣服の上に白い紗《しゃ》の羽衣のような薄物をまとった女である。

白く塗り立てた頬に紅を刷《は》き、長く描いた眉《まゆ》、切れ長の大きな眼、ちょっと吊りあがった目尻《めじり》に隈取りがある。

胡弓のしらべとともに女が歌いはじめた。

かん高い声だ。その声が悲しげな胡弓の音に引き立てられてしだいに哀愁を帯びてくる。

黄は盃を置き、身を乗り出して舞台の女をみつめている。

林大元は黙々と喰っており、女の歌声がやみ、黄が椅子《いす》から立ち上がって手を叩《たた》くのに気づいて舞台を見た。

客席から盛大な拍手が湧《わ》き、女がそれに応えて笑顔で辞儀をしたとき、まるで拍手に迎えられるように入り口の扉があいて、二人の男が入ってきた。

肩幅の広いがっしりした体軀《たいく》の年配の男とひょろりと背の高い若い男だ。背広に蝶《ちょう》ネクタイ、シャツの上にチョッキを着た西洋人である。

二人は拍手の音におどろいて一瞬足をとめたが、舞台の女に気づき、笑顔になって案内される空席に座った。

「マッケンジーだ。連れは誰《だれ》かな」

と黄小波が男達を見てつぶやいた。

舞台の女はさらに二曲を歌い、再び女達の円舞がはじまった。

「どうだ、いい店だろう。料理も旨《うま》いし唄《うた》もいい」

と黄小波は黙々と喰う林に声をかけ、自分も箸《はし》を取って喰いはじめた。

舞台の演技が終わったのだろう、再び拍手が湧き、女達は華やかな衣裳のまま客席へおりてくる。

女達は客席の八方へ散り、円卓の客達に酒を注《つ》いで回りはじめた。

空いた椅子を引いて女を座らせ、うれしそうに話しかける男達もいる。

女たちの笑い声や嬌声《きょうせい》で、静かだった広間が賑《にぎ》やかになった。

黄小波の円卓にも空席があった。黄は箸を置いてそわそわし、女達を見ている。

ようやく青い衣裳の若い女が一人やってきた。女を自分の横の椅子に座らせ、酒の酌をさせながら、

「姐《ねえ》さんにここへくるように伝えてくれ。珍しい客を連れてきた」

と黄はいった。そして耳もとへ口を寄せて、何かささやいた。

若い女はびっくりした顔で向かい合った林大元をみつめ、それから林にもすすめて盃に酒を注ぐと、すぐに席を立って去っていった。

間もなくやってきたのは舞台で唄《うた》を歌っていた女だった。

黄はさっと席を立ち、椅子を引いて女を隣席に座らせた。

女は黙って林大元をみつめている。林も女をみつめ返した。

舞台の厚化粧のままなので、よくわからないが、尋常ではない美人だ。とくに長い睫毛《まつげ》といきいきした大きな瞳《ひとみ》が目立つ。

女は林大元から眼を離さずに顔を黄のほうへ傾けて、

「ほんとに日本人かしら」

と、小声できいた。

黄小波はつよくうなずき、

「この男が持っている杖は倭人の刀剣とそっくりです。この男がそれを使って埠頭《ふとう》の苦力《クーリー》達十人以上を叩《たた》きのめすのをわしは見ました。あんな杖術は見たことがない。日本人に違いないでしょう」

と小声で女にささやいた。そしてさらに声をひそめて、

「日本人なら小刀会の奴らに買収されることもない。言葉遣いがたどたどしいので、秘密を洩らすこともない。姐さんの用心棒には打ってつけです」

女は首をかしげ、

「私がたしかめましょう。あとで連れておいで」

とこたえ、すっと椅子から立ち上がった。

林とはひと言も口をきかないままだ。

去ってゆく女の背中を見送りながら、

「この店の女主人だ。わしらの仲間の頭目でな、名は翁青蓮《おうせいれん》という。どうだ、びっくりするような麗人だろう」

林は黙ってこたえない。

「さ、出よう」

といって黄は立ち上がった。

「姐さんの家へ行く。もし気に入られたら、お前は果報者さ」

広間を横切って扉へ向かいながら、黄小波は思いだしたように立ち止まり、客達の座る円卓の一つに歩み寄った。

翁青蓮の唄の途中で入ってきた西洋人の二人の男が座っている。

黄は頑丈な体軀の年配の男の前に立ち叉手《さしゅ》して一礼し、男は座ったまま笑顔で片手をあげた。

何やら話し合っている。黄が男の耳元に顔を寄せてささやくと、円卓の二人の男の視線が立っている林大元へそそがれた。

黄が手招きするので林大元は黄のそばへ歩み寄った。

「怡和《いわ》洋行（ジャーディン・マセソン商会）のマッケンジーさんだ。いずれ日本代理人として長崎へ赴任するそうだ」

林は黙って突っ立っている。聞き取れないのか、もしくは意味がわからないらしい。

マッケンジーは青い瞳で林大元をみつめた。頰から顎《あご》、鼻下にもひげをたくわえている。ひげには白いものがまじっていた。

「上海に日本人がいるはずがない。うそだろう」

とマッケンジーは林に問いかけた。達者な中国語だ。林は青い瞳を見返して、何もいわない。

マッケンジーは連れの若い西洋人に向かって早口の英語で何かしゃべり、黄と林の二人を指差した。

若い西洋人はうなずいて椅子から立ち上がり、円卓ごしに黄小波に右手を差しのべた。黄小波がちょっと体を乗り出して右手で男の手を取った。

「トーマス・ブレーク・グラバーです」

と若い男は名乗って黄と林の双方に笑顔を見せた。

茶色の頭髪を中央できれいに分けて撫《な》でつけている。

瞳は鳶色《とびいろ》で鼻下に八の字ひげを生やしていた。背丈がひょろりと高いが顔もほっそりして若々しい。

男は林大元へも握手の手をのばした。つられたように林も右手を出した。

「トーマス・グラバーは今日、P・Oラインの定期船でイギリスから上海へきたばかりなんだ。若い有望な商人だよ。黄さん、よろしく頼む」

とマッケンジーは笑顔で黄にいった。

黄はにこやかに若い男をみつめて、何度もうなずいた。


黄と林は間もなく料亭の外へ出た。

宵闇が濃くたれこめている。提灯を手にした人々が暗い街路を往来していた。

「マッケンジーは怡和《いわ》洋行の厄介者さ。洋鬼《ヤンクエイ》にしてはましな男だが、融通のきかぬ石頭だ。それで日本なんぞへ追い払われるんだろ」

と歩きながら黄小波はいった。

夜空の月が淡い棚雲に蔽《おお》われて見え隠れしている。

黄小波は料亭から借りた提灯を手にして早足で歩く。林はそのあとを追って、二人は城壁の北門から城外へ出ると、外灘《ワイタン》の大通りへ向かった。人影もまばらな大通りを横切り黄浦江の岸辺へ出る。

そこかしこに突き出した桟橋の周囲には蛋船《たんせん》と呼ばれる家船が舫《もや》われ、かぼそい明かりが漏れている。

黄は桟橋の一つの踏み板を渡り、突端に佇むと、左手の提灯を右に持ちかえ、頭上に高くかざして輪を描くように回した。

櫂《かい》を操る水音がして、一艘《そう》の小舟が漕《こ》ぎ寄せてきた。

黄は林を促して舟に乗り移った。無口だった林が怪しんで、

「どこへ?」

と聞くと、

「翁青蓮《おうせいれん》の家だ」

と黄はこたえた。外灘《ワイタン》の対岸に浦東《プートン》地区があり、各国領事館の別荘や商会、石炭貯蔵庫などが建ち並んでいる。清国人の屋敷も少なくない。

しかし対岸へ向かうと見えた小舟は川幅の広い蘇州河の河口付近へ漕ぎ進んだ。

蒸汽船やジャンクなどの大船は川の中央に錨《いかり》をおろしている。

この頃、大船を横づけできる桟橋はないので、船の乗客の上陸はすべて艀《はしけ》を利用してい

た。

小舟は一隻の大きなジャンクの船腹に漕ぎ寄せた。

黄が右手の提灯をかざして左右へ振ると、舷側に人影が現れ、縄梯子《なわばしご》がおりてきた。

黄が縄梯子を這《は》い登り、振り返って林に早くこいと促した。

船上に三、四人の男達がいて黄と短い挨拶《あいさつ》をかわし、一人が船尾の高楼へ案内した。

扉を開けて入ると、なかは豪奢《ごうしゃ》な住居につくられていた。天井がやや低いのは二階づくりになっているせいらしい。

華やかな色模様のじゅうたんが床に敷きつめられ、天井も壁も落ち着いた色で彩られてある。紗《しゃ》の垂れ幕が掛かっているので部屋のなかはよく見えなかった。

黄小波が階段を昇って二階へ林を案内した。

客間らしい。堆朱《ついしゅ》の大きな卓子が厚いじゅうたんの上に据えられ、同じ堆朱の椅子が卓子を囲んで置かれてある。

燭台の火がほの暗く室内を照らしていた。

黄小波は椅子を引いて座り、林にもすすめて座らせた。

「おどろいた顔だな。階下が青蓮姐さんの住居《すまい》だ。姐さんに限らずわしらの屋敷は船だ。地上に別荘があるが、仮住居にすぎん。地上ではいつ敵に襲われるかしれぬが、船は安全だからな」

と、黄小波は笑っていった。

船が揺れている。船尾が高楼なので静かな川面でも、ゆらゆらと左右へ揺れる。

林大元は珍しそうに室内の天井や壁を眺めていた。

「お前、ほんとに日本人なら、やっぱり船乗りだな。どこへ漂流した」

と黄小波が林に聞いた。林は黄の顔をみつめ、首を横に振った。

「船乗りではないのか」

林大元はうなずき、

「漂流したのではない。日本からジャンクに乗ってきた」

「やっぱり日本人だな。わしのにらんだ眼に間違いはないということだ。日本人ならそれでよい。お前が何者で日本のどこからきたのか、そんなことは姐さんが聞いてくれるだろ」

黄は相手が日本人だと確かめて安心したようだった。自分の見当外れだとすれば、顔が立たないと思っていたらしい。

「水夫設教のことは聞いたことがあるだろう」

と黄は話を変えた。林は首をかしげている。

「安清幇《アンチンパン》はどうだ」

林がけげんな顔をしているのを見て、

「そうか。何も知らんのだなお前は」

と黄はつぶやき、椅子から立ち上がって部屋の隅へ行き、硯箱《すずりばこ》と紙束を携えて戻ってきた。

林は黄の書く字をのぞきこんだ。

硯箱のふたをひらき、一本の筆を手に取ると、机上に置いた紙に字を書く。

——水夫設教

という四文字が見えた。

「わしらの仲間の結社の名だ。この字が読めるか」

林がうなずいた。

「意味はわかるか」

ちょっと林は思案し、首を横に振った。

「水夫や沖仲士、運送業者などが集まった秘密結社だ。水夫は船に乗れば一蓮托生《いちれんたくしょう》、生きるも死ぬも一緒だ。船乗りが団結した集団なので、わしらの仲間は水夫設教と呼ばれている。長江沿岸一帯はもちろん、北京へ到るあらゆる地方の運河は水夫設教の勢力下にある。お前などには想像もつかぬ人数だぞ」

黄は得意そうに胸を反らせた。

「この上海には小刀会、長髪賊などの秘密結社は多いが、少なくとも海上と港はわしらがにらみをきかせている。船も同じだ。しかし近頃は小刀会が幅をきかせて、波止場の苦力《クーリー》達の中には奴らの仲間が増えてきた。お前が今朝、喧嘩をした相手は小刀会の連中だ。奴らは執念深い。明日にもお前を探して殺しにくるだろう。それを心配して、わしはお前を助けてやろうと思ったのだ。お前、わしらの結社に入れ」

林大元は黙って黄小波の話を聞いている。水夫設教だの小刀会だのといわれても、よく判らない表情だった。

中国には秘密結社が多い。とくに長髪賊と呼ばれる拝上帝会の結社が太平天国の国号を唱えて清朝に反乱を起こし、南京を占領して以来、上海を含めた江南地方にはあらゆる秘密結社が入り乱れている。

もっとも清朝政府はすべての結社を禁じているので、特定のグループが生まれれば、それは全部秘密結社となってしまう。

水夫設教はそれらの結社のなかでも、ひときわ巨大な組織だった。海上や運河を問わず水上生活にかかわる者達が、こぞって参加している。社員は北京から江南までほぼ全土に散在するが、その中心地は杭州にあるといわれていた。

杭州の銭氏、翁氏、潘《はん》氏が三大頭目と呼ばれ、全社員がそのいずれかに属している。清朝政府は水夫設教を警戒して弾圧するので、このグループは表向き、

——安清幇《アンチンパン》

と自称することもあった。のちの中国マフィア清幇《チンパン》の母体がこれである。

「青蓮姐さんの父親は杭州の翁氏の一族で、数十隻の貿易船を擁する大船主だった。この人がわしらの頭目だったが、六年前に小刀会の奴らが上海城を占領したさい、奴らとの抗争で死んでしまった。この頭目は貿易船を仕立てて何度か日本の長崎へ行ったことがある。わしも頭目から日本の話はよく聞いた。お前は運のよい男だ。わしも青蓮姐さんも日本人には好意を持っている。とくに姐さんは死んだ父親からさんざん話を聞かされている。お前、気に入られたかったら、姐さんには何でも正直にこたえるんだぞ。わるいようにはなさらんだろう」

階下で足音がし、人声が聞こえた。

「帰ってきなさった、姐さんだ」

と黄小波が階下の気配に耳を傾けた。

林大元は緊張した顔で、水夫設教の女頭目がやってくるのを待った。

しばらく待っても翁青蓮《おうせいれん》はあらわれない。

黄のほうが待ちかねて椅子から立ち上がり、階下をのぞき、足音を殺して階段を降りていった。間もなく階上へ戻ってくると、黄は林に向かって肩をすくめてみせた。

「風呂に入ってるらしい。女の長風呂だ。いつになるかわからんぞ」

ふーっと溜《た》め息をついて椅子に腰をかけたとき、階下から階段を踏んでくる軽い足音が聞こえた。

上衣も白、下衣も白の男のような身なりの翁青蓮があがってきた。

料亭で見た厚化粧を洗い落とし、素顔のままだった。

林は翁青蓮を見て首をかしげた。料亭で見た歌姫とは別人かと思ったのだ。

舞台では背が高く見えたが、それほどでもない。身なりのせいか美少年があらわれたような印象だ。

青蓮はきびきびした動作で卓子の椅子を引いて座り、真正面から林をみつめる。

「林大元といったね。日本人なら本当の名は何というの」

長い睫毛《まつげ》が音を立てるような瞳だった。大きくて鋭い。

林はしばらくためらったあと、

「山村」

とこたえた。

「山村大二郎といいます」

「ダイジロ？」

くすっと青蓮は笑った。黄小波が素早く紙と筆を林に手渡した。

林は筆を取って日本名を書いた。

黄がその紙を青蓮に回した。黙って字を見ていた青蓮が顔をあげて相手をみつめ、

「サムライ？」

と聞いた。

山村大二郎はちょっと迷う表情をしたが、うなずいた。

「昔はそうだ。しかし今は……」

と言いながら大二郎は頭に巻いた茶褐色の布をゆっくりと解いた。

剃《そ》りあげた坊主頭があらわれた。

注目していた黄と青蓮が顔を見合わせ、

「お前、仏僧か」

と黄が聞いた。

「そうだ」

「蘇州からきたといったな。蘇州のどこの寺にいた」

「それはいえぬ。いろいろな寺を転々としていた」

「日本人はここへは来られないはずだよ。いつ頃、どうやって来たの」

と青蓮が黒い瞳を好奇心でいきいきと光らせた。

「長崎から唐船に乗って密航してきたのは一昨年の夏だ」

「一昨年……日本人は異国へ渡ると死刑になると、死んだ父が言っていた。何のために清国へやってきたの」

「それは……」

と山村大二郎は口ごもった。

「日本には住めない事情があった。長崎の寺の住職にすすめられ、仏道修行の志もあって、唐船に乗り組んで上海へ渡ってきた」

「長崎の寺の名は」

と青蓮が身を乗り出して聞いた。

大二郎のこたえが聞き取れないのか、青蓮は手もとの紙を手渡し、字を書けといった。大二郎は筆をとって寺の名を自分の名前の横に書いた。

――崇福寺
青蓮は山村大二郎の書いた寺の名を見て、あらと小さく叫び、

「この寺は知っている」

といった。

「赤い門のある僧院でしょ。むかし福建省の船主達がつくったのよ。私の父も仏塔を寄進したといっていた」

「お父上は何度も日本へ参られたのですか」

そう、と青蓮はうなずいて大二郎をみつめた。

「あなたは崇福寺の仏僧だったの」

「はい。但《ただ》し半年ばかりですが」

「どうして清国へやってきたの」

「だから、それは……」

「国には住めなくなったと言ったわね」

「はい」

「どうして」

青蓮は艶《つや》のある黒い眼で、あくまで問いかけてくる。

「人を殺したからです」

と、大二郎は開き直ってこたえた。

「仏僧でしょ。清国の仏僧は生きものを殺さない。なぜ？」

「人を殺したから仏僧になったのです。それまでは仏僧ではなかった」

青蓮は男から眼を離さず、ふーんとうなずいた。

「蘇州の僧院へ修行にきたのね」

「はい」

「どうして僧院を出て上海へきたの」

「それは……」

と大二郎は問いつめられて渋い顔をした。

「ひと口には言えない。この国の寺には正師と仰ぐほどの僧がいなかった。国が乱れて、修行どころではないと僧達が嘆いている。ろくに経も読めない僧もいて、私は失望した。それで……」

「日本へ帰ろうと思ったのね」

「いや」

と山村大二郎は首を横に振った。

「日本へは戻れない。便船を得て、福建省へ渡ろうと思った」

「渡ってどうするの」

「高僧のいる僧院を探して、帰依したいと思った」

黙って聞いていた黄小波が笑い声をあげた。

「そんな坊主がいるわけはない。今は太平天国の世の中だ。帰依したいのなら、拝上帝会の洪秀全《こうしゅうぜん》のところへでも行くんだな。キリスト教だぞ」

青蓮がきつい眼で黄をにらみ、

「お黙り」

といった。

「この男は本気だよ。人の信心を茶化してはいけない」

黄は笑顔を消した。

「でも黄のいう通り、どこへ行っても無駄かもしれない。この国は今はそれどころではないのよ。戦争ばかりだからねえ」

翁青蓮は溜《た》め息をついて、じっと大二郎をみつめる。いきいきして艶っぽい眼の色だ。大二郎が視線をそらした。

「ダイジロ、あなた日本へ帰りなさい。清国にいても今は駄目。長崎の崇福寺に戻りなさい」

山村大二郎は苦笑して、

「帰れば私は死罪になる。そればかりではなく私の密航を助けてくれた崇福寺の住職や唐人船頭にも迷惑がかかる。いちど国を離れたら二度と戻れないのが日本の国法です」

「それは違う。それはもう昔の話」

と口を挟んだのは黄小波だ。

「日本は昨年アメリカやイギリスと条約を結んだ。発効すれば、昔の国法はパーになるよ。日本人も外国への出入りが自由になるさ」

「信じられぬ。日本には鎖国の祖法がある。外国人と条約など結ぶはずはないし、そんなことはできもせぬ」

と山村大二郎が黄にこたえた。

黄は肩をすくめせせら笑って、

「洋鬼《ヤンクエイ》たちが黙って引っ込むと思うかね。条約を拒めば二十年前の清国と同じ目にあう。アヘン戦争を知っているだろ。あれと同じさ」

「日本は……」

清国とは違うと言いかけて、山村大二郎は口をつぐんだ。

大二郎はこの国へきてあまりにも多くのものを見た。とくに上海の港へ集まる夥《おびただ》しい洋鬼《ヤンクエイ》達の船、船に搭載した大砲、上陸してくる兵士達を見た。

外灘《ワイタン》をわがもの顔に往来する洋鬼《ヤンクエイ》達の清国人とは桁《けた》外れの財力も見た。洋鬼《ヤンクエイ》達は活気に溢《あふ》れ、自信に満ちている。

「条約の発効はもう間近だと洋鬼《ヤンクエイ》達は言っている。げんに怡《い》和《わ》洋行のマッケンジーなどは日本の長崎代理人として、今年は長崎で支店をかまえる準備をしている。旗昌洋行、沙遜《しゃそん》洋行などもみなそうだ。そうなれば日本もいまの清国と同じさ。奴らと戦争して勝てるわけはないからな」

山村大二郎は唇をかたく結んだまま黙っている。黄の言葉に承服したわけではなく、仕方なく聞いている表情だった。

「条約が発効したら、あなたは日本へ帰りなさい」

と翁青蓮がいった。やさしい口調だった。

「それまでは私が面倒を見てあげよう。どうせろくな仕事も寝ぐらもないんでしょ。ここに寝泊まりして、私の用心棒をつとめなさい。言っておくけど楽な仕事じゃないわよ。つい先日、用心棒の一人が殺されたばかりなの。あんた、ちょうどいい時にきたわね」

「姐さんはお前が気に入ったようだ」

青蓮が階下へ去ると黄はいった。

「死んだ頭目の父親が日本人びいきだった。そのせいだろう」

大二郎は椅子から立ち、黄に向かって深々と辞儀をした。

じっさい決まった職もなく、寝泊まりする場所もなく途方にくれていたのである。

上海へやってきてまだ五日とはたっていなかった。仕事ほしさに外灘《ワイタン》の波止場の苦力達《クーリー》にまぎれ込み、働きはじめたところを見咎《みとが》められて、十数人の苦力達《クーリー》と乱闘する破目になったのだった。

階段をのぼってくる足音がして一人の男が姿を見せた。

つかつかと大二郎の前に寄ってきて、

「お前か、日本人というのは」

黒く陽灼《ひや》けして大きな男だった。肩や腕、胸板などが隆々としている。左頬に刀傷のような傷跡が目立つ。

「周三官、姐さんの片腕の小頭目で、この船の船頭だ。わしも周と同じ小頭目さ」

と黄が男を紹介した。

大男は立ったまま大二郎を見おろし、左手をのばして、相手の顎へ手をかけ、顔を上向かせようとした。

ぱしっとその手を払いのけ、大二郎が椅子から立った。その鳩尾《みぞおち》をめがけて周三官は右の拳を叩き込んできた。

見ていた黄小波にはどうなったのかよくわからない。

大二郎が周の拳をかわし、体をひらいて空に泳がせたのは見た。

膝もとにあった大二郎の木刀が一閃《いっせん》し、前のめりにたたらを踏む周三官の突き出した右腕を打ち据える、その一瞬の動きは眼にもとまらなかった。

うっと呻《うめ》いて左手で右腕を押さえた周はゆっくりと振り返り、

「やるじゃないか」

と唇をゆがめて笑った。

「その杖を見せてみろ」

油断なく振りかざしていた木刀を、黄に促されて、大二郎は周に手渡した。

「ほう、倭寇《わこう》の刀と同じ形だ。やっぱり日本人らしいな」

「ダイジロというんだ」

と黄が周三官にいった。

「死んだ用心棒のかわりに姐さんが雇うことになった。面倒を見てやってくれ」

「それは姐さんに聞いた。いいだろう」

と周はうなずいて木刀を大二郎に手渡すと、

「ついてこい。寝ぐらに案内する」

と階段をおりてゆく。大二郎はそのあとに従った。

大型ジャンクには三つの居住区がある。高い船尾楼、中央の厨房、船首楼である。船首楼は屋根が低く、みすぼらしく見える。大二郎が案内されたのは船首楼のなかの一室だった。真ん中に通路があり両側にいくつかの扉が並んで見えた。船首楼のなかは水夫達の住む小部屋になっているらしい。

その扉の一つを押しあけ、周三官は大二郎に顎をしゃくった。

「お前の部屋だ。ここに寝るがいい」

蚕棚を思わせる狭い部屋だった。木製の寝台が置かれ、脇に枕頭台《ちんとう》がある。台上には水を入れる瓶と碗《わん》が二つ三つ置いてあった。壁には衫《シャン》と呼ばれる短衣が二つ釘にぶらさがっており、碗帽も一つある。

どれも色褪《あ》せていて、この部屋で寝泊まりしていた男の暮らしの臭《にお》いがこもっていた。

周三官が去るのを待ち、山村大二郎は一つだけある窓をあけた。

静かな波音とともに風が入ってくる。

大二郎は寝台に腰をおろし、しばらく俯《うつむ》いて波音を聞いていた。

黄小波と青蓮の話が耳に消え残っている。

「日本は開国したのだろうか」


山村大二郎は九州の豊後岡藩の家臣だった。岡藩は七万石、草深い竹田の岡城に拠る小藩である。山村家は藩主中川氏の譜代の家臣で六十石を給されていた。

大二郎が竹田を出奔した安政三年ごろは、この小藩も全国諸藩と同じように勤皇攘夷、佐幕開国で藩論が揺れ、紛争が絶えなかった。

大二郎は勤皇攘夷の急先鋒の一人で、従兄《いとこ》にあたる佐幕派の山村国介と口論のあげく、互いに日時を定めて決闘し、斬《き》ってしまった。山村国介は同じ山村家の本家にあたり、藩内でも有為の人物だった。

国介を斬殺《ざんさつ》してしまった大二郎は実兄が住職をつとめる寺へ駆け込み、決闘のいきさつを告げ、庭を借りて切腹するつもりだった。それを押しとどめた実兄は、病弱のため家督を大二郎に譲り、遠い縁戚の寺に出家した男である。

「大二郎、何歳になった」

と元武士の僧は弟をみつめ、十九歳だという答えを聞くと、妙なことをいった。

「お前が二十歳ならここで切腹させもしよう。十九歳では死なせるわけにはゆかぬ。大二郎、長崎へ逃げよ」

「長崎？」

「同門の唐寺の和尚へ手紙を書く。わしの書状を携えて崇福寺を頼れ」

死ぬ気だった大二郎は兄に叱咤《しった》されて故郷を離れ、思いもよらぬ土地へ逃れた。

長崎崇福寺の住職は六十歳に近い兀庵益兀《ごったんえきこつ》和尚だった。兄とこの和尚の仲がどれほど親しかったのか、大二郎は知らない。

赤寺と呼ばれる唐人寺で、大二郎はおよそ半年を過ごした。仕事は僧達の台所方をつとめる典座《てんぞ》職の下働きである。たまには市中へ食糧を買いに出た。ある日、大二郎は和尚に呼ばれた。

「岡藩からお前を差し出せと申し込んできた。かばい通せぬ。お前は唐国へ渡れ」

兀庵和尚がどんな手を打ったのか仔細《しさい》は知らない。

僅《わず》か半月後の安政四年夏、山村大二郎は清国の上海へ向かう唐船に乗り組んでいた。

僧衣ではなくて唐人水夫の姿である。

船が長崎の港を離れて真っ青な海の広がる東シナ海へと乗り出したとき、大二郎は甲板のてすりにもたれ、茫然《ぼうぜん》として遠ざかる山々を見ていた。

「心配ない。もう大丈夫ね」

唐船頭は鼻下に八の字ひげを生やした中年の男だった。

「兀庵和尚はむりをいう人ね。ときどきむりを頼まれる。あんたが三人め」

船頭の口振りでは清国へ密航する日本人は今や、さほど珍しくないらしい。

そういえば出港のさいの人別改めは拍子抜けするほど簡単だった。

鎖国の祖法は崩れはじめていたらしい。

長崎を出て七日目に上海に着き、大二郎は安宿に一泊し、蘇州へ向かった。

手荷物といっても僅かなもの。和尚からもらった銅銭一貫文と護身用に携えてきた木刀一本、他は崇福寺で着ていた僧衣二、三着である。

陸を歩き、ときには運河を往《ゆ》く小船に乗って三日目に蘇州に着いた。

和尚が紹介してくれた寺は蘇州の北辺に建つ普済禅院である。

住職は二、三泊を許してくれたが、大二郎の入門を認めず、他の小寺へ回された。

どの寺院も閑散として僧の姿は少なく、本堂はともかくとして無人の僧房は荒れ、庭は雑草に蔽《おお》われていた。

太平天国軍が南京を占領して以来、蘇州の人々は戦火をおそれ、裕福な商人や文人墨客などはこぞって上海へ避難しはじめていた。

寺へ参ったり、布施や寄進を申し出る奇特な信者は殆《ほとん》どなかった。

一年余の間、大二郎は寺から寺を転々と回された。

知り合った僧達の多くは寺にしばしの宿を借りる者達で、真摯《しんし》に仏道修行を志しているとは思えなかった。

住職にしても寺を維持するのに精一杯で、なかには商人まがいの物品売買を日常とする者もいて、正師と仰ぐほどの人にはめぐりあえない。

山村大二郎は真剣に仏道修行を望んでいた。従兄と決闘して斬殺した上、それが思わぬ縁となって清国へまで渡海してきた不思議さは、仏縁以外の何ものでもないと信じていた。

「蘇州は駄目だ。福建省へ行こう」

思い立ったのは突然だったが、長いあいだ考え抜いてきた末のように感じて、その日、山村大二郎は迷わず蘇州の寺の山門を出て、上海への道を歩きはじめていた。思えばそれが十日足らず前のことなのである。

蘇州を出て以来の疲れが、やはり溜まっていたのだろう。

翌朝、扉を叩く音で大二郎はようやく眼ざめた。

「いつまで寝ている。飯だ」

周三官が入ってきて、手にしたものを寝台の上に拋《ほう》った。

「それをきて厨房にこい。飯を喰ったら姐さんの御供をしろ」

寝台の上に置かれたのは衣類だった。ねずみ色の衫《シャン》と褲子《クーズ》、短衣と股引《ももひき》である。茶色の碗帽と衫《シャン》の上から巻く帯が添えてあった。

大二郎は衣類を身につけ木刀を左手に携えて厨房に向かった。

船の中央にある大きな厨房は食堂を兼ねており、十数人の水夫達が長い卓子を囲んで朝食を取っていた。

周三官が右手をあげて手招きをし、大二郎を自分の隣席に座らせてくれた。

水夫達が私語をやめ、いっせいに大二郎に注目した。

「日本人のダイジロだ」

と三官は全員に告げた。

「頭目の用心棒をつとめる。仲間に入れてやれ」

「ほんとに日本人か。清国人と同じ顔じゃないか」

といった者がいる。

「日本人だ。わしが確かめた。こいつは倭寇《わこう》の剣を使う」

三官は大二郎が膝もとに立てかけた木刀を取り、横に握って差しのべて見せた。

一人が手をのばして木刀を取り、しげしげと見て次へ回す。木刀はみんなの間をひと回りして、大二郎の手に戻った。

「陳哲文」

と三官が名指して呼ぶと一人の男が椅子から立ち上がった。

大二郎が与えられた衣服とそっくり同じものを着ている。思わず見惚《みほ》れるほど綺麗《きれい》な顔の男だった。色は白く鼻は高く、眼もとが涼しい。背も高くて大柄だ。

「お前の部下につける。面倒を見てやれ」

陳哲文は大二郎へ視線を向け、笑顔を見せてうなずいた。

自分と同じくらいの年齢だろうと大二郎は思い、立ち上がって低頭した。

みんなが賑やかに食事に戻った。

「食えよ」

と三官にすすめられ、卓子の上に並んだ大皿から長い箸で料理を小皿に取り分けた。

鶏肉と野菜の煮物、炒《いた》めた米飯、澄まし汁と皿数は多くないが、たっぷりの量がある。

大二郎は米飯を口に運びながら、ふっと涙ぐみそうになった。蘇州を飛び出して以来、殆ど何も喰えなかった日々を思いだしたのだ。

朝食がすむと水夫達は厨房から去り、陳哲文と大二郎の二人だけが残った。

陳は大二郎の隣へ移ってきて、

「やあ」と白い歯を見せた。

色白の顔の艶がよく睫毛の長い黒い瞳が澄んで見える。

「おれは陳哲文、北京の生まれだ」

「北京……」

清国の首都である。

「といっても運河の水夫さ。北京で姐さんに拾われたんだ」

大二郎も改めて名乗った。

「姐さんの用心棒は四人だが一人は殺されて今は三人だ。お前を加えて四人に戻った。二人ずつ組んで、交替で仕事をする」

と陳はつづけた。言葉は江南語を使うので、聞き取りやすい。

「仕事は危険だ。頭目はいくつもの秘密結社の連中に狙われている。姐さんが陸地の別荘に住まず、船で暮らしているのはそのせいだ。しかしこの船だって真夜中に襲撃してくる連中もいる」

「小刀会か」

と黄の話を思いだして大二郎が聞いた。

「長髪賊、小刀会、天地会、三合会、うじゃうじゃと敵はいる。お前も知っているだろうが洋鬼《ヤンクエイ》どもが乗り込んできて、清国は滅茶苦茶になった。誰が敵で誰が味方か、それすら判らん。結束のかたい水夫設教も、じつはばらばらだ」

大二郎は蘇州の僧院にいたが、俗塵《ぞくじん》を離れた寺住まいでも、この国の四分五裂といった混乱ぶりは、それとなく肌で感じていた。民衆の暮らしの貧しさも日本の比ではない。

炊夫役の少年が二人を呼びにきた。

「おれたち二人が組になって御供をするんだ。行こう」

と陳が立ち上がり、大二郎はあとに従った。

船尾楼の戸が開いて翁青蓮《おうせいれん》が出てきたところだった。青色の長衣をまとい顔に薄化粧している。前髪を額で切り揃《そろ》え、後ろ髪は束ねて高く結い、きらめくかんざしを挿している。両の耳に金の環が光っていた。

舷側から降ろされていた艀《はしけ》に陳が先に乗り移り、次に青蓮、さいごに大二郎が乗った。

濁った茶色の川面に夥しい艀が往来している。果物や野菜を満載して船から船へと漕ぎ回る小舟も多い。

川面には大小の帆船、蒸汽帆船が裸の帆柱を林立させていた。

檣頭《しょうとう》の国旗は色どりも紋様もさまざまで、ありとあらゆる国の船が集まっている。

青蓮の乗った艀は船と船の間を縫い、他の艀と船べりを接して擦れ違いながら、陸をめざす。めざしているのは洋館の聳《そび》え立つ外灘《ワイタン》ではなく、その対岸の浦東《プートン》地区のようだった。

商館や倉庫、石炭貯蔵庫などが点在する浦東地区の海岸の桟橋に、黄小波がひとり佇んでいた。

走り寄ってきて艀を迎え、手をのばし翁青蓮の上陸を助ける。

「一応の話はつけておきました。しかし奴らは一箱八百ドルと吹っかけてきます。商談は姐さんにお願いします」

「元値は二百ドルなんだよ。こっちも判ってるんだから」

と青蓮は唇をゆがめていった。

話しながら歩く二人のあとを陳と大二郎が追ってゆく。

対岸の外灘《ワイタン》にくらべて殺風景な土地だ。ジャンク用の小船渠《ドック》が岸壁に並んでいる。鋳物工場や煉瓦《れんが》工場の煙突が目立つ。

しばらく歩くと緑の草地の中に洋館が建ち並ぶ一角があった。

青蓮と黄はその洋館の一つの門をくぐった。怡和《いわ》洋行と扁額《へんがく》が掛かっている。ひときわ大きな建物である。

買弁《ばいべん》（仲介人）らしい清国人が玄関にあらわれて一行を階上に案内する。二階の一室の扉の前で陳と大二郎は入室を拒まれ、別室で待つようにいわれた。

長方形の卓子と椅子のほか、何もない小部屋だった。三方が壁で一方に窓がある。陳と大二郎は窓ぎわに立って外を眺めた。

緑色の田畑が広がっている。耕されていない草地のほうが多い。そこに点々と家が建っていた。

「あれは姐さんの別荘だ」

と青瓦《あおがわら》の一軒を指差して陳がいった。

「その向こうを見ろ。わしら水夫の仲間達の墓地だ」

そういえば雑草の生い茂る中に墓石の立ち並ぶ一隅がある。

「みんな無縁仏さ」

陳は窓ぎわをはなれて卓子の椅子に腰をおろし、装飾もない天井や壁を見回した。

「ここは洋行のなかでもいちばんんたちの悪い商館だ。密輸されるアヘンの三分の一はこの怡《い》和《わ》洋行が扱っている」

大二郎も椅子を引いて座った。

「お前、アヘンを吸ったことはあるか」

「いや」

「いちど吸わせてやろう。羽化登仙の気分とはあのことだ。この世の中のことはどうでもよくなる。仕事も親兄弟も、自分の命も、何でもどうでもよくなるんだ」

大二郎は黙ってうなずいた。アヘンは上海ばかりではなく蘇州にもゆきわたっており、アヘン中毒の男女はしばしば見ていた。

「お前、清国をどう思うか」

とつぜん聞かれて大二郎は返答に迷った。

「どうしようもない国だと驚いたろう。長髪賊は反乱を起こすし、天地会などの秘密結社は暗躍する。貧乏人は路上でのたれ死にする一方で、悪党の金持ちたちは肥《こ》え太るばかりだ。

いいところは一つもない」

女のような美貌の陳哲文の口から激しい言葉がつむぎ出されるのに大二郎はおどろいた。

「清国も昔はこれほどひどくはなかった。こんな国になったのは洋鬼《ヤンクエイ》達がやってきてからだ。お前の国の日本も洋鬼《ヤンクエイ》におどされて貿易をはじめることになったらしいな」

「いや、それは知らぬ」

と大二郎はこたえた。

「わしが国を出た頃には、そんな気配はなかった。二年前だが、その頃は日本人の多くが、西洋人との貿易に反対していた」

「二年もたてば、国も変わるさ。洋鬼《ヤンクエイ》はそんなにのんびりしていないからな」

「そうだろうか」

「奴らのやり口は判っている。とつぜん軍艦を連ねて港にきて、大砲を市街地に向け、貿易か戦争か二つに一つ。どちらかを選べと、こういうのさ」

今から六年前、日本暦の嘉永六年、アメリカのペリー提督が四隻の黒船を率いて江戸湾浦賀沖に入ってきたときの日本中の大騒ぎを大二郎は思い出した。九州の小藩の岡藩でも、すわ戦争かと色めきたったものだ。

「お前の国もいまに清国と同じようになる。国中が四分五裂、あっという間だぞ」

この男、何者かと大二郎はいぶかる思いで陳をみつめた。

陳は口をつぐみ、窓外へ眼をやって、

「おそいな」

といった。

「どうせアヘンの取引だろ。姐さんがいくらねばっても、奴らが値引きするもんか」

吐いて捨てるような口ぶりだった。よほど西洋人が嫌いらしい。

そのとき部屋の扉があいて、黄小波が顔をのぞかせた。

「ダイジロ、ちょっとこい」

と黄は手招きする。

「西洋人がお前に会いたいと言っている。顔を貸せ」

大二郎は立ち上がり、黄に従って別室に赴いた。

天井も壁も装飾がほどこされ、床にはペルシャじゅうたんを敷きつめた豪奢《ごうしゃ》な応接間だった。

机を挟んで洋風の肘掛け椅子が並び、正面に西洋人がふたり座っている。

大二郎に見覚えがあったのは当然だろう。昨夜、料亭で会ったばかりのイギリス人だった。

顔半分ひげに蔽われた青い瞳の男が立ち上がり、

「ケネス・ロス・マッケンジーだ」

と大二郎に右手を差しのべた。もう一人の若いイギリス人は微笑して大二郎をみつめている。座ったままだ。

「マッケンジーさんは六月に日本へ赴任するそうだ」

と黄が大二郎にいった。

「ついてはお前を通訳として雇い、日本へ連れて行きたいといっている」

「まあ座ってくれ」

とマッケンジーは流暢《りゅうちょう》な清国語で椅子を指差した。大二郎は黄の横に腰かけた。

「私はこの一月、日本の長崎へ行ってきた。仕事の調査にいったのだが、長崎ではわれわれを迎える準備がまだできていない。それはよいとして、イギリス語を理解する日本人通訳が全くいない。せめて清国語をしゃべる日本人を雇いたいが、それもきわめて少ない。あんたは私と同じくらいに清国語をしゃべるそうだな」

「あなたほどにはしゃべれません」

と大二郎はこたえた。本当に感心するほど相手の清国語は達者だった。

「しかし通訳には充分だ。どうだね、私といっしょに日本へ帰らないか。この国に長居しても、何の希望もないことは判っているはずだ」

「希望がないとは私は思っていない」

と大二郎はマッケンジーの青い瞳をみつめた。

「私はこの国に仏教修行のために来た。広い国のどこかに私を導いてくれる正師がいると信じている。その人を探す」

　ほうとマッケンジーはおもしろそうに青い瞳を光らせ、

「変わった日本人だな」

　と青蓮と黄にいった。

「仏教の修行にきて失望しなかったのか」

「した。しかし希望は捨てない」

　聞いたマッケンジーがそのとき、隣席の若いイギリス人に向かって英語で何かしゃべった。昨夜、トーマス・ブレーク・グラバーと名乗った男は頬笑《ほほえ》んでうなずき、鳶色《とびいろ》の眼でじっと大二郎をみつめている。

「むかしの自分を見ているようだ」

　とマッケンジーがグラバーにいったのだとは、英語を解しない大二郎には想像もつかなかった。

「わかった。むりはいわない。もし日本へ帰る気になったら、必ず私のところへ来てくれ。通訳としていつでも雇う。それを忘れないでほしい」

　あっさりとマッケンジーは話を切りあげた。そして立ち上がり、

「今回の取引は少量だ。清国少年の騎馬郵便隊に運ばせて充分だろう。しかし翁青蓮さん、

アヘンの取引はそろそろ手を引いたほうがよい。私は怡和《いわ》洋行の幹部達にも常々そういっている。このグラバー君も私と同じ意見のはずだ」

三人が立ち去ろうと部屋の扉の前へ向かったとき、若いグラバーがつかつかと歩いてきて、後ろから大二郎の肩を叩いた。

「あなた、ときどき来なさい。日本のこと、いろいろ聞きたい」

たどたどしいが中国語でいう。どこかで言葉を学んできているのだろう。

身長は六尺近くあるようだ。顎の尖《とが》った細面で、鳶色の眼が澄んでいる。西洋人の年齢はわからないが、大二郎とあまり変わらないように見えた。

怡和《いわ》洋行の門を出ると、

「騎馬郵便隊に運ばせるだって。それぐらいのアヘンを買ってどうするのよ」

と翁青蓮が声を高くしていった。あとにつづく大二郎と陳の耳にも聞こえた。

騎馬郵便隊は上海の名物だ。呉淞《ウースン》口に到着した外国船は郵便物や急ぎの荷物を岸壁で待ちかまえる清国人の少年達に手渡す。きらびやかな衣裳の少年達はわれ先に馬に飛び乗り、数十頭の騎馬隊が競馬さながらに追いつ追われつ上海へ突っ走る。外灘《ワイタン》に建ち並ぶ洋館の白人達は窓を開け放って顔をのぞかせ、先頭の少年を見ると一斉にハンカチを振って喚声をあげる。

「マッケンジーは洋鬼《ヤンクエイ》には珍しい石頭だ。ああいう男だから、ていよく日本なんぞへ追い払われるんです」

と黄小波が青蓮を慰めている。

「なあにちゃんと手を回してますよ。いずれごっそり買い込む手筈《てはず》はもうつけてます。あんな男、早く上海から出てゆけばいい」

アヘンは半ば公然の密輸品だった。主にインドから英国船で持ち込まれるこの商品は、ケシの果実の分泌液から採取される麻薬である。催眠、鎮痛の作用があるアヘンは中毒患者をつくり、半ば廃人としてしまう。

アヘン戦争でイギリスに敗れた清国は、今は公認こそしていないものの、黙認している状態だった。アヘンは中国全土に蔓延《まんえん》し、清国人の無気力に拍車をかけていた。

翁青蓮の一行は再び桟橋に戻って艀に乗り、こんどは対岸の外灘《ワイタン》に向かった。昨夜の料亭へ行くのだろうと大二郎は思ったが、そうではなかった。

「姐さんの買い物だ。こういう時が危ない。注意しろ」

と上陸するさいに陳哲文がささやいた。

翁青蓮は黄小波と別れ、海岸の洋館の大通りをゆっくり歩く。

車輪の音高く走る馬車の上から西洋人がヒューと口笛を鳴らし、青蓮を振り返って過ぎてゆく。

翁青蓮には道ゆく男達の視線を吸い寄せる魅力があった。身なりの良し悪しではなく、美貌のせいだけでもなさそうだ。

「ちっ、洋鬼《ヤンクエイ》の助平ども。誰も彼も姐さんに色目をつかいやがって」

陳が往来する男達を睨《にら》みつけて歩く。

フランス租界を通って老北門から上海城内に入ると、清国人の男女の往来で人いきれするような雑踏だった。

翁青蓮は道端の露店商や狭い街路に並ぶ商店の品物を気ままに覗《のぞ》いてはぶらぶらと歩く。

「不用心だ。買いもしない安物を見て歩く」

と背後の陳哲文が舌打ちしている。

大二郎には城内の雑踏は珍しかった。上海へ来たものの、ろくに見物などしていないからだ。若い頃にいちど藩主の供をして江戸へ赴いた時のことを思いだす。浅草や深川の賑やかさと、さして変わらない気がする。

青蓮は城内の三分の一を占める広大な豫園《よえん》の市場をのぞき、二つ三つの買い物をして、園林の裏の池の中に立つ亭の中に入った。

湖心亭と呼ばれる茶店である。二階に卓子と椅子が並べられ、清国人達が中国茶を飲み、水煙草《たばこ》を吸っている。

青蓮が窓際の一卓に座ると客達の視線がいっせいに注がれた。

茶亭の窓から池に張り渡された九曲の橋が見え、竜を這《は》わせた白壁、園内の亭や楼閣の屋根が望める。

このあたりの園林は大二郎の知っている蘇州の庭園とよく似ていた。

青蓮の背後の卓子を占めた陳と大二郎にも茶と菓子が運ばれてくる。

蓋《ふた》つきの茶碗で、底に茶葉が沈んでいる。蓋をずらして少しずつ飲む。

陳は茶をすすりながらも青蓮の周辺に鋭い眼配りを忘れない。

でっぷり太った一人の清国人が青蓮に声をかけて歩み寄ってきたとき、陳はさっと立ち上がって男を睨みつけた。

男は表情を硬くし、青蓮と軽く挨拶しただけで離れてゆく。

大二郎が首をかしげるほど陳の護衛はものものしい。むしろ相手を挑発しているようにも見える。

青蓮は窓際で茶をすすり、ゆっくりと煙草をくゆらして素知らぬ顔だ。

青波楼と扁額のかかった昨夜の料亭へ青蓮が到着したのは、もう黄昏《たそがれ》どきだった。

青蓮は女達に迎えられて二階へ去り、大二郎と陳は階下の一室に入った。

室内には大柄な男がふたり洋風の長椅子にだらしなく腰かけており、陳を見ると慌てて立ち上がった。

「飯でも喰ってこい」

と陳が言い、二人は出ていった。

部屋の四面は白壁で窓が二つある。風通しの悪い殺風景な部屋だ。陳は長椅子に腰をおろし、

「あの二人も用心棒だ。姐さんの昼の御供はおれとお前、奴ら二人で交替してつとめる。おれ達は明日は休みだ。夕方までにここへきて夜を待てばよい」

と大二郎にいった。

夜が更けるまで大二郎は料亭の小部屋で待たされた。陳哲文は長椅子に背をもたせ、両足を伸ばして眠っている。

他の用心棒二人は階上の広間の片隅で警備の眼を光らせているらしい。

月琴や胡弓などの演奏の音色が聞こえていた。

客達が引き揚げる気配があり、間もなく用心棒二人が戻ってきて、「姐さんのお帰りだ」と告げた。

翁青蓮は玄関の土間に佇んでいる。

用心棒四人が外へ出ると、料亭の前庭に一挺の肩輿《けんよ》が置かれてあった。

青蓮が簾《すだれ》をあげてなかに乗り込む。

　肩輿は担ぎ手が肩に担いで貴人を運ぶ輿《こし》である。二人の担ぎ手で運ぶものと四人で運ぶ輿がある。

　陳哲文が先棒へ回り、腰をかがめながら、大二郎に促した。

「担げ」

　他の二人の用心棒は後棒へ手をかけている。四人担ぎの肩輿らしい。

「どうした、担ぐんだ」

　と陳が大二郎に再び促した。

　大二郎はちょっと後退《あとずさ》りした。

「担げよ」

「いやだ」

　と大二郎は首を横に振った。

「わしは駕籠《かご》舁《か》きではない。こんなことはできぬ」

「何だと」

　陳は腰をあげ、背中をすっとのばして大二郎の前にきた。

「お前、用心棒に雇われたんだろ。御主人の輿を担ぐのがいやだというのか」

「いやだ。女の駕籠を担ぐとは約束していない」

「女も男も主人には違いないだろうが」

「男の駕籠でもいやだ。駕籠は駕籠舁きが担ぐものだ」

「この野郎」

陳がとつぜん右手の拳をかためて大二郎の顔を撲《なぐ》ってきた。

ひょいと軽くかわして、大二郎は後ろへ退った。陳が左手の拳を大二郎の腹をめがけて突き入れてくる。

それも横へ飛んでかわした。見ていた他の二人も立ち上がってくる。

三人の男が大二郎の前に立った。両手を顔の前にかざし、襲いかかる姿勢である。大二郎は左手に持っている木刀へ右手をかけた。

「待ちなさい」

と声がかかった。青蓮が輿の中から姿をあらわしている。

「いやというんだから、しようがないじゃないの」

と青蓮が陳にいった。

「ダイジロは日本人だよ。肩輿は他の男に担がせましょう」

「しかし……」

と陳は大二郎を睨みつけ、

「仕方のない奴だ」

と肩をすくめた。

水夫設教の女頭目翁青蓮《おうせいれん》に雇われてから、ふた月が過ぎた。

六月に入ると上海はむし暑くなる。気温はさほどでもないが湿度が高く、じっとしていても下着が汗に濡れて肌にまとわりつく。

大二郎には同じような日々がつづいている。一日置きに青蓮の供をし、夜は料亭へ赴いて、青蓮の帰りを護衛する。

大二郎が肩輿を担ぐのを拒んで以来、四人で担ぐ肩輿が二人のそれに替わった。

陳哲文が何を思ったのか大二郎をまねて駕籠を担がなくなったのである。

「考えてみれば四人担ぎの肩輿は不用心だ。二人は駕籠の前後を走り、敵の襲撃に備えることにする」

やっぱり陳も駕籠担ぎはいやだったのだろう。

敵の襲撃というが、このふた月の間、取り立てていうほどの争いごとはなかった。

女頭目の青蓮の日常は日中の散策と夜の料亭経営である。とくに目立った行動はしない。

黄小波が夜更けか朝方にやってきて、青蓮と密談する。秘密結社としての商売は、黄小波がもっぱら担当しているらしい。青蓮は黄に連れられて、ときどきイギリス人やアメリカ人、フランス人の商会へ顔を出す。清国人の富豪の家へ赴くこともある。

水夫設教の仕事は主に密輸品の売買にあるらしい。

密輸を専業とする秘密結社は他にも多くあって、抗争が生じるのはそのためなのだ。

青蓮が陸上を避けて船を住み家としているのは、万一の敵襲に備えるためだという。

そういえばジャンクの碇泊《ていはく》する場所は一定せず、二、三日置きに変わる。

ときには黄浦江から船が姿を消すこともあり、そんな日には青蓮は料亭の青波楼に寝泊まりする。大二郎たち用心棒も同じだ。数日もすればジャンクはもとの黄浦江へ戻ってきて錨《いかり》をおろしている。

大二郎に見える表向きの青蓮たちの暮らしはそんなものだ。裏面はうかがい知れない。

六月も下旬に入った日、大二郎は陳哲文と共に青蓮の供をして洋涇浜《ヤンジンバン》の繁華街を歩いていた。

イギリス租界とフランス租界の境界あたりに細い運河が流れている。洋涇浜《ヤンジンバン》は運河の両岸に軒を並べる商店街だった。

ここでは舶来品が多い。青蓮はいつものように店から店をのぞいて歩き、人々の雑踏を抜け出て、横道の路地に入った。ちらっと振り返って陳に眼くばせする。陳がうなずいて足を早める。

路地の両側には弄堂《ロンタン》と呼ばれる二階建ての棟割り長屋が軒を並べている。清国人達の住む瓦《かわら》づくりの住宅地だ。

青蓮は一軒の家の扉を押し開けて、なかへ入った。

「お前、ここで待っていてくれ」

と陳哲文は大二郎にいい、青蓮のあとにつづいて弄堂の中へ消えた。

珍しいことではない。弄堂は青蓮の借家らしく、老婆が一人で留守をしているようだ。青蓮と陳の二人が家に入ると、間もなく老婆が買い物籠《かご》などを提げて外へ出てくる。

二時間ちかく待たされることが多いので、大二郎は路地の一隅に立つ木の下に腰をおろして待つ。

路地で清国人の子供達が遊んでいる。独楽《こま》回しに興じる男の子、羽根をついて遊ぶ女の子、日本の路地裏で見る子供達の姿と全く変わりはない。

ぼんやりと道に腰をおろし、壁にもたれて煙草をくゆらしている老人達もいる。

こうして待たされることが度重なれば、いかに大二郎でも、青蓮と陳との仲は想像がつく。

はじめは弄堂の住人と二人が商売の密談をしているのだと、思っていた。

住人が老婆ひとりと判ってから、ようやくここが二人の密会の場所だと気づいたのである。

「仕方がないか。美男美女だからな」

と、大二郎は苦笑している。陳哲文は眉目秀麗、青蓮とは誰が見てもお似合いの二人なのだ。

木陰に腰を据えて為《な》すこともなく二人を待っていると、

「おれは何をしておるんだろう」

と胸にこみあげてくる焦りがないでもない。大二郎は仏道修行をあきらめてはいなかった。修行の末にどんな心境が開けるのか、それは全く判らない。

大二郎は国を出奔して以来、自分が手にかけた従兄の顔が忘れられない。毎夜といってよいほど、従兄の顔を夢に見る。

あの顔が胸に刻まれている限り、日本へ帰ることはできぬと、覚悟していた。

とつぜん路地の右手のあたりで人声が聞こえ、慌ただしい足音が入り乱れて近づいてきた。

ひょろりと背の高い男が、真っ先に立って、大二郎の眼の前を駆け抜けていった。

「泥棒っ」

と喚《わめ》きながら数人の男達が足音も荒く追ってゆく。男達は手に手に棍棒《こんぼう》をふりかざしている。

先頭を駆けてゆく男の背中に見覚えがあった。洋服を着ており、右手に洋杖を握っている。

西洋人だ。西洋人は何か叫びながら走ってゆく。路地を駆け抜けて左へ道を曲がって姿が消えた。追う男達も同じだ。

「泥棒っ」

と再び清国人の喚き声が聞こえた。

「違う、泥棒ではない」

と疳《かん》高い声がこたえている。どうやら西洋人は行き止まりの袋小路へ入ってしまったらしい。

わめき声が消え、どうやら乱闘がはじまったらしい気配を察し、大二郎は木刀を握って立ち上がった。

上海の路地は迷路さながらに入り組んでいる。こんなところにやってくる西洋人はよほどの馬鹿だ。

男達の消えた路地の角を曲がると、果たして袋小路だった。

赤煉瓦の壁を背にして西洋人が立ち、五、六人の清国人達が、逃がさないように取り囲んでいる。

西洋人は奇妙な恰好《かっこう》をしていた。右手の洋杖を片手で槍《やり》のように突き出し、棍棒で打ちかかる清国人たちの胸を狙っている。一人の清国人が路傍に前かがみでうずくまっていた。西洋人に突かれたのだろう。

「やろう」

と叫んで清国人の一人が振りかざした棒で西洋人に撲りかかった。

横へ跳んで西洋人は棒を避けたのはよいが、隙《すき》を狙っていた別の一人の棍棒が打ちおろされ、それは西洋人の右肩をしたたかに撃った。

西洋人の右手から洋杖が音立てて路上に落ちた。のがさず他の男達が打ちかかろうとしたとき、大二郎が大声をあげた。

「待てっ」

日本語である。奇声におどろいて男達が振り向いたところへ、大二郎はまっすぐに飛び込んだ。

清国人達は慌てて避ける。

「お前達、何をするんだ」

地面にへたりこんだ西洋人をかばって立ち、大二郎は清国語でいった。左手の木刀の柄に右手を添えている。

「こいつは泥棒だ」

と清国人の一人がいった。

「昨日も今日もわしらの家に入り込んできた。留守の家にもやってきて、盗む物を探している」

そうだと他の清国人が声を合わせた。

「こいつは洋鬼《ヤンクエイ》の泥棒だ。二度と来ぬようにこらしめてやる」

聞いていた西洋人は撃たれた肩を左手で押さえながら腰を浮かし、

「私は泥棒ではない」

大声で叫んだ。

「清国人の暮らしを見たかっただけだ。できれば仲良くしたかった」

大二郎は耳を疑い、振り返って西洋人の顔を見た。

鼻下に八の字ひげを生やした細面の顔、鳶色の瞳、間違いない。この男には二度会っている。

別人かと思ったのは、その清国語だった。びっくりするほどうまくなっている。

「私は怡和《いわ》洋行のトーマス・ブレーク・グラバーだ」

と男は立ち上がって名乗り、胸を張ってみせた。

「泥棒とは何だ」

とトーマス・グラバーは叫んだ。

「私が清国人の家から何を盗んだ。疑うなら私の体を探してみろ」

抑揚はおかしいが、ちゃんと意味の通じる清国語だった。

「よし、みんな見ていろ」

と大二郎がグラバーの前に立ったのは、路地という路地から清国人の男女が騒ぎを聞いてぞろぞろと集まってきたからだ。

こんな迷路では西洋人の一人や二人、たとえ殺されても判りはしない。大二郎はとっさに危険を察知した。

「腕をあげろ」

大二郎に命じられてグラバーは両手を高く挙げた。そのとき路地にひしめく群集の殺気にはじめて気づいたらしい。赤く上気していた顔から血の気が引いてゆく。

大二郎はグラバーの上衣の胸襟を手荒く左右にひろげ、シャツの胸のあたりを叩《たた》き、上衣を上下にゆすった。

チャラチャラ音がするのはポケットの銅貨か銀貨だろう。

大二郎がズボンの革帯に手をかけると、グラバーは眼を吊り上げて、ノーといったが、大二郎はかまわず革帯をゆるめ、「飛べ」と命じた。

え？　と眼をむいたグラバーは再度命じられて仕方なく、二、三度飛び跳ねてみせた。ズボンはずり落ちかけたが、何も足もとには落ちてこない。

清国人達の中から笑い声があがった。

グラバーの上衣の内ポケットに何か覗いている。一人の清国人が指差して、

「あれは何だ」

というので大二郎は内ポケットからそれを引き出した。帳面のようだ。

ぱらぱらと繰《く》ってみて、大二郎は拡げた帳面を清国人達に掲げて見せた。鉛筆描きの絵である。英語らしい横文字が書き添えてある。

二、三枚の絵を繰って見せた。清国人の男女の顔と髪形、室内の飾り物、庭の水甕《みずがめ》など、稚拙な素描だ。

「見ただろう。この西洋人は泥棒ではない。あんた達の家から何も盗んでいない」

グラバーはズボンの革帯を締めながら「そうだ」と叫んだ。青ざめた顔に血の気がのぼっている。

「私は泥棒ではない、怡和《いわ》洋行の……」

「黙っとれ」

と大二郎がグラバーを怒鳴りつけ、その上衣のポケットに手を入れて、手探りで五、六枚の銀貨をつかみ出し、棍棒を握って佇む清国人の一人に差し出した。

「わかったら許してやれ。これで酒でも飲んでくれ」

「ノー」

とグラバーが叫んだ。

「私は何もしていない」

「黙っとれ」

と大二郎が再び怒鳴った。

数枚の銀貨が効を奏して、路地を埋めた群集が散りはじめた。

大二郎はほっとして肩の力を抜く。この狭い路地で群集に襲われたら、もう逃れようはない。

グラバーも同じ思いだったのだろう、自分を救ってくれた男の顔を見て、

「あなたは……」

とはじめて気づいたらしい。

「日本人、ダイジロ」

「何で西洋人がこんなところへくる。あんた達は憎まれている。命が危ないことが判らないのか」

「私は清国人の暮らしを知りたい。仲良くしたい」

「気持ちは判るが、そうはいかんのだ。とにかくここを出よう」

大二郎が歩きだすとグラバーが慌てて追ってきて肩を並べ、

「私は納得できない」

といった。

「私は何も悪いことはしていない。それなのにあなたは彼等に私の銀貨をやった。六ドルもだ」

ちゃんと見ていたらしい。

「金を渡すというのは自分の罪を認めたことだ。納得できない」

大二郎は呆《あき》れてグラバーをみつめ、

「あんた、おそろしく清国語が達者になったな。どこで覚えた」

「私は納得できない」

と再びグラバーはいった。

「こういう解決はよくない。日本人も清国人と同じことをするのか」

「どこで清国語を覚えた」

と大二郎は話をそらした。

「イギリスで清国語を少し勉強してきた。ここへ来てから上海の町を歩き回って、誰にでも話しかけて早く上手になるように努めた。しかしまだ上手にしゃべれない」

「それだけしゃべれれば上等だ。二年もこの国にいた私とあんまり変わらないじゃないか」

「本当か、私の清国語はあなたと同じほどか」

「まあな」

「褒めてもらって嬉《うれ》しい」

とグラバーは笑って白い歯を見せた。素朴な笑顔だった。

「清国人たちがまだついてくるぞ。急げ」

と大二郎が足を早めた。グラバーが振り返ると、数人の男女が二人のあとを尾行してくる。

大二郎は路地を出て洋涇浜《ヤンジンバン》の大通りまでグラバーに同行した。

「いいか、もう二度と路地裏に顔を出すな」

グラバーは右手を差しのべ大二郎と握手しながら、

「やっぱり私は納得できない」

といった。

それから十数日の後だった。その日は大二郎は非番で夕刻に料亭へ顔を出せばよく、昼間は仕事から解放されていた。

上海の蒸し暑さは格別で、街中に出歩く気にもなれない。ジャンクの船首楼の狭い部屋で寝台に横たわっていた。

外から扉を押し開けて水夫の一人が顔を見せた。

「ダイジロ、お客さんだぞ。こい」

首をかしげながら甲板の舷側へ出てみると、一艘の艀《はしけ》が船腹に横づけされ、背の高い西洋人が乗ってこちらを仰ぎ見ていた。

「ヘーイ、ダイジロ」

帽子を振っているのは先日のトーマス・グラバーだった。

何の用だろうと思いながら縄梯子をおろすと、グラバーは片手登りに器用に昇ってきて、左の脇に抱えた紙包みを差し出し、

「フランスワインだ。先日のお礼とお詫《わ》びのつもりだ」

「よくこの船にいると判ったな」

「黄小波さんに聞いた。そうか、このジャンクが翁青蓮さんの住居か」

水夫達が西洋人の珍客を見て集まってくるので、大二郎は自分の小部屋にグラバーを案内した。

「狭い部屋だな」

とグラバーは珍しそうに室内を見回し、

「むっとするほど暑い」

上衣を脱いで寝台に投げ、一つしかない椅子を引いて座った。

大二郎は寝台の片隅に腰かけた。

「あなたにお詫びを言わねばならない」

とグラバーはいった。

「商会に戻って同僚達の話を聞いたら悪いのはすべて私で、よく命拾いしたものだとみんなに言われた。銀貨六ドルを清国人に渡したあなたの解決は正しかった。それで私はあなたに詫びを言いにきた」

「そうか。わざわざすまない」

「ダイジロ、あなたは何歳か」

「二十二歳だ」

「私は二十一歳だ」

「ふーん」

それで話は途切れた。グラバーはズボンのポケットからハンカチを取り出し、額や首筋に流れる汗を拭《ぬぐ》い、椅子から立ち上がって窓のそばへ寄り、

「ダイジロ、私はイギリスの寒い土地で生まれた。スコットランドのアバディーンというところだ。知っているか」

「知らない」

「日本も上海のように夏は暑いか」

「暑いが、ここほどではない」

また話が途切れた。グラバーが馴れぬ清国語で真剣に話題を探しているとき、外から扉が開いた。

「ダイジロ、陳哲文はおらんか」

顔をのぞかせたのは船頭の周三官だった。周は思わぬ西洋人の姿を見ておどろいたらしい。

「ダイジロ、誰だ」

とっさにこたえたのはグラバーで、笑顔になって自己紹介する。

「怡和《いわ》洋行……それはそれは」

と周は武骨な顔に愛想笑いを浮かべ、

「珍客ではないか。ダイジロ、こんなところではなく船尾楼の二階へ御案内しろ」

「いいんですか」

「姐さんは留守だ。早くこの人をお連れしろ。それにしても陳の奴、どこへ行ったのか」

翁青蓮の住む船尾楼の二階の客室は船首楼の小部屋にくらべると別天地のようだった。三面の窓から黄浦江が見え、川風がそよ吹いてくる。

グラバーは生き返ったような笑顔で堆朱《ついしゅ》の卓子に大二郎と向かい合って居座ると、

「ダイジロ、あなたはどうして清国へきたのか」

大二郎は黙って首をかしげ、こたえなかった。

「私は兄弟が六人いる」

とグラバーは大二郎の態度を気にする風もなく、

「私達の国では長男一人だけが家を継ぐ。私は四番目の男なので、家の助けを借りず独立しなければならない。スコットランドは貧しい。だから男達は仕事を求めて、みんな遠い国へ出てゆくんだ」

「遠い国へ行くのは勝手なのか」

と大二郎が興味をおぼえて聞いた。

「もちろんだ。私達の国では本人が望めばどこへでも行ける。アメリカ、オーストラリア、インド、越南《ベトナム》、清国、日本、どこへでもだ」

そしてグラバーはふっと思いだしたように、

「マッケンジーさんを覚えているだろ。あの人は先月、日本の長崎へ行った」

頬ひげを生やした青い瞳の中年の西洋人の顔を大二郎は思いだした。

「先日、マッケンジーさんから手紙がきた。その手紙を読むと、日本人と清国人は同じ文字を使うと書いてあった。本当か」

大二郎はちょっと首をかしげ、

「それは漢字のことだろう。日本には違う文字もある」

「マッケンジーさんは私に清国文字を勉強しろとすすめてきた。清国語をしっかり勉強しておけば、日本へ行って役に立つ。一ヵ月で日本語は覚えるそうだ。本当か」

「一ヵ月？　さあ……」

「私は清国文字の勉強をしている」

グラバーは背広の内ポケットから帳面を取り出して、拡げて見せる。

稚拙だが漢字らしい字がびっしり書き並べてあった。

「あんた、上海へきてどれほどになる」

と大二郎が聞くと、

「そろそろ三ヵ月だ」

とグラバーはこたえた。

「ふーん」

大二郎は感心して、西洋人の若者の顔をしげしげと見た。

僅か三ヵ月でこれほど達者に清国語をあやつる。その上、むつかしい清国文字まで覚えようとしている。

西洋人を洋鬼《ヤンクエイ》とか蛮鬼と呼んでさげすんでいるのは清国人ばかりではない。日本人も同じであることを大二郎は知っている。

「マッケンジーさんは日本の長崎で独立してマッケンジー商会を開いた。あの人はインド、マレー、ジャワ、清国……、東洋を渡り歩いた商人だ。インドのヒンディー語、マレー語、清国語、どんな言葉もしゃべる。もともと若い頃はキリスト教の宣教師としてインドへやってきた人だ」

「宣教師？」

「牧師というんだ」

グラバーは拡げた手帳に漢字を書いてみせた。

「牧師が何で商人になったのか」

「わからない」

とグラバーは首を横に振ってみせた。

「いろいろ事情があったらしいが、そのことで私と語り合ったことはない。しかしあの人は何でも知っている。たくさん本を読んでいる。日本のこともずいぶんくわしく調べていた。日本のことを書いた本は四十冊ぐらいあるそうだ。そのうち半分は読んだといっている。私も手に入る本は読んでいるよ」

「四十冊？　それは洋鬼《ヤンクエイ》……いや西洋人の書いた本のことか」

「そうだ。三百年以上も前に書かれた本もある。スペイン人やポルトガル人の書いたものだ。オランダ人の書いた本もあるよ」

「そんなものが今頃読めるのか」

「今だから読める。われわれは日本に興味を持っている。だから古い本が新しく出版されている。イギリス語、フランス語、オランダ語、いろいろな国の言葉に書き改めた本がね」

「清国語で書いた本があれば、私にも読ませてくれないか」

と大二郎が身を乗り出していった。

「清国語？　さあ、それは少ないだろう。清国人は日本のことなどあまり興味がないから、誰も読まないだろう」

なるほどそうかもしれない。

「清国人は清国が世界中で一番の国だと思っている。われわれが作った新しい機械を見せても、全く興味を抱かない。何を見ても、そんなものは北京にあると必ずいう。あるはずがないと判っているよ」

といって、グラバーは笑った。呆れて笑うしかないという表情だった。

八月になったが上海の街は相変わらずむし暑い。夜になると船上の暮らしは川風でいくぶん涼しいが、肝心のジャンクは四、五日前に黄浦江から姿を消し、青蓮はじめ用心棒達は料亭の青波楼に泊まり込んでいた。

ジャンクがようやく戻ってきた朝、大二郎は喜んで船に帰った。

この日、大二郎と陳は非番だったが、陳は青蓮と共に料亭に居残っていた。

艀《はしけ》でジャンクに横づけし、縄梯子を伝って船に乗り組んだとたん、大二郎は船内の異様な空気を悟った。

甲板のそこかしこに横たわる水夫達のようすがおかしい。頭に巻いた白布から血をにじませている者、肩から布で腕を吊っている者、負傷者が目立つ。

「どうしたんだ」

と大二郎が負傷した水夫の一人に聞くと、

「やられた。小刀会の奴らが陸で待ちかまえていやがった。お前の隣室の趙は死んだぞ」

「どこでやられたんだ」

「寧波《ニンポウ》の波止場さ。夜を待って荷物を陸揚げしたところを襲われたんだ」

「荷物はアヘンか」

「いや、塩だ」

塩は清朝政府の専売品で民間の自由な売買は私塩と呼んで禁じられている。だから私塩の運搬は秘密結社の重要な財源でもある。

「せっかく陸揚げした塩を、小刀会の奴らに半分ほど強奪された。不意討ちだったたし、奴らの人数が多かったんだ」

そこへ水夫の一人が大二郎のもとへ走ってきた。

「船頭がお前を呼んでいる。船尾楼の二階へ行け」

青蓮の住居の二階の客間へ顔を出すと、船頭の周三官と黄小波の二人がむずかしい顔で卓子の前に座っていた。

「陳哲文はどこへ行った」

と周三官が大二郎にきく。

「さあ、青蓮姐さんの料亭にいると思います」

「非番のはずだろ」

「どうせ夜には姐さんを迎えに行くのですから」

「まあ、座れ」

と周三官は椅子を引いてすすめ、大二郎は二人の前に座った。

「お前は陳と組んで姐さんの用心棒をしている。これまで陳の行動で何か気づいたことはないか」

大二郎は何を聞かれているのかと警戒し、口をつぐんでいた。

「何か知っているだろ。たとえば姐さんと陳が洋涇浜《ヤンジンバン》の弄堂《ロンタン》で何をしているか。それぐらいのことは知っているはずだ」

周三官はいかつい顔で大二郎を睨みつけた。

「ダイジロ、姐さんが陳を情人にして弄堂で密会していることぐらい、わしらはちゃんと知っている。ほかに怪しい行動を見なかったかと聞いているのだ。言え」

と周三官は威丈高だった。大二郎はむっとして、

「知っているのなら私に聞くことはないだろう」

「怪しい行動はないかと聞いているんだ」

「私は姐さんの用心棒だ。陳哲文の見張り役ではない。そんな仕事はしていない」

「何だと」

と周三官が拳で卓上を叩いて立ち上がるのを隣席の黄がとめた。

「ダイジロ、じつはこのところ取引のたびに邪魔が入る。姐さんとわしら二人の小頭目しか知らないはずの取引でもだ。周三官は姐さんが情人の陳に漏らし、陳がそれを他へばらすのだといっている。陳哲文は小刀会の密偵で姐さんにうまく取り入ったのだという」

「その通り、奴は小刀会の密偵だ。うまく姐さんをたぶらかしやがって」

　と周三官がいった。顔に赤味がさしている。

「しかしダイジロ、私の意見は船頭とは違う。陳哲文は密偵は密偵だが小刀会や天地会など秘密結社の人間ではない。あれは清朝政府の役人だ」

　えっ？　と大二郎は耳を疑った。

「役人だと？」

　はじめて聞いたらしく周三官も眼を丸くして黄小波を見た。

「わしはいろいろ考えた。陳哲文はたしかに姐さんの情人だが、あやつも姐さんには心底惚《ほ》れているようだ。美男美女、わしが見てもお似合いだ」

「密偵にそんな情があるか」

　と三官が舌打ちした。

「いや、船頭もあやつの優秀さには気づいているはずだ。小刀会や天地会にごろごろいるやくざ者とはまるで違う」

　それを聞いて大二郎は思わずつよくうなずいていた。陳哲文の言葉の端々にはいつも清国を憂い、洋鬼《ヤンクエイ》達を憎悪する気持ちがにじみ出ている。この男は何だろうと疑うことがしばしばあった。

「黄、お前のいう通りだとしても政府の密偵がわしらの仲間へ入って何をやるんだ。もぐりこんできた目的は何だ」

「アヘンや塩の取引をやめさせることだろう」

「どうやってだ」

「小刀会や天地会、わしら水夫設教を争わせ、共倒れにさせることとさ。じっさい今はそうなっている」

周三官は太い腕を胸前に組み、うーんと呻《うめ》いて考え込んだ。

「ダイジロ、わしらは近くアヘンの大取引をやる。陳が見逃すはずはない。お前、見張っていて何か気づいたら知らせてくれぬか」

と黄小波はいった。真剣な顔だった。

眼をさますと体が揺れていた。開け放った小部屋の窓の外から湿った川風がそよ吹いてくる。八月も末になると風が涼しい。

波音が聞こえていた。船が動いている。

大二郎はおどろいて起き上がり窓の外を見た。暗い。夜明け前だろう。

大二郎は部屋を出て甲板へ向かった。水夫達が船上を走り回っている足音が聞こえる。きびきびとした命令の声は船頭の周三官らしい。

厨房の前の主帆柱に網代帆《あじろ》があがり、帆は風にはためいている。

ジャンクは夜明け前の暗い川面を、北東の風に乗り、舳先《へさき》で波を切り裂いて進んでいた。

大二郎は船首の欄干に歩み寄り、行く手の川面を見た。

うっすらと明るみはじめた川面に大小の船が錨《いかり》をおろし、船の灯が点々とともっている。

早くも出漁してきた漁師舟の火が川のいたるところで水すましのように動き回っている。

頭上を仰ぐと星が二つ三つ光っていた。雲が流れている。その雲の切れ間から淡い月がのぞいていた。

人の気配がして振り返ると、陳哲文が歩み寄ってくる。大二郎の肩に軽く手を触れ、二人は並んで川を眺めた。

「船が動いている。どこへ行くんだろう」

と大二郎が聞いた。昨夜は翁青蓮の帰りが遅くなり、用心棒の二人が船に戻ったのは深更の時刻だった。

「もちろん呉淞《ウースン》口だろ。揚子江の河口に長興島がある」

と陳がこたえた。

「長興島の入り江にアヘンを満載した帆船が十二隻も碇泊している。船というより倉庫なのさ」

「倉庫？」

「帆を上げていつでも逃げられる倉庫だ。もっとも今は逃げる必要もない。清国政府の監視船は何もできない。見て見ぬ振りをしているだけだ」

「ではこのジャンクはアヘンの買い付けに行くのか」

「あたり前だ。決まっているじゃないか」

陳は大きなあくびをし、

「取引はたぶん明日だろう。おれはもうちょっと眠る」

といって去っていった。

右手の空が明るく白みはじめた。川面がみるみる虹のような色に染められた。草地の果てにせりあがってきた太陽がめくるめく輝きを放ち、黒ずんでいた黄浦江の一帯が浮かび上がってくる。

大二郎は船首の甲板に佇んで、陳哲文のことを考えていた。

陳の行動はそれとなく見張ってきたが、怪しめばすべて怪しく、そうでないといえばそれまでのことだった。陳の行動を人に告げる気など、大二郎には全くなかった。

大型ジャンクは上海から二十三キロの川をくだり、夕刻前に呉淞口《ウースン》の岸壁近くに到着した。

呉淞口は黄浦江の河口であり、長大な揚子江と川が合流するところである。

このあたりは川幅が広く、見た眼には川というより海峡と呼ぶにふさわしい。

その海峡の真ん中に遠く横たわって見えるのが長興島だ。揚子江の運んでくる土砂がつくりあげた三角洲で、草原と砂地に蔽われ、樹木は一本も見えない。

呉淞口には港があり、上海へ向かう船、東シナ海へ乗り出してゆく船、それらが風を待って仮泊していた。

港ふきんの荒涼とした草地には人家がまばらに点在し、石炭貯蔵庫と倉庫が建ち並んでいる。

デント商会、怡和《いわ》洋行、旗昌洋行など外国商社の倉庫群である。

港に錨をおろして間もなく、ジャンクの船尾楼から翁青蓮と黄小波が姿をあらわした。昨夜は黄も船に泊まっていたらしい。

船頭の周三官に命じられ大二郎は上陸する二人の供をすることになった。ほかに二人の用心棒が同行したが、陳哲文は姿を見せなかった。

海岸の倉庫群の一つに怡和洋行の赤煉瓦《れんが》の倉庫があり、西洋人二、三人が門前に出迎えていた。

その中の一人が青蓮に同行している大二郎を見て、笑顔で右手をあげる。

「やあ、ダイジロ」

トーマス・グラバーだった。

しかし言葉をかわすでもなく、グラバーは青蓮と黄を案内して倉庫の階段をのぼって姿を消した。

大二郎たち用心棒は門内の庭先の一隅に腰をおろして待たされた。

俵や木箱を肩に担いだ清国人の苦力《クーリー》達が頻繁に出入りしている。

船の積み荷を陸揚げしているらしい。

右手に鞭《むち》を持った西洋人がひとり門内に佇《たたず》み、地面を鞭でたたいては苦力達を叱咤《しった》していた。

もう見馴れた光景で、大二郎もべつに気にとめなくなっている。

ここに陳哲文がいれば、舌打ちして西洋人の横暴を罵《ののし》ることだろう。

間もなく青蓮と黄が倉庫の階上から庭へおりてきた。

二人を見送って出てきたグラバーが、庭先の草むらに腰をおろした大二郎のもとへ足早に歩いてきて、

「ダイジロ、久しぶりだ。あなたと話したい」

と声をかけた。

大二郎は戸惑って黄と青蓮の顔を交互に見た。

「いいだろダイジロ、あとで船に戻ってこい」

と黄小波が許可してくれた。

倉庫の上階は会社の商務員の執務室で、その一隅が衝立《ついたて》で仕切られ、応接室になっている。グラバーのほかには、二、三人の西洋人、清国人の買弁《ばいべん》の姿が見えるだけで、閑散としていた。

飾りもない応接室でグラバーは卓子を挟んで大二郎と向かい合った。

「ダイジロ、私は日本の長崎に行くことになった」

大二郎はおどろいて、

「それはいつのことか」

「来月早々だ。いつでも出発できるように私は支度をはじめている。マッケンジーさんが怡和《いわ》洋行の代理人として長崎で自分の商会をひらいた。私はマッケンジー商会で働くことにした」

大二郎は広い執務室を見回し、

「ここをやめて日本へ行くのか」

「そうだ」

「なぜ」

「日本は新天地だからだ」

グラバーは手帳を取り出し、新天地と漢字で書いて見せた。

「清国と違ってあらゆる商売が、何もかも今からはじまる。人が踏み荒らした土地で働くより、私は真っ先に乗り込んだところで働きたい」

「日本は清国とは違う。ここのような具合にはゆかないぞ」

「話があるんだ」

とグラバーはいい、背広のポケットから一通の書状を取り出し、大二郎の前にひろげて見せた。

英語らしい横文字が書き連ねてある。もちろん大二郎には読めない。

「マッケンジーさんの手紙だ」

とグラバーはいった。

「ダイジロ、あなたを長崎へ連れてきてくれと、この手紙に書いてある」

「私を」

「そうだ。マッケンジーさんは長崎へ行って二ヵ月近くなるが、日本人と清国人の性質が違うので、とても商売がやりにくいそうだ。ダイジロのことを思い出して、同じ日本人を商会に雇いたいと考えているらしい」

「私を自分の会社に雇うというのか」

「そうだ」

「そんなことはできぬ」

と大二郎は首を横にふった。

「私は日本には帰れない理由がある」

「人を殺したんだろ」

とあっさりグラバーはいった。

「黄小波さんに聞いた。あなたは人を殺して清国へ逃げてきた」

大二郎は黙って俯《うつむ》いた。

「それでも私はあなたを信用している。日本人として帰れないなら、清国人になって帰ってはどうか。少なくとも私達には日本人と清国人の見分けがつかない。みんな同じ顔に見えるよ」

とグラバーは笑った。

大二郎はグラバーとの話を切りあげて、呉淞《ウースン》口の港に碇泊しているジャンクへ戻った。

グラバーは自分といっしょに日本へ行こうなどというが、もちろん大二郎は断った。

どうやら日本は鎖国の祖法を廃して開国に踏み切ったらしいが、その間の事情が大二郎には全く判らない。岡藩で従兄を斬った上、清国へ密航した人間がのこのこと帰国すれば、どんなことになるか、日本の刑罰の厳しさを知らぬ西洋人には想像もつかないのだろう。

その夜、ジャンクの中は静かだった。厨房で夕餉《ゆうげ》をすますと全員が各自の部屋へ引き取り、早々と寝た。

大二郎が寝台へ横たわったところへ、扉を叩く音がして人が入ってきた。

「ダイジロ、ちょっといいか」

陳哲文だった。陳は椅子を引き寄せて腰をおろし、

「怡和《いわ》洋行へ行ったのか」

大二郎は起き上がって寝台に腰かけた。

「あの洋行はイギリスの東印度会社の船医がつくった。社長は清国人から老鼠《ラオシユー》と呼ばれた狡《こう》猾《かつ》な男で、インドと清国を股《また》にかけて人間の血を吸うような金儲《もう》けをした。吸血鬼のような洋行だ。あ奴らを豚みたいに肥《ふと》らせているのは、残念ながら清国人だ。売国奴の買弁たちはもちろん、水夫設教だの小刀会だの秘密結社が奴らの手足になっている」

「そんなことをいうあんたも秘密結社の仲間じゃないか」

と大二郎が陳をみつめた。

「青蓮姐さんが水夫設教の頭目の一人だと判っているはずだ」

「判っているさ。姐さん達が何のためにここへやってきたかも察している。目的はアヘンの大量取引だ。相手は怡和洋行さ」

「気に入らないなら、姐さんにアヘン取引をやめるよう談判してはどうだ」

「談判?」

陳は切れ長の涼しい眼で大二郎をみつめ返し、唇をゆがめて苦笑した。

「そんな生やさしいことが通用するか。姐さんは黄小波や周三官に担がれている名ばかりの頭目だ。心のやさしい人なのに自分が何をやっているか判っていないんだ。可哀そうな人だよ」

肩をすくめて陳は立ち上がり、

「お前も気をつけろ。何があっても出しゃばるんじゃないぞ」

と妙なことを言い残して去った。

陳が去ったあと大二郎は寝台に横たわったが、眠っては同じ夢を見て眼ざめる。

故郷の九州豊後竹田の夢だった。竹田の岡城は高山台地に聳《そび》え立ち、四面を深い渓谷に囲まれている。渓谷には水の色も透き通るような清冽な川が流れていた。そのせせらぎの水を両手にすくい、口をつけようとしては眼ざめるのだ。両手の水は黄濁した上海の水に変わるのだった。

翌日は風がやや強かった。呉淞《ウースン》口の赤茶けた河口の水が白くさざ波立っている。

それでも褐色の帆を張った漁師舟が木の葉のように揺れながら川面のいちめんに点在していた。

日が西へ傾きはじめた夕刻、翁青蓮の大型ジャンクは、河口の三角洲の長興島をめざして動きはじめた。

強風を警戒して前檣《ぜんしょう》も後檣も帆は半帆である。水夫達が二組に分かれて帆綱を握っていた。

周三官が船首に立って指揮を取っている。

日没で川面が茜色《あかねいろ》に照り輝く頃、長興島と隣島との間の入り江に静かに錨をおろしている帆船群が見えた。

堅牢《けんろう》ではあるが旧式で船足の鈍い西洋帆船だ。船体のペンキも色褪《あ》せている。

帆船群は入り江の海上に横列に並んで碇泊していた。十二隻もいる。

「あれが洋鬼《ヤンクエイ》達のアヘン倉庫だ」

と舷側に並んで佇《たたず》む陳哲文が指差して大二郎に教えた。

「アヘンは大っぴらに陸揚げできない。古い帆船を倉庫がわりに使っているのさ」

ジャンクは海上に浮かぶアヘン倉庫の一隻をめざして進んでいた。

「帆をおろせーっ」

と周三官の叫び声がし、やがてジャンクは水夫達の櫓走《ろそう》に切り替え、船足を落として西洋帆船に近づいてゆく。

両船は舷側と舷側をぴったりと接して横並びした。

西洋帆船からジャンクに長い踏み板が掛け渡された。

西洋帆船の船首甲板には木箱が山積みされ、そのそばに太いパイプの煙をくゆらせている恰幅《かっぷく》のよい船長と数人の水夫達が佇んでいた。

日が水平線の彼方に没し、夕闇があたりをつつみはじめた。

大二郎たち用心棒に松明《たいまつ》が手渡され、用心棒四人は火が燃えさかる松明を手に掲げて、踏み板の左右に立った。

水夫達が西洋帆船へ乗り込み、木箱を肩に担いで戻ってくる。

その水夫達の足もとを照らすのが大二郎達の仕事だった。

木箱の数は夥《おびただ》しく、搬入するのにたっぷり時間がかかった。

その間に船尾楼から姿を見せた翁青蓮と黄小波が西洋帆船に乗り込んで、恰幅のよい船長と挨拶をかわしたりした。

木箱の受け渡しが終わり、ジャンクが西洋帆船から離れ、呉淞口《ウースン》をめがけて帆走をはじめてからも、船上の作業はつづいた。甲板に積み上げた木箱を船内の倉庫へ運び入れるのである。

大二郎達は松明を取り替えては、水夫達の足もとを照らして船上を駆け回った。

大量のアヘンの木箱を船内の倉庫に納めおわると、水夫達は休息をとった。

大二郎たち用心棒も船首楼のそれぞれの部屋に引き揚げて、寝台に横たわった。

船は長興島の入り江を離れ、呉淞口をめざして帆走している。

アヘンの積み入れがすんだので、このまま呉淞の港へ戻るのだろう。間もなく船の揺れがおだやかになり、ジャンクは波静かな港内へ入ったらしい。寝台でうとうとしていた大二郎は、誰やらの叫び声に眼ざめた。甲板に足音が乱れ、騒ぎ立てる人声が聞こえる。起き上がって船首甲板へ出てみた。水夫達が厨房へ向かって走っている。周三官が厨房の上の見張り台を指差して叫んでいた。

「誰だ！　何をしている。降りろ」

船の中央の厨房の上は朱色の欄干で囲まれた楼閣状の台になっている。その台上で一人の男が松明を頭上に振りかざし、大きく輪を描いていた。暗闇に描かれる松明の輪は、風に煽《あお》られて火の粉をまき散らしている。松明を振り回す男の顔はよく見えない。

周三官が台上を指差して、

「誰か行け。あやつを引きずりおろせ」

二、三人の水夫が台上へ向かう梯子の下へ駆け寄った。

タンと小さな音がはじけ、真っ先に梯子を登ってゆく男が声をあげながらのけぞって転げ落ち、あとにつづく男二人が将棋倒しに甲板へ崩れ落ちた。

そのとき大二郎は右手に松明を掲げ、左手に拳銃を握った男の顔を見た。

「陳だ！」

と水夫達の数人が台上を指差して叫んだ。

「陳っ、降りてこいっ」

周三官が梯子の下へ駆け寄ろうとしたとき、船尾楼の扉が開いて黄小波があらわれた。後ろに翁青蓮の顔も見える。

黄小波は右手に拳銃を握っていた。

厨房をめがけて走りながら、台上の男を狙って拳銃を発射した。

二発、三発と軽い発射音がつづいた。

銃声は海上では虚しく軽やかにひびく。

台上の男の手から松明が落ち、床に落ちた松明の火が陳哲文の顔をくっきりと照らしだした。

「陳！」

と思わず大二郎は叫んだ。

陳哲文は左手で右の肩を押さえてのけぞっている。

それを見て周三官が梯子を登りはじめた。

陳が素早く動いた。片手を欄干へかけてよじ登ると、一気に跳躍したのである。

陳の姿は台上から消え、ほとんど同時に水音があがった。

大二郎は陳が飛び込んだ左舷側へ駆け寄り、水飛沫《しぶき》のあがった川面を見た。暗くて水面は見えない。思いがけないほど近くに港の建物の灯が見えていた。

「誰か追えっ！　艀《はしけ》をおろして陳を追うんだ」

台上から周三官の叫ぶ声がした。

水夫達が舷側に吊りさげた端舟をおろし、数人が乗り組んだ。大二郎もそのなかに加わった。

舳先《へさき》に座った男ふたりが松明を手にしている。艀は陳が飛び込んだ水面を迂回《うかい》して探した。

「あそこだ！」

かすかな水音に気づいて水夫の一人が指差した。

松明の火の明かりがどうやら届くところに、泳いでいる人影らしいものがちらっと見えた。

「追えっ」

港の岸辺がすぐ近くに見えていた。人影は岸辺をめざして泳いでいる。

——陳は怪我をしている。大丈夫だろうか。

と大二郎は人影が闇に呑まれた方角を祈る思いでみつめた。

「みんな見ろ」

そのとき艀の艫《とも》に座っていた水夫が叫んだ。乗り組んでいた水夫達が後ろを振り返った。暗い川面に点在する夥しい漁師舟の灯が川面の一ヵ所をめざして、集まってきていた。誘蛾灯《ゆうがとう》に誘われてくる蛾の群れに似ている。

漁師舟を誘い寄せているのは翁青蓮の大型ジャンクだった。

「襲われるぞ！　小刀会の連中だ」

と水夫達はジャンクをみつめた。

「ジャンクがやられる。引っ返せ」

と立ち上がった水夫もいる。その袖を引いて一人の水夫がとめた。

「あいつらを呼び集めたのは陳哲文だ。あのやろう、松明でジャンクの居所を漁師舟に教えたんだ」

「そうだ。ともかく陳を殺せ。殺してすぐジャンクに引き返そう」

陳哲文は泳ぎ切って岸辺の浅瀬に辿《たど》り着いていた。よろめきながら歩いて岸へ渡る姿が松明の明かりで黒い影になって見えた。

艀はそのあとを追って浅瀬に乗り上げた。舟の底が砂利に軋《きし》る音がした。

水夫達が青竜刀や棍棒《こんぼう》を手にして水の中へ飛びおりた。飛沫を跳ね散らしながら、

「やろう、待てっ」

口々に叫んで陳を追う。

陳は追っ手に気づいたらしく、振り返っては足を早める。しかし、よろめいて転んだ。

追跡した水夫達が転んだ陳の回りに駆け寄ってゆく。

輪になって陳を取り囲んだ。

陳哲文は地面に片手を突いて立ち上がろうとする。しかし立てない。

その陳をめがけて水夫達の一人が青竜刀を振りかざした。打ちおろそうとしたとき、飛び込んできた人影が水夫に体当たりをくらわした。青竜刀は地面に落ち、水夫は吹っとばされて転倒した。

「やめろっ」

陳を背後にかばって立つ。

びっくりして水夫達は男を見た。

「ダイジロ……何をするんだ」

「陳を見ろ。撃たれて負傷している。弱った仲間をお前らは寄ってたかって殺すつもりか」

「ダイジロ、こいつはもう仲間ではない」

「そうだ。合図をして小刀会の奴らを呼び集めやがった」

そのとき大二郎は左足を前に踏み出し、手にした木刀を両手で握り、頭上に高く振りかざした。

水夫達が見たことのない奇妙な構えだったが、くるならこい、おれは陳を守るぞという大二郎の意志は、みんなにつたわった。

水夫達は後退し、全員が刀や棍棒を振りあげる。

大二郎は木刀を頭上に直立させたまま動かない。

「やろうっ」

踏みこんで横薙《よこな》ぎに叩きつけた一人の水夫の青竜刀が、ぱしっと音立てて地面に落ちた。刀身が二つに折れている。

大二郎は同じ姿勢のままだ。木刀の動きがみんなの眼に見えなかった。

棍棒を振りかざした水夫が大二郎の脳天めがけて打ちかかってきた。

カンと音がして棍棒は宙に跳ね飛び、水夫は右肩を押さえてうずくまった。

とたんに大二郎が動いた。水夫達の輪の中に踏み込むと、つむじ風のような動きを見せた。みんなが手にした武器はすべて叩き落とされ、左手や右手、肩などを一撃された男達は、全員がうめき声をあげてうずくまっていた。

殆ど一瞬の間だった。右へ左へと大二郎の木刀が閃《ひらめ》き、まるで立ち木を打つように水夫達を打ちのめしたのだ。

水夫達には予期しない杖術《じょうじゅつ》だった。こういう杖術は見たこともない。

「くそっ」

地面に落ちた刀を拾って立ち上がろうとした男が一人いたが、見逃さず大二郎は踏みこんで男の右肩を撃った。

「みんな、あれを見ろ」

と大二郎が港の沖を指差した。

暗闇の空に火が飛びかっている。火の粉を舞い散らして走るのは火矢だ。

漁師舟から放たれる無数の火矢は一隻の大型ジャンクに集中していた。

火矢の雨をあびているのは、呉淞《ウースン》口へ入ってきた翁青蓮のジャンクだった。

夥しい漁師舟が火矢を射ながらジャンクへ漕ぎ集まっている。

「戻らなくていいのか。ジャンクが乗っ取られるぞ」

水夫達は港のジャンクと大二郎を見くらべてためらっていたが、

「おぼえてろ」

と一人が岸辺の艀へ向かって走りだすと、みんな大二郎に打たれた肩や手を押さえながら後につづいた。大二郎が手かげんしたので、歩けないほど打ちのめされた水夫はいない。

「陳!」

大二郎は地面にうつ伏せになっている陳の肩へ手をかけ、抱き起こそうとした。

陳の肩から胸を染めている血糊がぬらりと大二郎の手を濡らした。

「大丈夫か、陳」

月光も淡い闇に消されて、陳の表情はよく見えない。

「ダイジロ……すまない」

ごぼっと喉《のど》を鳴らして陳は血を吐いた。

「私は清朝政府の役人だ。北京から派遣されて上海の秘密結社を探りにきた。いや、秘密結社を争わせ……」

再び喉が鳴り陳は口中の血にむせ返った。

「もういい、黙っていろ」

大二郎はとっさに陳の体を起こし、自分は腰をかがめて背中に担いだ。

「私は……」

「黙っていろ」

背中が陳の血潮でぬらぬらする。

——こいつ、死ぬぞ
と歩きながら大二郎は思った。拳銃で撃たれながら岸辺まで泳ぎ着いたのは大した気力だが、その間に体力を使い果たしてしまったのだろう。

どこへ行くと考えもしないのに、大二郎の足はためらわず勝手に動いていた。

瀕死《ひんし》の陳を担ぎ込める先といえば一つしかない。

怡和《いわ》洋行だ。この呉淞《ウースン》口で大二郎の知人は一人しかいない。

トーマス・グラバーだった。

背の高い鳶色の眼をした洋鬼《ヤンクエイ》の若者の顔を思い描き、夜の港町を怡和洋行をめざして大二郎は歩いた。

背中の陳がぐったりと重くなる。そのたびに、

「陳！　しっかりしろ」

と大二郎は声を荒らげた。

「ダイジロ、私を上海道台府《タオタイフ》（政庁）に連れていってくれ」

「わかった、連れてゆく」

昨日訪ねた怡和《いわ》洋行の赤煉瓦の倉庫の門がようやく行く手に見えてきた。

倉庫の門前に二、三人の男達が佇み、港の沖合を指差して眺めていた。

一隻のジャンクめがけて火矢が飛びかい、ジャンクの船首の帆が火矢に射られて燃えはじめている。船上を右往左往する人影も見えた。

「どこの船だろう」

「襲われているぞ」

と口々にいっていたとき、前方の闇の中から足取りも重く人影があらわれた。

背中に人間をひとり担いでいる。

「誰だ！」

と進み出て立ちはだかったのは清国人の番人だった。

「ここは怡和洋行の倉庫だぞ。近寄ってはならん」

「トーマス・グラバーに会いたい」

と相手はこたえた。背中の重さで息を切らしている。

「ダイジロだ。ダイジロがきたと伝えてくれ」

「帰れ、用があるなら昼のうちにこい」

と清国人が威丈高に怒鳴ったとき、背の高い西洋人が清国人を押しのけて出てきた。

「ダイジロ？　日本人のダイジロか」

トーマス・グラバー本人だった。

「トーマス。背中の男が拳銃に撃たれて死にかけている。頼む、助けてやってくれ」

「どうした。何があった」

「早く手当てしないと死んでしまう」

「わかった。私の部屋にこい」

グラバーは非難の声を発する清国人に向かって、

「これは私の友人だ。心配ない」

といい、倉庫の階段を登って二階の一室に大二郎を案内した。

寝台と箪笥《たんす》が置いてある質素な部屋だった。床にじゅうたんが敷いてある。

を叩いた。

大二郎が背中の陳をどこへ横たえるか迷っているのを見て、グラバーは右手でつよく寝台
　大二郎は陳哲文をグラバーの寝台に横たえ、仰向けにした。

　陳の胸の血を見てグラバーは叫んだ。

「すごい血だ！」

「撃たれたのは右の胸だ。この男は撃たれて船から海へ飛び込んだ。岸辺まで無理して泳いで、血を流した」

　グラバーは陳のそばへ歩み寄ると、血まみれの服の胸襟を左右へ引きちぎるように開いた。

「ダイジロ、見ろ、肺をやられている。これはもうだめだろう」

　真っ赤に血で濡れた右胸に傷口の穴が見えた。まだ血を噴きだしている。

　大二郎がおどろいたのは、グラバーが自分の着ている白いシャツを脱いで引き裂きはじめたことである。引き裂いた白布を丸めて、グラバーは陳の胸の傷口を蔽《おお》った。

「ダイジロ、傷口をこれでふさいでいてくれ。消毒薬を取ってくる」

　グラバーは上半身裸体で部屋を飛び出て行く。

　陳の顔は蒼白《そうはく》で、もう生色はなかった。ひくひくと唇が動く。

「陳っ、しっかりしろ」

そのとき陳がかすかな声で人の名を呼んだ。

「青蓮……」

「何だと」

「青蓮！」

「姐さんだな。姐さんに何か言いたいのか」

陳の顔がぐらりと揺れた。鼻梁《びりょう》の秀でた端正な横顔を大二郎に見せて、陳哲文は息を引き取っていた。

階段を足音荒く駆け登ってきてグラバーが部屋に入ってきた。

「ブランデーだ。消毒薬はこれしかない」

ふっと大二郎を見て、グラバーは陳の顔に眼を移した。

グラバーは肩を落とした。手から落ちた酒瓶が床で音を立てた。

「死んだのか」

「男らしい勇敢な清国人だった」

「ダイジロ、あなたの友人か」

「そうだ」

「誰に殺された」

「黄小波だ。黄が拳銃でこの男を撃った」

グラバーはそれを聞いて首をかしげた。

「ダイジロ、あなたは翁青蓮の水夫設教の仲間だろ」

「そうだ」

「この男は誰だ」

「清朝政府の役人だった。密偵としてわしらの仲間に加わっていた。それが今夜、みんなにばれてしまった。だから黄小波に撃たれたんだ」

「あなたは、どうしてこの男を助けたのか」

「勇気のある清国人だった。私は日本人だ。清国人に敵も味方もない」

ふーんと考えていたグラバーが、

「ダイジロ、あなたは翁青蓮や黄小波の仲間を裏切ってこの男を助けた。そうだろ」

「ああ」

「もう水夫設教の仲間のところへ帰れない。そうだろ」

大二郎がうなずくのを見てグラバーは右手を上にあげ指を鳴らした。

「これで決まりだ。ダイジロは長崎のマッケンジー商会に雇われて、私といっしょに日本へ行く」

「えっ」

「仲間を裏切って上海には住めない。あなたは日本へ帰るしかない。神があなたに命令したんだ。ダイジロ、祖国へ帰れとね」

黄金の国へ

川蒸汽船に曳《ひ》かれていた一隻のバーク型三本マストの西洋帆船が、揚子江の河口を過ぎて東シナ海の大洋へと乗り出してゆく。

蒸汽船はエンジンを止めて曳き綱を切り離し、船長や水夫が後甲板へ出てきて手を振って別れを告げる。

こちらの帆船の船長も船首甲板に佇《たたず》んで右手を振って挨拶《あいさつ》する。

水夫達が忙しく甲板を駆《か》け回り、三本マストの全帆を掲げると、帆船は東シナ海へ向かって辷《すべ》り出した。

二十キロも帆走した頃には泥土色の水面は消え、濃い群青色の海が果てしなく広がっている。

帆船は一隻ではなかった。三、四隻が同じ方角をめざして走っている。おそらく日本へ向かうのだろう。

九月は季節風の変わり目である。この時期を逃すと当分、東シナ海の航海はむつかしい。

蒸汽船なら風を気にすることもないが、一八五九年（安政六年）のこの当時、蒸汽船は決して船船の主力ではなかった。

まだ圧倒的に帆船の数が多い。蒸汽船は一般航海に使われるには欠点が多すぎた。石炭を焚《た》いて走らなければならない。その石炭を積み込む炭庫がいる。遠洋航海ともなれば、その量は船の容積の三分の一を占める。

往路はともかく帰路の石炭まで積み込むとすれば、他の貨物はほとんど積めない。それればかりか船員の居住区、船客の部屋も狭められ、石炭の山の中で寝起きすることになる。

貨物も積めず、客も乗せられず、燃料ばかり積み込んでひたすら走るという馬鹿な航海を、軍艦ならばともかく一般商船が採用するはずがない。

アメリカのペリー提督が一八五三年に日本を訪れたのも、石炭の補給地を確保するのが主な目的だった。そのさいペリーが四隻の黒船のうち二隻の蒸汽船を率いてきたのは、日本を威嚇《いかく》するためである。

翌年には七隻の黒船のうち四隻まで蒸汽船を連れてきた。

日本人が蒸汽船を見て驚愕《きょうがく》し、うろたえ騒ぐのを知り、さらにびっくりさせてやろうとペリーは無理算段して蒸汽船をかき集めてやってきたのである。

そのため日本人は西洋人の船といえばぜんぶ蒸汽船だと思い込んでしまった。

じっさいは異なる。上海から日本へ向かう船の多くはまだ帆船だったのだ。

バーク型三本マストの主帆柱にユニオン・ジャックの国旗を翻した帆船は、揚子江の河口を出ると東南東へ進路を取り、東シナ海を快走した。

十六名の船員、乗客四十数名、他に貨物を満載している。

総容積三百五十トン、海の一匹狼と呼ばれる個人の運搬用の商船である。

船尾甲板に佇んで遠ざかってゆく河口の島を眺めていたトーマス・グラバーは、舷側を伝い歩いて船首のキャビンの中へ入った。

客室の扉が並んでいる。ここは船尾のキャビンとは違い乗客二、三人ずつが詰め込まれる二等船室だ。

扉を開けると煙草《たばこ》の匂《にお》いがこもっていた。一等船客の従者らしい清国人二人が長い煙管《キセル》で煙をくゆらせている。

「やめないか。船室で煙草は厳禁だぞ。吸いたいなら厨房で吸え」

グラバーが怒鳴ると、二人の清国人は黙って船室を出ていった。

いちばん奥の寝台に一人の男が横たわっている。

鼻下と顎《あご》にまばらなひげを生やし、黒の色眼鏡を掛けている。頰《ほお》の肉が削《そ》げ落ち、顔色がわるかった。

「大丈夫か、ダイジロ」

色眼鏡の清国人がゆっくりと半身を起こした。

「グラバーさん、すまない」

と大二郎はかすれた声でいった。

「せっかく日本へ帰るという時にこのありさまだ」

呉淞口《ウースン》の怡和《いわ》洋行でグラバーにかくまわれて暮らしをつづけ、いよいよ帰国の船に乗る直前、大二郎は激しい熱と下痢に見舞われて病臥《びょうが》した。

およそ二年間にわたる清国暮らしの疲れが、とつぜん襲いかかったようだった。

コレラではないかと危惧《きぐ》しながらグラバーは大二郎を看病し、どうやら病状が峠《とうげ》をこえたところで乗船にこぎつけたのだ。

陳哲文の遺体は本人の望み通り、清国人の買弁《ばいべん》に頼んで上海道台府《タオタイフ》へひそかに送り、そちらの始末はすんでいた。

大二郎の急病は、あるいは祖国へ帰ることを自分の体が拒んだのかもしれない、と大二郎はひそかに思っていた。

「この船室はよくない」

とグラバーは煙草の匂いのこもる室内を見回し、

「ダイジロ、私の船室にきなさい。一等船室のほうが体によい」

「グラバーさん、ダイジロと呼ぶのはやめる約束だ。私は清国人です」

グラバーは苦笑して肩をすくめた。

「そうだった。あなたはもう日本人ダイジロではない」

「私は林大元。あなたやマッケンジーさんの従僕として仕える約束をした。清国人の従僕が一等船室には泊まれない」

とダイジロ、改め林大元はいった。

「わかった。これから気をつけよう。しかし具合がわるいときは遠慮なく言ってくれ。病人に主人も従僕もないよ」

「ありがとう」

煙草を吸いに出ていった清国人二人が船室へ戻ってきたので、グラバーは立ち上がってキャビンの外へ出た。

水夫達が慌ただしく甲板を駆け回っている。

船の主帆柱の真下に船長が立ち、水夫全員に号令を発していた。

振り返ると船首で切り裂かれる波がドーンと音を立てて舞いあがり、白い幕を張ったように見える。

グラバーは船長のそばへ歩み寄り、

「北西風ですか」

と声をかけた。

「そうです。強風域へ突っ込みます。お客さんはキャビンに！」

日没がはじまっていた。夕日に染められてゆく海面が茜色《あかねいろ》に輝きながら白く泡立っている。

北西風は時化《しけ》の前兆だ。水夫達が三本の帆柱の下に集まり、帆綱を握って帆を引きおろしにかかっていた。

グラバーは船尾のキャビンの一室に入り、上衣を脱いで壁に掛け、戸棚の錠をしっかりおろして、寝台に横たわった。

船が揺れはじめた。右へ揺れ、左へ揺れる。上下動も激しくなり、寝台ごと体が上へ持ちあがるかと思えば、奈落《ならく》の底へ沈むように下へ落ちる。

「ひと晩は荒れそうだな」

とグラバーは揺れる天井を眺めてつぶやいた。

グラバーの父親はイギリス沿岸警備隊の一等航海士である。北海の荒海に面したフレイザーバラの漁港やアバディーンの港に勤務していた。幼い頃から父親に連れられて警備艇に乗ったこともあるし、親しい漁夫にすすめられて漁船に同乗したこともある。

グラバーは船と海に馴れていた。イギリスからはるばると上海へやってきた長い航海でも、船酔いと遭難の不安に苦しむことはなかった。

寒風吹きすさぶ北海の沿岸に育ったおかげである。

海の怖さを充分知っていて、それをむやみに恐れはしない。揺れに身をまかせ、舷側に高鳴る波音を子守歌のように聞いているうち、グラバーはうとうとし、隣室の物音で眼をさました。ガラス瓶か陶器が床へ転げ落ちて割れる音がし、どすんばたんと人が倒れて転ぶ気配がする。

「うえっ、うえっ」

と嘔吐《おうと》する男の声が聞こえた。

隣室の気配にしばらく耳をすませていたが、グラバーは寝台から起きあがった。船の揺れによろめきながら通路へ出て、隣室の扉を外から叩《たた》く。

「うえっ」

と嘔吐する声がしたので、把手《とって》を引くと難なく扉があいた。

むっと臭気が立ちこめている。戸棚から落ちたブランデーの酒瓶が割れて、酒が床に浸み、陶器の破片が粉々になって散乱していた。

こちらへ尻《しり》を向けて肥《ふと》った男が背中を丸めてうずくまっている。

「うえっ」

と喉《のど》を鳴らしながら痰壺《たんつぼ》を両手で抱えこんでいた。

大丈夫かと声をかけてグラバーは床に散った酒瓶と陶器の破片を拾い集めた。

それから男の背後に立ち、両手を回して男を抱えあげて立たせ、

「それだけ吐いたら充分だ。もういいだろ」

といい、寝台の上に横臥《おうが》させた。臭《にお》いのする痰壺も下に置いてやった。

「私はロバート・ブラウン、アメリカ人だ」

と男は息も絶え絶えの声で名乗った。

「アメリカ海軍の船乗りだったが、船にはひどく弱いんだ」

「船乗り？　それでか」

と思わずグラバーは呆《あき》れ声になった。

「三千トン級の蒸汽船に乗っていた。こんなちっぽけな帆船ははじめてだ。乗るんじゃなかったよ」

「アメリカ海軍の軍人なのか」

「いや、私はクーパーだ」

なるほどとグラバーは納得した。クーパーとは桶屋《おけ》である。水や酒、貴重な酢などはこの当時、すべて樽詰《たる》めにして保存するので、船には必ず桶屋が乗り組んでいる。樽をつくったり修繕したりする職人で、帆船、蒸汽船を問わず、どの船にも雇われていた。

「海軍はやめたよ。商人になって日本へ行くところさ。日本はすごいところだぜ。黄金がう

なっているんだ。しかも物価がおそろしく安い。だから……うえっ」

　とロバート・ブラウンは喉を鳴らし、床の上の痰壺に顔を近づける。

「ロバート、話はまた聞くよ。しばらく静かにして、眠ったほうがいい」

　でっぷり肥って二重顎のたるんだ男は、おとなしくうなずいた。

（あれが海軍だって……）

　グラバーは肩をすくめて自分の部屋へ戻った。


　翌朝、船は強風域を脱し、激しい揺れもおさまった。

　グラバーは食堂でパンとコーヒーの軽い朝食を取った。

　昼近くなった頃、扉が外から叩かれ、ロバート・ブラウンが現れた。

　アメリカ人は丸々と肥っているわりに背丈の低い男だった。

「昨夜はありがとう。介抱してもらって助かった」

　勝手に椅子《いす》を引いて座り、

「御礼に日本のことを教えたいと思ってきた。あんたは日本は初めてなんだろ」

　あんたと呼ばれてグラバーはむっとし、

「私はマッケンジー商会の商務員で名はトーマス・ブレーク・グラバーだ」

「そうか失礼した。グラバーと呼ぼうか、それともトーマスか」

「トーマスでけっこうだ」

「わかったトーマス、とにかくこれを見てくれ」

ロバート・ブラウンと名乗るアメリカ人は、上衣のポケットから一枚の金貨を取り出し船室の机の上に音を立てて置いた。

金貨といっても円形ではない。平べったい楕円《だえん》の金貨で上と下に紋章が描かれてあり、壹《いち》両という漢字が刻印されてある。

「コバンというんだ。日本の金貨さ」

グラバーは手に取って見た。

「コバン一枚がメキシコドルでいくらで買えると思うかね」

「さあ」

「これさ」

といってロバートは別のポケットから小型の四角い銀貨を取り出し、四つの銀貨を、金貨の横に並べて置いた。

銀貨には星をばら撒《ま》いたような模様の縁どりがあり、なかに一分銀と漢字で書かれてある。

「一イチブだ」

と銀貨の一枚をつまみあげてロバートはいった。

グラバーはそれも手に取って見た。

「一イチブ四枚でコバン一枚が買える。では、イチブ四枚はメキシコドルでいくらで買えるか」

ロバート・ブラウンはまるで街頭の香具師《やし》のように胸を張り、こんどはポケットからメキシコドルの銀貨一枚と銅銭をひとつかみ取り出して机に並べた。

「一ドル三十三セント！」

とロバートは声を高くして、

「わかるかね、トーマス」

といった。

「日本の金貨一枚はメキシコ銀でたったの一ドル三十三セントで手に入るというわけだ」

グラバーは首をかしげて机上の金貨や銅貨を眺め、

「どういうことだ」

「日本は黄金の国だということさ。金と銀の比較相場が一対五。こちらの相場は一対十六。金は日本ではこちらの三倍も安いんだ。ドルを銀に替え、その銀で金を買って帰ってこちらで売れば、それだけで三倍の儲《もう》けになる。これほどうまい商売がどこにあるかね」

「三倍？　ドルでコバンを買って帰れば、三倍の儲けになるというのか」

とグラバーは聞いた。

「そうだ。私は昨年、アメリカ軍艦に乗って日本の長崎と下田へ行った。長崎の交易所《バザー》で陶磁器や漆器、籠《かご》細工などの品物を買っておどろいた。物の値段が清国の三分の一くらいなんだ。水兵達はみんな興奮してありとあらゆるものを買い漁《あさ》ったよ」

「ほう」

「なかに利口な奴がいて、これなら品物を買い漁るよりも、ドルを銀貨に両替し、その銀貨を日本の金貨に両替すれば、三倍儲かると気がついたんだ。それが知れ渡るとみんな勇み立って両替所に殺到した。水兵も士官も夢中になったさ。濡れ手に粟《あわ》の儲けだからな」

「どうして日本ではそんなに金が安いんだ」

「知らない」

とロバート・ブラウンは首を横にふった。

「士官の話では、日本はもともと黄金と真珠の島といわれていたらしい。いくらでもとれるんじゃないか」

「それは昔のマルコ・ポーロの話だろう。あれはでたらめらしいぜ」

マルコ・ポーロと聞いてもロバートはその名も知らないようだった。

「私は買ってきたコバンを上海で売り、三倍の儲けを手にして決心した。日本は今年、通商条約によって開国した。ロバートよ、商人になるなら今がチャンスだ、軍艦なんぞ糞《くそ》くらえ、しがないクーパー（桶屋）から足を洗うんだとね」

「海軍をやめたのか」

「そうだ」

　とロバート・ブラウンは胸を張った。

「私はロバート・ブラウン商会を設立した。日本の長崎と横浜に会社を置いて、日本中の金貨を買い集めるんだ。さいわい出資者もいて、資金も充分だ」

「ほう」

「どうだねトーマス、君は若くて有能に見える。私と手を組まないか」

「え？」

「共同経営にしてもいい。ブラウン・グラバー商会というのはどうかね」

　グラバーは苦笑して返事をしなかった。

典型的な投機商人だ。冒険商人と自ら名乗る男達の中にはこういう手合いが珍しくない。

　そのとき甲板のあたりで人々が騒ぎ立てる気配がした。

　二人は立ち上がって部屋の外へ出た。後甲板の舷側に乗客や水夫達がひしめきあって海を見ている。

　真っ黒いものが海面にもりあがり、船よりも早く走っていた。

　黒いものは空中高く弧を描いて飛びあがった。イルカだ。

　数十頭のイルカが群れをなして海を駆けていた。一頭が跳躍し弧を描いて水中へ消えると、次の一頭が空へ舞いあがる。

次から次へと黒い全身をあらわし、舞い踊りながら海を走っている。

とつぜん海面が泡立ち、何か銀色に輝くものがせりあがってきた。

静かだった海面が騒然となり、船の行く手三十メートルほどのところが銀を溶かしたような色になった。

イルカに追われてきた小魚の群れだ。さわぎ立つ小魚の群れをかきわけてイルカは空中に舞いあがり、水中へ消える。

イルカの群れが姿を消すと鳥達が空にあらわれた。数十羽の褐色の鳥である。

群れをなして旋回していた鳥たちは、翼をすぼめると槍《やり》のようにくちばしを尖《とが》らせ、頭から海の中へと突っ込んでゆく。再び舞いあがるとき、くちばしには銀色の魚が跳ねていた。

水夫の一人が長い把手《とって》のついた丸網を持ち出し、欄干から身を乗り出して、海面にひしめく小魚をすくいあげた。

ひと網入れただけなのに、甲板の上に二、三十尾の銀色の魚がぴちぴちととびはねた。

「イワシだ」

と乗客達が魚の回りにむらがって眺める。

グラバーもその中にいたが、船首甲板の欄干にもたれて遠くを見ている一人の男に気づき、そちらへ歩み寄った。

「ダイジロ」

と振り向いて男はいった。

「林大元だ」

「そうだった。林、体は大丈夫か」

「おかげでだいぶよくなった」

「聞きたいことがあるんだ。ちょっと私の船室へこないか」

グラバーはためらっている林大元を自分の一等船室に連れていった。

隣室のアメリカ人ロバート・ブラウンに聞いた話を、日本人の林大元に確かめてみたかったのである。

話を聞いて林大元は首をかしげた。

「さあ、私はサムライだ。金や銀の話はよく知らない」

「サムライでも物を買ったり売ったりするだろう。生きるために」

「買うことはある。しかし物を売ることはない」

グラバーは聞いて首をかしげた。

「日本の金が安いというのなら、本当だろう。しかし物価が上海の三分の一だというのはどうだろうか。日本の品物がそれほど安いとは私には思えないが」

「金貨はどこでもいつでも手に入るのかね」

「さあ、私はコバンを見たことがない」

と林大元はこたえて、グラバーをおどろかせた。

「見たことがない？　日本の金貨だぞ」

とグラバーは聞き返した。

「私は貧乏なサムライだった。しかし貧乏のせいばかりではない。私の生まれたところでは金貨を日常に使う者はほとんどいなかったよ。ふつうは銅銭で用が足りるし、ちょっとした支払いは銀ですませていた」

「四角いイチブ銀かね」

「いや、出回っていたのは豆板銀か丁銀だ。粒のような形をしたものやナマコのような形をした銀だった」

ロバート・ブラウンの見せてくれたものとは違うらしい。

「日本では東のほうで金を使い、西のほうで銀を使うという話は聞いたことがある」

と林大元はつけ加えた。

「少なくとも私の周囲でコバンを使う者はいなかった」

「サムライは主人から俸給をもらうのではないか」

「そうだ」

「その俸給も銀と銅貨なのか」

「いや、藩札といって紙幣でもらうことが多かった。のぞめばその紙幣を銀や銅に替えることもできた」

「コバンは？」

「さあ、それはなかったな」

ロバート・ブラウンの話とはだいぶ事情が違うらしい。

念のためにグラバーは聞いた。

「日本は黄金と真珠の国で、日本の宮殿の屋根は金で葺《ふ》かれてあると本に書いた西洋人がいる。日本の山々から黄金はいくらでもとれるという者もいる。それは本当か」

「うそだろう」

あっさりと林大元はいった。

「少なくとも私は、そんな話を聞いたことがない。信じないほうがいい」

グラバーは笑顔でうなずき、

「ダイジロ……いや林、やっぱりあんたを連れてきてよかったよ」

林はけげんな顔をした。わざとのばしている頬と顎、鼻下のひげが日に日に濃くなっている。

「マッケンジーさんは、あんたが日本へきたら自分達のメッケヤクにするのだと言っている」

「メツケヤク？」

「密偵のことだ。日本の役人にはメツケヤクというスパイがいて、どんなところにも公然と出てくるらしい。どれほど偉い役人でも密偵に監視されているそうだ」

林大元は首をかしげていたが、ようやく思いあたったらしく、笑いだした。

「それは目付役というんだ。密偵とはちょっと違う」

「とにかく林、長崎へ着いたら私達のメツケヤクになってくれ。マッケンジーさんも期待しているよ」


西洋帆船は東シナ海を日本へ向かって順調に走りつづける。

五島から南西八十キロの海上に浮かぶ男女群島の島影を見たのは四日目の日暮れどきだった。

茫洋《ぼうよう》と拡《ひろ》がる海しか見えなかった眼には島影も島とは映らず、雲煙のように見える。まして日暮れどきだ。

島だと確認したのは翌日の早朝である。

夜の間に帆船は半帆に速度を落として、女島《めしま》、ハナグリ島、中ノ島、クロキ島の沖合を通り過ぎ男女群島の北端男島《おしま》を望む海上にいた。

男島を過ぎたころから一本帆柱に四角の白帆を掲げた日本の漁師舟の姿が点々と見えはじ

めた。

乗客達は朝早くから甲板に飛び出して、海上にたゆたう日本の舟を眺めた。

「一本帆柱だ。日本船だ」

と指差して叫ぶ者もいる。日本船の帆柱が一本しかないというのは世界の常識になっていて、知らぬ者がない。

グラバーも船首甲板の欄干にもたれて、日本の漁師舟を見た。

東洋の最果ての国へやってきたという感慨が若いスコットランド人の胸をしめつける。グラバーはつめたい潮風に頰《ほお》を打たれながら、しばらく立ちつくしていた。

夕刻、五島列島の島々が左舷の遥《はる》か前方に見えた。白帆を掲げた日本の漁師舟の数がいちだんと増えている。

五島の島々が見えたのはほんのしばらくで、帆船は北風に乗って快走をつづけ間もなく宵《よい》闇《やみ》につつまれた。

グラバーはいよいよ日本へ到着だと思うと興奮して眠れず、うとうとまどろんでは眼ざめた。戸棚からブランデーを取り出して、ひと口ふた口喇叭《らっぱ》のみしてようやく寝たが、それでも暗いうちに眼をさましてしまった。

船首甲板へ足音をしのばせて出た。水夫達がそこかしこでごろ寝している。

船首甲板の左舷側に人影が見えた。グラバーがゆっくり歩みよると、それは日本人山村大と声をかけようとしてグラバーはためらった。暗い海をみつめて佇む林大元の後ろ姿には人を近づかせぬ厳しい気配があった。

(そうか、ダイジロは故国に帰ってきたのだ。よほど複雑な心境なのに違いない)

とグラバーは察し、大二郎に気づかれぬよう自分は右舷側の欄干に向かった。

未明の海上に点々と漁師舟の灯が散っていた。夜を徹して漁をしているのだろう。

帆船は全帆を帆柱の中ほどにおろし、減速しながらも帆走をつづけている。

漁師舟の数の多さで、長崎の港がもう近いことは、グラバーにも判った。

夜が明けた頃、西洋帆船は長崎の野母《のも》半島の岬の沖合を走っていた。

前方に島々が見えている。どの島も松の濃い緑色に蔽《おお》われていた。

船はその島の一つに接近し、松の木が斜めに生えている断崖《だんがい》を間近に見ながら、大きく東へ迂回《うかい》した。

緑の小島が点在している。両岸に、断崖が屹立《きつりつ》する港口の入り江が見えてきた。

港口のほぼ中央の小島の近くの海上に紺と白のだんだら縞《じま》の幕を張りめぐらした一艘《そう》の屋根船が浮かんでいた。船尾に二本の旗が立っている。

白帆の舟がばら撒《ま》かれたように往来しているなかで、その船は目立っていた。

船の舳先《へさき》の甲板に一人の男が座っている。

男は甲板にあぐらをかき、右手の扇子をのんびり使いながら、本を読んでいた。西洋帆船が入ってくるのに気づいたのだろう。男は本から顔をあげてこちらを見ると、ゆっくりと立ち上がり、右手の扇子をかざして、ひらひらと振った。

「監視艇だ」

と船首甲板に顔を揃《そろ》えている乗客の一人がいった。

「あれが？」

みんな信じられぬ顔だ。

監視艇の男は右手の扇子をひらひらさせて、とまれとこちらへ合図しているらしい。

船長が水夫達に命令して三本のマストの全帆をおろさせ、船足をとめた。

監視艇の男は大きくうなずいてみせると、こちらへ背中を向け、右手の扇子を高々と頭上へかざして、こんどは右へ左へと優雅なしぐさでゆっくりと振った。そして再びこちらを向いて甲板の上に座り、懐中の本を取り出して読みはじめた。

一時間近く待たされた。このまま永遠に待たされるのではないかと思いはじめた頃、島のかげから二十艘ちかい小舟の群れが舳先《へさき》を列ねて、湧《わ》くようにあらわれた。頭に鉢巻きをしめ、上半身に半纏《はんてん》をまとい、下半身は褌《ふんどし》一本の男達が声を揃えて櫓《ろ》をこいでいる。

「えんやさあ、ほいさ。えんやさあ、ほいさ」

先頭を切って漕《こ》いでくる小舟の舳先にこちらへ背を向けて立つ男がいて、びっくりするような高声で、おかしな節のついた唄《うた》を歌っていた。

その歌の高低に合わせて、男達は櫓声《ろせい》をあげているらしい。

「えんやさあ、ほいさ。えんやさあ、ほいさ」

不安そうに見ている乗客達に向かって船長が告げた。

「日本のタグボート（曳《ひ》き舟）だ」


タグボートの群れは、西洋帆船のすぐ手前に漕ぎ寄せてきて、櫓をこぐのをやめた。

二十数艘の小舟である。一艘に六人は乗って、みんな好奇心にあふれた表情でこちらを見あげている。

幔幕《まんまく》を張りめぐらした監視艇が、タグボートの群れをかきわけるようにして前へ出てきた。

甲板に座っている男は監視の役人なのだろう。読みさしの本を閉じて懐中へ入れ、ゆっくり大儀そうに立ち上がった。

監視艇は西洋帆船の船腹へ漕ぎ寄ってくる。タグボートの先頭の一艘が監視艇のあとについてきた。

甲板に立った役人は帆船の船上を見あげて右手の扇子をひらひらと振る。

船長の命令で水夫達が縄梯子《なわばしご》をおろすと、役人は馴れた動作で片手登りに梯子を昇ってきた。タグボートからも一人の半裸の男がつづいてくる。

帆船の船長はじめ水夫、乗客達は好奇の眼をみはって日本の役人ともう一人の男を迎えた。

役人は頭に平たい盆のような陣笠《じんがさ》をかむり、紐《ひも》で顎《あご》へ結わえていた。羽織袴《はかま》を着て左の腰に大小の両刀を差している。

もう一人の男は頭に赤い鉢巻き、ひらひらの半纏《はんてん》を着て、下半身は裸同然である。

役人は悠然として右手の扇子で顔を煽《あお》ぎながら甲板中央へ歩いてくる。

腰の両刀が羽織のうしろに突き出ているので、水鳥のような姿に見えた。

「船頭はいずれか」

と役人は笑顔で西洋人達を見回したが、オランダ語なので誰にもわからなかった。すると役人は右手の扇子を閉じ、それを逆手に持って主帆柱の上の旗を指し、

「エンゲレス？」

はじめて船長が前に進み出て、

「イエス、グレート・ブリテン」

船長は握手のつもりで役人に右手を差しだした。

役人はちょっと後ろへ退《すさ》り、それから右手の扇子を船長の右手に手渡そうとする。

くれと要求されたと思ったらしい。

仕方なく船長は扇子を貰った。

役人は満足そうに頬笑《ほほえ》んでうなずき、振り返って半裸の男にいった。

「よし、はじめよ」

半裸の男は帆船の舳先へ駆けてゆくと、タグボートの群れに声をかけた。

舳先にむらがったタグボートから二本の綱が投げ上げられる。

半裸の男はその綱をひょいひょいと宙でつかみ取ると、船首両舷の鉄の輪にしっかり結びつけた。

「ようし、曳けい」と男は怒鳴った。

タグボートは二列にわかれて数珠つなぎとなり、櫓声を合わせて帆船を港内へと曳きはじめた。

乗客達は船首両舷の欄干に顔を並べて、行く手を見守っている。

喇叭《らっぱ》状の狭い入り江だった。両岸の丘陵の断崖が間近に迫ってくる。

松の緑がしたたるように美しい。それらの木々の葉かげに大砲の砲口が見えがくれしていた。

左右両岸の丘陵に大砲が一定の間隔をおいて据えられている。格納庫や弾薬庫もある。

「危ないな。両岸から砲撃されたら我々はおしまいだぞ」

と乗客の一人が声をあげた。そのとき大声をあげて笑った男がいる。

アメリカ人のロバート・ブラウンだった。

「みんなよく見ろ。あれが有名なダンガリーの砦《とりで》だぞ」

「ダンガリー？」

ダンガリーとはインド産の粗末な綿布のことである。ロバート・ブラウンの指差した左岸の山腹にみんな眼をこらした。

やがて失笑の声が湧《わ》きおこった。

砲口や砲台と見せかける絵を描いた長い綿布が、山腹に延々と張られているのが見えた。

「うまく描いたもんだな。だまされてしまうぞ」

塗装された綿布は木々の後ろに張られ見え隠れしているので、よほど注意しなければ、手描きの偽物だとは気づかない。

「私は昨年、ここへ来たんだ。海軍ではダンガリーの砦といえば有名だ」

ロバート・ブラウンは得意そうに胸を張って、みんなの注目を集めた。

グラバーは右舷の甲板に立ち、細長い入り江の奥に眼をこらしていた。

遠くに長崎の町並みが見える。緑の山々に包囲され、盆地に家々が肩を寄せ合っているような港町だった。

近づくにつれ、岸辺に点々と家が見える。家並みは岸辺沿いに広範囲にひろがり、背後に聳《そび》える山々の斜面を這《は》い登っているようだった。

山々の斜面はいたるところ耕されて田畑になっており、田畑の畝《うね》がきれいに揃って波紋の模様のように見えた。麓《ふもと》の水田は稲なのだろう黄色の穂を垂れ、風にそよいで波打っている。

いよいよ長崎の町が見えてきた。黒い瓦《かわら》屋根か鈍い褐色のこけら屋根が密集している。赤や青の中国の町並みの華やかさとは全く違う。

うらさびれた印象の静かな町のたたずまいだ。右手に突き出た港の一角にオランダの三色旗の翻る建物の群れが見えた。それがオランダ出島だった。

長崎港は鶴の羽にたとえられる細長い入り江だった。その港内に錨《いかり》をおろした船は、グラバーが予想していたほど多くはない。

日本が開国したばかりなので各国の商船が殺到していると思ったのは、間違いだったようだ。

多くは清国のジャンクと一本帆柱の日本船である。他にイギリス軍艦二隻、ロシア軍艦二隻、各国の商船は三、四隻が見えるだけだった。上海とくらべると淋《さび》しい風景である。

グラバーの帆船はオランダ出島の西側の沖合に錨をおろした。

悠然たる役人と半裸の男は軽く一礼して船を去り、二十数艘のタグボートは水先案内の使命を終えて散開してゆく。

乗客達は慌ててそれぞれのキャビンに散った。

グラバーがトランクと手荷物を両手にして船室の外へ出ると、廊下に林大元が立っていて右手を差しのばし、グラバーの重いトランクを奪った。

「すまない。とうとう日本へ着いたなあ、林大元」

大元は黙ってうなずく。黒眼鏡の表情は動かない。鼻下や顎のひげは一段と濃くなってい
た。

艀《はしけ》を待つ乗客達で舷側の甲板はごった返していた。

正面に見える出島西側の波止場から十五、六艘の艀が漕ぎ寄せてくるのだが、乗っている
のはこぎ手の人足一人ずつ。急ぐでもなくのんびりしているので、甲板の乗客を拾って波止
場へ運び、再び帆船にやってくるのが、おそろしく時間がかかる。

一組の乗客を運んだだけで引き揚げてしまう人足もいる。波止場へ着くと岸辺に腰かけて
煙草をふかす人足もいた。

乗客達はようやく目的地を眼の前にして苛立《いらだ》っている。

「のろま！　何をしてるんだ」

「本気で仕事をしろ！　本気で」

英語やフランス語でののしったが、日本人の人足達はどこ吹く風だった。

グラバーは心を静めて出島の波止場を眺めていた。

オランダ出島は地図で見ると長崎港のほぼ中央に突出した扇形の人工島だ。

二百数十年前にオランダ人を閉じこめるという目的のためだけに造成された。

「オランダ人の牢獄」

といえば、日本に関心のある西洋人なら知らぬ者がない。

ここから見えるオランダ出島は西洋風の木造二階建ての家が整然と道路を挟んで立ち、ちょうど箱の中にケーキを置いて清潔に並べたようだった。

波止場に群がっている人々を除けば、幅の広い大きな街路は閑散としている。

荷車や馬車などは一つも見えない。

ようやく順番がきてグラバーと林大元は艀の一艘に拾われた。

艀が漕ぎ進むにつれ出島の波止場の人々の顔が見えてくる。そのなかにマッケンジーのひげに蔽われた顔を探しあて、グラバーは右手を高くかざして左右へ振った。

マッケンジーもこちらへ気づいて手を振って応える。

上陸するとマッケンジーはグラバーを抱擁した。

「よく来た。待っていたよ」

そしてグラバーの背後に立つ林大元に気づき、

「誰だね」

とグラバーに聞いた。グラバーがマッケンジーの耳に口を寄せてささやいた。

「ダイジロ……いや、林大元か。見違えてしまった。よくきてくれたな」

右手を差し出して握手をかわし、

「あんたには教えてもらいたいことが山ほどある。よろしく頼むよ」

と小声でいった。相変わらず流暢《りゅうちょう》な清国語だ。

マッケンジーの背後に佇《たたず》んでいた三十歳かそこらの日本人の男が進み出てきて、

「持ちましょう」

下手な清国語で林に呼びかけ、林の手にしたトランクを奪った。

「八十吉《ヤツキチ》だ。私の身の回りの世話をさせている」

下男なのだろう。ひとめ見た物腰から武士ではないとわかり、林大元は安心した。

「行こう」

マッケンジーがグラバーを促して歩きだした。木の門が立っており、門をくぐると二百メートルもある道路が定規で引いたように真っすぐに伸びていた。

道路の両脇に二階建ての木造家屋が一定の間隔を置いて整然と立ち並んでいる。整然としすぎて味けないほどだ。

「これが有名なオランダ人の牢獄だ。今はもちろん開放されていてオランダ人ばかりではなく、イギリス人やアメリカ人も住んでいる。私もここへきてしばらく海寄りの一棟を借りて住んでいた」

二階のベランダからこちらを覗《のぞ》いている日本人の召使らしい男女の姿が見えた。

「グラバー君、申し訳ないが君達二人にもしばらくここで暮らしてもらうことになりそうだよ」

「けっこうです。どうして申し訳ないなどというんですか」

「みんなここは嫌うんだよ。オランダ人が二百年以上も閉じこめられていたので、その恨みがこもっていて気鬱《きうつ》になるというんだ」

「まさか」

「しばらく辛抱してくれ。別の家を見つけるよ」

とマッケンジーはいった。

長い道路の中央から左手へ折れて進むと大きな門が見え、その門から対岸に木製の橋が架かっていた。

「ナガサキだ」

とマッケンジーが橋を渡りながら正面を指差した。

幅の広い街路が見えた。きれいに砂利を敷いた道路を大勢の男女が往来していた。馬車や馬、荷車などはいっさい見えない。音がしない。

グラバーは一瞬、奇妙な幻覚に襲われて橋の上で立ち止まった。

静止した画像のように見えたのだ。

往来の男女も空を飛ぶ鳥も、犬や猫も、すべてが一幅の画像となって静止して見えた。

(ここでは時間がとまっている)

思わず足が動かなくなるほど、それは強烈な日本の第一印象だった。

「どうした、気分でもわるいのか」

振り返ったマッケンジーがグラバーの顔をのぞきこんだ。その声も耳に入らない。

肩をつよく叩かれて、グラバーは我に返り、

「いえ、ちょっと……」

と口を濁した。音がよみがえり、道路の男女も動きはじめた。

グラバーがいま見ているのは長崎の海岸通りの江戸町である。上海でいえば外灘《ワイタン》の大通りといったところだろう。

ここから長崎の街路は背後の山々へ向かって四通八達にひらけている。

当時の長崎の人口は約六万、交叉《こうさ》する街路は八十。狭隘《きょうあい》の地とはいえ田舎町ではなかった。

しかし内乱で人口の密集した上海にくらべると、いかにも静かなたたずまいだ。

人々は足音を殺して忍び歩き、犬や猫は道脇に遠慮してうずくまっている。

道路の幅の広さはどうだ。しかも塵《ちり》ひとつないほど清潔に舗装されている。雨水を流す道

の側溝にまで砂利がきれいに敷きつめてある。

両側には瓦葺《かわらぶ》きかこけら葺き屋根の小綺麗《こぎれい》な家が立ち並び、二階屋の場合は一階の上に広い庇《ひさし》が突き出ていた。

商店らしい家も見えるが、店頭に並んでいる品物の数は多くない。出入りしている男女の話し声も静かで、店主と客が大声を掛け合う清国の商家とはまるで違う。

「静かな町ですねえ」

と、思わずグラバーは小声になった。

「ああ、眠ったような町だよ。眼をさましてくれないと、われわれは仕事にならん」

とマッケンジーが肩をすくめて立ち止まり、

「見物はこれぐらいにしておこう。ありあまるほど時間がある。ゆっくりでいいだろう」

そういうと海岸通りへ引き返しはじめた。

「私は東の郊外の丘の上に住んでいる。海を見晴らせるいいところだよ」

マッケンジーの家は長崎の東の十善寺郷梅香崎《うめがさき》の丘の上にあった。

裕福な日本商人の別荘を借りたのだという。

庭の松の木の枝ごしに細長い港の入り江が見え、青い海が陽光を反射して鏡のように光っていた。

煉瓦《れんが》や石を使わない精巧な木造りの家だった。屋根はどっしりした感じの黒い瓦葺《かわらぶ》きである。板塀に囲われた敷地の中には別棟が立ち、あざやかな花々に彩られた庭や丘の渓流の水を引き入れた池もあった。

建物の母屋の部屋数は五つか六つ。いや七つか八つ、といってよいのかもしれない。襖《ふすま》とか障子という紙張りの手軽な扉で仕切られており、それを開閉することで部屋の数は増えたり減ったりするのだった。

マッケンジーは二つの部屋の間の襖を取り払い、赤いじゅうたんを畳の上に敷き、中央に脚高の机と椅子《いす》を並べ、置き棚などを適当に据えて、ちょっとした応接間をつくっていた。

「別棟に客用の寝室があるんだ。君が船に積んできた家具が出島の家に運びこまれるまで、ここに気楽に泊まってくれたまえ」

とマッケンジーはグラバーと林大元に椅子をすすめていった。

置き棚からブランデーと酒盃を自分で取り出し、三人分を注ぎ分けて、

「二人ともよく来てくれた。君達の日本到着を祝おう」

と音頭を取って静かに盃《さかずき》をあげた。

「お仕事はどうです。順調に運んでいますか」

とグラバーが盃を置いて聞いた。

「今のところ順調だとは言えないだろうな。しばらく時間がかかりそうだ」

とマッケンジーは意外な答えをした。

「日本人が果たして本気で我々と貿易をする気があるのか、そのへんの肝心なところがよくわからないんだよ。これはあとで林大元に聞いてみたいと思っている」

林大元が黒眼鏡の奥の眼を光らせた。

「とにかく長崎の貿易はいまのところ停滞している。昔から日本と取引している清国人とオランダ人を除いて、とうぶん見込みは立ちそうもない。日本政府や長崎の責任者が何を考えているのか、わからないことが多すぎる」

グラバーは聞いてがっかりした。上海から勢い込んできたのである。

「君達にきてもらったのは、日本相手の貿易は長崎だけでは見込みが立たないからだ」

とマッケンジーはつづけた。

「私は長崎をトーマスに任せ、横浜へ進出して、当分は両方の間を往来するつもりだ。だから本当に君達を待っていたよ」

「長崎の貿易の見込みが立たないというのはなぜですか」

とグラバーが聞いた。

うーんとマッケンジーはブランデーを舐《な》めて首をかしげ、

「いろいろ判らないことがあるんだよ。たとえば長崎では金銀貨で商品の売買ができない。

買った品物をメキシコ銀で支払っても日本商人は受け取らない。両替した日本銀で支払うと、相場の三倍の値段を吹っかけてくる」

「三倍？」

どこかで聞いたような話だとグラバーはとっさに思った。

「こちらが商品を売るときも同じだ。言い値の三分の一に値切ってくる」

「三分の一？　本当ですかそれは」

呆《あき》れてグラバーは聞いた。

「うそのような話だろうが本当だ。双方の値踏みがここまで喰い違うと、あとは物々交換という手段しかない」

とマッケンジーは話をつづけた。

「先だってジャーディン・マセソン商会から私が委託されて日本に売ったトロアス号の積み荷がそうだ。大部分が砂糖だったが、結局は生糸と多少の茶葉、漆器や陶器などとの物々交換で、何とか捌《さば》いたんだ。ひじょうに面倒だったよ」

「それは横浜でも同じなのでしょうか」

「いや、おかしなことに横浜とここでは事情が多少違うようだ。しかし横浜でも商人同士の揉《も》めごとは多い。あそこの商売で活発なのは日本の金貨の買い集めだろうな」

「その話、船の中でアメリカ人の商人から聞きました」

「そうだろう。じつは私も横浜へ何度か出かけた。かなりの日本金貨を買い集めたよ。しかしこれは長続きしないね、何かがおかしいんだ。われわれか日本人か、どちらかが間違っているよ」

聞いてグラバーは考え込んでしまっている。

マッケンジーの言うことは正しかった。じつは金銀比価の世界相場と日本相場が極端に違い、それを勘案せずに重量だけで暫定したメキシコ銀と日本銀の交換比価が、三倍もの差を生じるほど間違っていたのである。金貨の買い集めはこの間違いに便乗した取引で、西洋人の商人を大いに儲《もう》けさせた。

この間違いは翌年二月、日本の金価格の引き上げで修正されるが、それまで荒稼ぎをつづけた外国商人は少なくない。

マッケンジー自身もしばしば横浜へ赴いて金貨を買い集めているのである。

「ふしぎなことに長崎では金貨は集まらないんだ。新しく開港された横浜と違って長崎の商人はしたたかだよ。金銀の世界相場もちゃんと知っているのではないかな」

とマッケンジーはいった。

船の積み荷が陸揚げされたと聞いたのは翌々日で、グラバーはマッケンジーに案内され、林大元を伴ってオランダ出島の倉庫へ赴いた。

グラバーの荷物は白壁の土蔵のような倉庫の中に他の荷物といっしょに積みあげてあった。

「ふーむ、トーマス、けっこう持ってきたな」

とマッケンジーは笑った。

「テーブルにソファ、ベッド、マットレス、マホガニーの置き棚か。これならすぐにでも君は結婚できるぞ」

「これでも必要な物だけ選んできたつもりです」

「日本でしばらく暮らせば君にもわかる。われわれ西洋人がいかに無用な家具を身辺に置いているか、それがよくわかるんだ」

「はあ」

「日本人は寝台を使わない。畳があるので部屋に敷物もいらない。テーブルさえ無い家もあるよ。とにかく何もなくても暮らせるようにできている」

「まさか」

「おいおいわかるさ。とにかくこれを君の家へ運び込もう」

マッケンジーが連れてきた下男の八十吉《ヤソキチ》に命じると、ヤソキチは出島の波止場でぶらぶらしている男達に声をかけ、三人ばかりをすぐに連れてきた。

林大元とヤソキチも加わってグラバーの荷物は出島の海寄りの一角にある木造家屋に運び

込まれた。

海側にベランダのついた二階建ての家である。一階は倉庫で二階には箪笥《たんす》など多少の家具を備えた狭い部屋が四つある。

マッケンジーが手馴れた態度で指揮して、客間、寝室、台所、従者の林大元の部屋などの間取りをきめた。

「ここには暖炉と煙突がないんだ」

と客間に据えたテーブルの前の椅子に腰かけてマッケンジーはいった。

「寒いときには火鉢という銅の鍋《なべ》があって、その灰の中で木炭を燃やして手をかざすんだ。暖炉をつくって作れないこともないだろうが、ここはどうせ居留地ができるまでの仮住居だ。私もしばらく暖炉なしで辛抱するよ」

「平気です」

とグラバーはいった。

「私はスコットランドの北部の生まれです。この国の寒さなんてたかが知れてますよ。魚の燻製《くんせい》はできませんが」

「そうだったな。お互いに寒さにつよくて仕合わせだ」

とマッケンジーは笑った。

「今夜は私の家で夕食を取り、明朝にここへ越してくれればよい」

「ありがとうございます」

「食事はここ数日、君が見た通りだ。日本の食事はうまくもないが、不味《まず》くもない。これも今に馴れてくるさ」

出島の二階屋敷へ引っ越した日、夕刻ごろになって一人の男が訪ねてきた。

「隣家に住むウィリアム・オルト、イギリスのアイルランドの出身です」

西洋人にしては小柄なほうで栗色の髪、灰色の眼をした男だった。肌はピンク色でいきいきしている。

グラバーが客間へ招じるとウィリアム・オルトは左手に携えていたワインの瓶を机上に置き、

「お近づきの記念に……」

と、いった。

グラバーはオルトに椅子をすすめ、向かい合って座り、自分も姓名、出身を名乗った。

「マッケンジーさんに聞いていますよ」

「あなたはいつごろ日本へ？」

とグラバーは聞いた。

「昨年です」

「え？」

「開港前でしたが通商条約の特例を利用したんです。すでに日本で買い集めていた商品もありましたので」

「商品というと何を？」

「茶葉ですよ。中国並みの茶葉が日本でとれます。私は日本人がオランダ人に預けた日本の茶葉の見本をジャカルタで偶然見ましたので、一昨年のはじめに一度日本へきて買い付けの契約を結んで帰りました」

「通商条約の調印の前に？」

「そうです。条約の成立は間違いないと私は見ていましたから」

「茶葉の取引はできたのですか」

「ええ、どうやら、今年になってようやく出荷しました。量はたかだか八千斤《きん》ていどでしたが、今後はもっと増えるでしょう」

「取引は物々交換ですか。日本商人はメキシコ銀では受け取らない。日本銀では三倍の高値を吹っかけると聞きましたが」

「そんなことありませんよ」

　とウィリアム・オルトは白い歯を見せて笑った。

「交易所《バザー》の定めた金銀の相場がおかしいんです。私はそんなものいっさい関係なしで取引します。茶葉は中国では一ポンド当たり十二セントから二十セントまで品質で値段の幅があります。私は茶葉の品質をよく見て中国で買う場合とほとんど同じ値段で日本の茶葉を買います。交易所《バザー》の定めたメキシコドルの相場なんか全く無視して支払います。そうすると日本の商人もよろこんで品物を売ってくれますよ」

「失礼ですが」

とグラバーは色艶《いろつや》のよいオルトの顔をみつめて聞いた。

「年齢はおいくつですか」

「十八歳です」

えっと耳を疑ってグラバーは絶句してしまった。

「十八歳？」

「そうです。私は父親を早く失ったもので十二歳のときに独立して東洋航路の船に乗りました。食堂の給仕からはじめて商船のオフィサー（幹部）になりましたよ」

ばら色の肌をした若々しいオルトはいった。

「しかし航海士の資格のない者がいつまで船に乗っていても仕方がないと思いましてね、人に頼んで上海の税関に勤めることにしたんです」

明るい表情で若者はよくしゃべる。

「そのうち日本との和親条約が結ばれたと知りましてね、ジャカルタで手に入れた日本茶の見本を持って、ちょっと日本へ遊びに来てみたんです。茶葉を売る日本の商人の名もわかっていたので、その商人を訪ねましてね、十二万斤の茶葉の取引を申し入れました」

「十二万斤?」

「賭けですよ。まだ通商条約も成立していませんから、口約束でした。ほんの少し手付金を打とうとしましたが、相手の商人が手付金はいらないというんです」

「ほう」

「茶葉は異国人に売れると信じて三種類の見本をオランダ人に手渡したけれど、誰も買いにきてはくれなかった。あなた一人が遠方からわざわざ自分を訪ねてきてくれた。それだけで嬉《うれ》しい、だから手付金はいらないというんです」

「誰ですか、それは」

とグラバーは思わず身を乗り出して聞いた。

「オケイさんです」

「え?」

「オケイさんと私は呼んでいます。長崎の女商人ですよ」

「女?」

「はい、すばらしい女性です。美しい人ですよ」

「日本には女の商人が多いんですか」

「いえ、めったにいません。私が知っている交易商人で、女性はオケイさん一人ですね」

「その人は誰とでも茶葉の取引をしてくれますか」

「もちろん商人ですから、信用すれば取引に応じるでしょう。しかし日本ではまだ茶葉の生産が発達していない。私が十二万斤の注文をして、オケイさんがようやく集めた茶葉は僅《わず》か八千斤でした。来年は必ず大量に集めると約束してはくれましたが」

「オルトさん、あなたは交易所《バザー》のメキシコ銀と日本銀の相場は無視して取引するといいましたね」

とグラバーは念を押して聞いた。

「そうです。私は中国の相場で取引します。間違った相場で大儲けしようなどとは考えませんよ」

とオルトは笑顔でうなずいた。

僅か十八歳の貿易商人ウィリアム・オルトは、いずれグラバーにオケイさんを紹介すると約束して、帰っていった。

オルトは通商条約の定めたメキシコ銀と日本銀の相場を、全く無視して取引しているという。

「この相場がおかしいのは、オランダ人と中国人には適用されていないということです。逆に考えればオランダ人と中国人の貿易はうまく運び、われわれイギリス人やフランス人の商売が日本商人に拒まれるのは、相場が間違っているからですよ。そうは思いませんか」

とオルトは帰り際にいった。しかもこの若者はちゃっかりしていて、

「横浜では私も日本の金貨を集めていますよ。これは金銀の比価の問題です。金貨は商品と思えば、すばらしい買い物です。喜んで買っていますよ」

といったのである。銀貨は取引の交換貨幣、金貨は商品と割り切っているらしいのだ。

これは自分もよく考えねばならない問題だ、とグラバーは思った。

物品取引は銀貨の中国相場でおこない、金貨は商品として集める。若い貿易商人は重大なことをグラバーにあっさり教えてくれたのだった。

オルトがきびきびした態度で帰ったあと、グラバーは林大元に話を持ちかけた。

「林、今日から私達は毎日の食事を自分でつくらねばならない。いつまでもマッケンジーさんに頼れないからね」

もちろんそうだと林大元もうなずいた。

「ついては林、今夜の夕食をつくってくれないか。私がイギリス人だという配慮はいっさいしないでくれ。日本人がふだん口にするものと全く同じものを私に喰わせてほしい」

林大元はちょっと首をかしげて、

「いいのか？」

とグラバーにいった。

「マッケンジーさんの家の食事は、日本人のそれとはちょっと違っていた。あれは西洋風な

日本の食事だった。私は日本人と同じものを喰いたいんだ」

「わかった」

と林大元はうなずいた。

「ただし私はサムライだ。あまり料理などつくったことがない。旨《うま》くないと覚悟していてほしい」

「覚悟する」

とグラバーはこたえた。

林大元は間もなくグラバーを家に残して外出した。

林は清国で常用していた木刀を捨て、かわりに上海で買い求めた黒い杖《つえ》を携えている。木々にまつわる蔓《つる》を乾かして作った杖で、なかの空洞に鉄線の束が詰めてある。かなり重く、長さ二尺六寸はあった。

間もなく林大元が買い物を手籠《てかご》に提げて戻ってきた。少量の米、味噌《みそ》、醬油、大きめの鯖《さば》二尾、大根一本、こんにゃくなどである。他に七輪を一つ、縄をかけてぶらさげている。

台所へ入る林大元のあとをグラバーが追った。

「見学したい。日本料理のつくり方を見せてくれ」

とグラバーはいう。林は仕方なくグラバーを狭い厨房の片隅に立たせた。

かまどの上の釜《かま》を流しに移し、水甕《みずがめ》の水を柄杓《ひしゃく》でくみ入れて米を洗う。

「米は洗わなければならないのか」

「とうぜんだ」

「われわれは洗わない」

とグラバーはいった。洗わない米をどうやって喰うのか林にはわからない。

かまどに小枝の薪《まき》を入れて火を燃え立たせ、釜を上に乗せた。

それから林大元は平鍋《なべ》の一つに醬油を入れ、少量の水と砂糖を加えて釜の横に乗せた。煮えるのを待つ間に林は俎《まないた》を流しの上に置き、二尾の鯖に包丁を入れて腹をひらく。

台所は日本人の召使が使っていたらしく、釜、鍋、包丁、俎など必要最低限の道具が揃っていた。七輪は念のために買ってきたのである。

かまどは鍋釜二つを乗せた上、片隅に銅壺を埋めたつくりになっている。

林大元は腹をひらいた大きな鯖二尾をぶつ切りにした。

かまどの火勢がつよくなり平鍋の醬油が泡立ちはじめる。

ぶつ切りにした鯖をその平鍋の中に抛《ほう》り込んだ。

それから俎を洗い、大根を取り出して輪切りにする。

グラバーはいちいち首をのばしてのぞき込み林の手もとを熱心に見ている。

「米が泡を噴きだしたぞ」

「まだだ」

と林大元はいい、平鍋の蓋《ふた》を取って魚肉の煮え具合を確かめ、やがて二つの皿の上に取り分けて並べた。

輪切りにした大根を魚肉の残り汁の中へ投げ込み、ちぎり分けたこんにゃくを加えて入れる。

「そろそろいいだろう」

と林はかまどの火を落とした。釜のそばの銅壺の中で湯がたぎっている。

林はもう一つの鍋を取り、そのなかへ銅壺の湯を移し、ひとかたまりの味噌を入れ、俎の上に用意していた茄子《なす》を加えた。

「スープか」

とグラバーが首をのばした。

「味噌汁だ」

「へんな臭《にお》いがするな」

林大元はこたえず、手にした柄杓で味噌汁をかきまぜた。

料理ができあがった頃、オランダ出島は早くも宵闇《よいやみ》に包まれはじめていた。

ベランダの窓ごしに見える海は白い波頭が目立ってさざ波立っている。

机上に皿と碗が並べられ、グラバーと林大元は向かい合って机の前に座った。洋灯《ランプ》が林の手料理を照らしている。グラバーの前にはひと揃いのナイフとフォーク、林の前には箸《はし》が置かれた。

林が箸を取り煮魚の肉をほぐして喰い、茶碗に盛った米飯を口に入れるのをグラバーはじっと見ていた。

自分も左手のフォークで煮魚の一片を口にしたが、首をかしげて、

「ちょっと辛いな」

とつぶやいた。この赤い色の汁は何だと林に聞く。

「醬油だ。日本ではあらゆる煮物にこれを使う。馴れれば旨《うま》いはずだ」

グラバーはスプーンに米飯をすくい取って口に入れた。

「味がしない」

「それでいいんだ。米は日本の主食だ。煮魚や野菜、汁は米をおいしく喰うためにつくる」

グラバーは小皿に盛った大根とこんにゃくをフォークで刺し、口にすると、

「これも辛い。魚の味がしみついて臭《にお》いがする」

「当然だ。魚の煮汁で味をつけたんだから」

「そうだな」

うなずいたグラバーは席を立ち、置き棚から胡椒《こしょう》と食塩の壜《びん》を取り出してきた。シェリー

酒も一本持ってきて、二人分のグラスにつぎわけた。

それからグラバーは米飯の上に盛大に食塩をふりかけ、煮魚と野菜に胡椒をまぶした。ひと口喰い、

「うん、これでいけるぞ。魚肉のにおいが消える」

「西洋人のわるい癖だな。塩と胡椒をやたらに振りかけてものを喰う。それでは本当の味がわからんだろうが」

「そんなことはない。ものの味を引き立てるために塩と胡椒を使うんだ」

「そうかな」

それでもグラバーは煮魚も野菜も米飯も、ナイフとフォークを無器用に使って、のこらず喰った。

ときどきシェリー酒で口を洗いながら喰う。喰わねばならぬと決意しているような喰い方だった。

味噌汁はスプーンでひと口すすって、

「これは……」といったきり、手をつけない。

「明日は私が夕食をつくるよ」

やっと食事を終え、ほっとしたようにグラバーはいった。

「あんたにイギリス料理を教えたい。今日の私のように見学してくれ」

翌日、グラバーは林大元を家に残して、梅香崎《うめがさき》のマッケンジーの家へ出勤した。

マッケンジー商会は今のところ日本家屋のこの家である。

いずれ居留地が造成されれば移転するつもりだが、外国領事と長崎奉行の間で交渉がもつれ、今はまだほんの一部の海岸で埋め立て工事がはじまっているていどだった。

マッケンジー商会で一日を過ごし、グラバーはすすめられた夕食をことわって出島の自分の家へ帰った。

買い物を手籠一杯につめて提げていた。

「さあ、今夜は私の番だ」

上衣を脱ぎ捨てシャツを腕まくりしてグラバーは厨房へ入る。林大元がついてきて、厨房の片隅に立った。

買い物籠から出てきたのは里芋、人参《にんじん》、長葱《ながねぎ》などの野菜、そして昨日と同じ大きな鯖である。

「また鯖を買ってきたのか」

「鯖にしたんだ。イギリスの鯖の料理をあんたに見せようと思ってね」

へえーと林はいった。それで興味をそそられて林はグラバーの手料理を本気で見物する気になった。

グラバーは深鍋に水を入れ、それをかまどへ掛けると火を起こした。

それから俎《まないた》を流しに置き、里芋や人参、長葱などをぶった切りにした。

こんどは平鍋を横に並べ缶入りバターを大匙《おおさじ》二杯ほどすくいとって鍋の中に落とした。

バターが火にあぶられて音を立てはじめると、グラバーは両手にすくい取った米をざらっと二、三回鍋の中へぶちまけ、大匙で米が黄色くなるまで炒《いた》めはじめた。その間に深鍋の湯が煮立ってくる。

するとグラバーは流しに水洗いしていた二尾の鯖を頭つきのまま深鍋の中へ抛《ほう》り込んだ。腹はひらいてある。

それから平鍋のほうへ戻り、黄色くなった米をさらにかきまぜて炒め、「よし」とうなずくと、柄杓《ひしゃく》ですくった水を二、三杯も上から掛け、白い煙が噴き立つ上から木の蓋《ふた》をした。

その間に深鍋の鯖が煮えた。グラバーは茹《ゆ》であがった鯖を鍋から取り出して一尾ずつ皿に置いた。

そして残り湯の中に切り分けた野菜をつかみ入れ、少量の塩と酢をふりかけた。

平鍋の米が煮えるまでの間にグラバーは皿に載った鯖へ塩をふりかけ、匙ですくったバターを魚肉にたっぷりと塗りつけた。

林大元は眉《まゆ》をひそめて見ていた。

「さあ、できたぞ」

黄色に焚《た》き上がった米飯を、二つの皿につぎわけたとき、グラバーはびっしょり汗をかいていた。

　昨夜と同じテーブルにグラバーと林大元は向かい合って座った。

　シェリー酒と二つのグラス、他に胡椒と塩、酢などの調味料も置かれてある。

「さあ、喰ってくれ」

　グラバーにすすめられて林は箸を取り、皿に盛ってある黄色い米飯を口へ運んだ。バターの臭《にお》いがきつい。

「うまいだろ、バターライスだ」

　うーんと林は吐息をもらした。

「鯖はどうだね」

　とグラバーはすすめる。林は箸をのばして魚肉を口へ入れ、首をかしげた。

「同じ味じゃないか」

「塩とバターだから、同じ味なのは当然だ。口に合わなければちょっと酢をかけないか」

「酢？」

「酢は魚肉の臭味《くさみ》を消すよ。この野菜がそうだ。鯖の煮汁で茹でたが酢を入れてある。口に入れてみろ、魚の臭《にお》いがしないはずだ」

　林大元は箸をのばしてじゅくじゅくに茹であがった柔らかい野菜をつまみ口へ運んだ。

「臭うじゃないか。魚の臭いがする」

「そうか酢が足りないんだろ」

とグラバーは卓上の酢の瓶を取って、どぶどぶと野菜に酢をかけた。皿の茹で野菜は水びたしである。

「われわれイギリス人は世界中どこへでもゆく。それは何でも喰えるからだよ」

とグラバーは今日は器用にナイフとフォークを使って鯖や野菜、米飯を交互に喰ってみせる。

「塩とバター、胡椒があれば喰えないものはない」

「そうかな」

林は米飯をひと口喰ってはシェリー酒で口を洗っている。鯖も同じで、口中がバターでぎとぎとする。

「私は日本へきた以上、なるべく日本の食事に馴れ、日本人と同じもので満足するように努力するつもりだ。たかが喰い物で、苦労するような真似はしたくないからね」

「それはそうだ」

林大元も眉をひそめながら懸命に喰っている。

「ところで林、どうだろう」

とグラバーがとつぜん提案した。

「誰か召使を雇うことにしないか。料理の時間がもったいないと思うんだ」

「そうしよう」

と林はほっとして賛成した。

グラバーがマッケンジーに連れられて長崎駐在のイギリス領事モリソンを訪ねたのは、十数日がたってからだった。

イギリス領事館は大浦川の河口をのぞむ南山手の小高い丘の上にある。

ここは妙行寺という寺院だが、奉行所の斡旋《あっせん》で英領事館として開放された。

ジョージ・モリソンは新任領事として長崎に到着して間がなく、領事館をはじめ家具調度、日本人、気候、在留同国人などすべてが気に入らず苛立《いらだ》っているようだった。

「見たまえ君達、これが大英帝国の領事館かね。死人や線香の臭《にお》いのしみついた仏教の寺だぜ。この建物の床の高さを見たまえ。七、八フィートはあるんじゃないか。人がもぐりこんできて、下から拳銃を打ち込んだら、どうなるんだね。イギリス領事はそれで一巻のおわりさ」

灰色がかった髪、青い瞳《ひとみ》の中年男で、どちらかというと不平屋といった気難しいタイプのようだ。

「開港と同時に居留地は造成されているはずなのに、日本政府は手もつけていない。しようがないからとりあえず仮泊地協定を結ぶ協議をはじめたが、一向にはかどらない。日本政府は私達を長崎の狭い一ヵ所に閉じこめて周りを川で囲い込み、孤立させて、オランダ出島をつくろうとしているんだ。そうはさせるもんかと私やフランス領事が抵抗すると、役人達はぬらりくらりと返事を引き延ばす。ようやく返事を聞くと、また話は前に戻ってオランダ出島だ。役人達は中国人と違って態度や物腰はいんぎんだが、何を考えとるのかさっぱりわからん」

一気にまくし立てるモリソンをみつめてマッケンジーが微笑んだ。

「辛抱ですよ領事。辛抱と忍耐、いつも御自分でそう言ってるじゃありませんか」

「そうか、そうだったな。それはすまん」

とつぜん温和《おとな》しくなってモリソンは椅子《いす》に座り、

「じつは今朝、またでっかい奴が出たんだ」

「蛇でしょう」

「こんな大きな奴だ」

とモリソンは両手を広げて見せ、それからはじめて気づいたようにマッケンジーの隣席のグラバーを見た。

グラバーは椅子から立って名乗った。

「君がグラバーか。マッケンジーさんから噂《うわさ》は聞いていた。若いな」

「はい、二十一歳です」

「東洋の最果ての国へきてひと財産つくるつもりだろう。財産をつくって、あとは野となれ山となれで、とっとと逃げ出して国へ帰る。君たち商人はいいなあ。気楽なもんだよ」

「領事、それはあなたの誤解ですよ。私のように三十数年も東洋を放浪して、何の財産もない商人もいます」

とマッケンジーがいった。

「君は牧師としてインドへ行った人だ。ほかの商人とは違うだろう」

黙って聞いていたグラバーが口を挟んだ。

「領事、私は確かにひと旗あげるつもりで国を出てきました。でもここまで来た以上、とっとと逃げ帰るようなつもりはありません」

「そうかな」

とモリソンは皮肉な眼を向ける。

この頃の各国外交官には自国の商人を蔑視《べっし》する者は少なくない。蔑視されても仕方のない商人達もまた多かった。

グラバーもそれは知っている。

「ところでマッケンジーさん、この日本という国の政治制度はどうなっているのかね。私も一応は研究してきたが、古い本を読むだけではさっぱり判らんのだ」

モリソンはマッケンジーを何となく信頼しているらしい。

「近く横浜のオールコック公使に挨拶《あいさつ》にゆくつもりだが、少しは知識を仕入れておきたい。教えてもらえないかね」

うーんと吐息をついてマッケンジーはしばらく考えていた。

「イギリスでいえば十二世紀のプランタジネット王朝の封建時代と思えばよいのではないでしょうか」

「十二世紀？」

「もしくは中世のドイツですな。封建貴族が乱立して、みんな自分の土地に縛りつけられていました」

「封建貴族は日本のダイミョーのことだな」

「ええ、三百人ちかくいるといいます」

「するとタイクーンは何だね」

「その三百人を統率する一番の貴族でしょう」

「国王ではないのか」

「それは国王といってもよいと思います。しかしタイクーンのほかにもう一人、タイクーンと同格かそれ以上の王がいるらしい。ミカドと呼ばれているようです」

「ミカド？」

モリソンは首をかしげ、

「二人の国王と三百人の封建貴族か。よく判らない国だなあ」

「私にも判らない」

とマッケンジーはいった。

「おそらく横浜の各国公使にも日本の政治制度はまだよく判っていないでしょう」

そういってマッケンジーははっと気づいたように部屋の隅を見た。

中国服に黒眼鏡の林大元が遠慮して椅子に腰をかけず、入り口の片隅に足を組んで座っている。脇に黒い杖を置いていた。

英国領事館の妙行寺を出ると、長崎の入り江の青い海が見えた。赤や青の色あざやかな唐船が岸壁近くに浮かんでいる。

大浦川の河口一帯は埋め立て工事の最中で赤銅色の肌の裸体の人足達が、のろのろと働いているのが見えた。

「領事が苛立《いらだ》つのも無理はない。われわれの居留地はいつ仕上がるやら見当もつかん」

と歩きながらマッケンジーがいった。

「あの領事は私たち商人を軽蔑《けいべつ》しています。私は不愉快でした」

「役人はみんな同じさ。モリソンは日本へ来たばかりで、待遇の悪さに腹を立てているんだ。大理石の宮殿のような領事館を想像してきたら、陰気くさい日本の仏寺だった。夜はうるさい蚊に悩まされ、朝眼がさめると天井から蛇が落ちてくる。予想もしなかったんだろう」

「開国したばかりの国じゃないですか。そんな期待をするほうが馬鹿です」

とグラバーは怒りで顔を赤くしていた。

梅香崎《うめがさき》の家へ戻ると、マッケンジーは応接間にグラバーを招じ、林大元を呼び寄せた。

「林、日本には二人の国王がいるという話が領事館で出た。二人の国王はどういう関係なのか、私達に教えてくれないか」

達者な清国語である。林大元のそれよりなめらかだろう。

「二人の国王などおりません。将軍と天皇がいるだけです」

と林大元はこたえた。

「それはタイクーンとミカドのことだね」

「タイクーンなどと呼ぶ者は日本にはいない。私たちは将軍と呼びます。将軍は三百諸侯を率いて御門《みかど》に仕えている侍の頭目です」

「ミカドは頭目ではないのかね」

「違います。頭目を選んで任命する御方です」

「ならばミカドはタイクーンの主人ではないか」

「そうです」

林大元は国もとの豊後岡藩では勤王攘夷の急先鋒だった。水戸学や国学の天皇観をしっかり身につけている。

「それにしてはミカドはわれわれの前に名前も姿も現さない。あらゆる交渉に出てくる者はミカドの家来ではなく、タイクーンの家来だ。どうしてミカドの家来が出てこないのか」

「異国との交渉や戦争は昔からタイクーンにまかされています。タイクーンの正式な名称は征夷大将軍といいますから」

林大元は立ち上がって机上の紙に字を書いて二人に見せた。

「夷狄《いてき》……つまり異国人です。異国人を征伐するのが、タイクーン本来の仕事です」

「征伐?」

とマッケンジーは林大元の書いた、

——征夷大将軍
という文字をみつめた。グラバーも首をのばしてのぞきこんでいる。二人とも清国文字を勉強してよく学んでいる。

「征伐とは戦争のことではないのか」

「まあ、そうです」

と林大元がうなずいた。

「タイクーンはわれわれと戦争するのではなく、むしろ平和な和親条約、通商条約を締結した。条約締結の名義人はタイクーンであってミカドではない。異国と戦争するのではなく、平和条約を結ぶのもタイクーンの権限なのか」

「いや、それは違う」

と、林大元ははっきりと否定した。

「それは御門がなさることです。私は足かけ三年、日本を出て清国にいた。その間まさか幕府が異国と通商条約を結ぶとは考えてもいなかった。いったい日本がどうなったのか、この国で何が起こったのか、私にはさっぱり判らない。人に聞いてみたいが、今の私にはそれもできない。ひどく混乱し、悩んでいます」

林大元が祖国を離れて足かけ三年の間に日本は大きな変容をとげていた。

ペリー艦隊の来航によって徳川幕府の権威は失墜し、諸国の大名が幕府の政策を堂々と批判しはじめ、それはとうぜん大名の家臣の間にも波及した。各藩が攘夷か開国か、勤王か佐幕かの真っ二つに割れ、武士達が騒然と政争をはじめたことは、もちろん林大元も知っている。

林大元自身がいわばその政争の当事者であり、若気の赴くままに反対派の従兄《いとこ》と決闘して相手を斬殺《ざんさつ》し、国を出て清国へ渡ったのである。

その後、天皇と公卿《くぎょう》たちまでが幕府の政治へ介入しはじめ、それを嫌った徳川幕府が彦根藩主の井伊直弼《なおすけ》を幕閣の大老に据え、世論の猛反対を押し切って日米通商条約に調印した。

天皇の承諾なしの調印で諸大名、その家臣、さらに京都の公卿達が激昂《げっこう》し、日本中が大揺れするほどの騒ぎになった。

その騒ぎを鎮定し、幕府の権威を回復するため井伊大老は大弾圧を決意し、過激な大名達を謹慎処分にしたのをはじめ、公卿や反幕の武士達の摘発、検挙、処刑をはじめた。

安政の大獄と呼ばれる弾圧がはじまったのは安政五年の秋からで、翌六年秋の現在は弾圧の進行中である。

大老井伊直弼の威風が今のところ世間の嵐をしずめている。

その井伊直弼は林大元の主家である豊後岡藩の前藩主中川久教の実兄にあたっていた。

むろん、そんなことも林は知らない。

もっとも日本の国情をくわしく知っていたところで、林大元はそれをイギリス人二人に説明して理解させることは無理だったろう。

「ミカドは通商条約に反対なのかね」

とマッケンジーが聞いた。

「もちろんだろう。日本人はみな反対のはずです」

「どうして」

とグラバーが首をかしげた。

「率直に言おう。あなた達西洋人がわるいんだ」

と、林大元は語気をつよめた。

「日本と貿易をしたいと申し込んでくるのはいい。それがあなた達の希望なら仕方がない。しかし人間には礼節というものがある。人に交際を求めるのにあなた達は、まず相手に唾《つば》を吐きかけておいて、さあ仲良くしましょうと握手の手をのばす。アメリカのペリーが日本にやってきた時の態度はそれと同じです。蒸汽船と大砲でおどしをかけて、日本に交際を求めてきた。銃剣でおどして女を犯そうとする男がいたとすれば、あなた達は、その男を許しますか。日本人が怒るのは当たり前だ。そうは思いませんか」

聞いてグラバーとマッケンジーは顔を見合わせた。

「それはちょっと……極端な譬《たと》えではないか」

「どこが極端です。その通りでしょうが」

と林大元はマッケンジーの青い瞳をみつめた。

「少なくとも日本人はそう思っている」

「林、あなたも同じなのか」

とグラバーが心配そうに聞いた。

「同じだった。いや、西洋人が礼節に欠けると思っているのは、今も同じだ」

再びグラバーとマッケンジーは顔を見合わせた。

「私は日本が開国することにも反対だった。しかし今は開国に反対しても仕方がないとあきらめています。それは清国で暮らしてみて、よくわかった。だから私はあなた達に協力する。しかし西洋人は反省しなければならない。他国に交際や貿易を求めるのなら、もう少し礼儀正しくしてほしい。日本人が通商条約に反対するのは、あなた達が礼儀を知らないからだ。それだけは言っておきたい」

うーんとマッケンジーは俯《うつむ》いて手で自分の首筋を撫《な》でていたが、顔をあげて林をみつめ、右手を差しのべた。

「わかったよ、林」

と、マッケンジーは言った。

「私たちは野蛮人ではない。反省もする。これからも日本のことを教えてほしい。協力してくれ」

林は黙ってマッケンジーの手を握った。

グラバーは足もとをみつめて考え込んでいる。

マッケンジーの案内で東築町の交易所《バザー》へ赴いたのは、翌日の午後だった。

交易所の正式名称は長崎湊《みなと》会所である。元俵物《たわらもの》役所とも呼ばれている。

オランダ出島と新地荷物蔵に挟まれて海へ向かって突出した一角にある。

唐蘭交易時代に全国から集めた海産物を収納し、もっぱら唐人相手に売買する役所だった。

　開港以来、異国人相手の貿易一切がここで取り仕切られることになっている。

　交易所は門内に十二棟の倉庫が凹字形に並んで建ち、建坪は七百十四坪、門から正面に三百坪の広場があった。

　広場は俵物干場《たわらものほしば》と呼ばれ、日本全国から集められた海産物、その見返りとして中国から運ばれた薬種、反物、砂糖などが所狭しとばかりに並び、清国人と日本人が縦横に往来していた。

「これは……」

　とグラバーは絶句して活発な商売のやりとりを眺め、

「盛況じゃないですか。商品もふんだんにあります」

「チャイニーズ・ギルドだよ」

「え？」

「清国人だけが許されている取引だ。われわれ西洋人は売買に参加できない」

　とマッケンジーはいった。

「どうしてですか」

「ナガサキの伝統だそうだ。海産物の中でとくにイリコ、ホシアワビ、フカノヒレの三品は清国人にしか売られない。コンブも同じだ。ここでわれわれが買えるのはせいぜい樟脳《しょうのう》、人《にん》参《じん》、銅器、漆器くらいだな」

「それはおかしい。通商条約では何でも自由に取引できるはずです」

「ナガサキでは駄目なのだそうだ。オランダ人でさえ手が出せない。モリソンはじめオランダ領事、アメリカ領事、みんなが大いに抗議しているが、清国商人と日本の役人ががっちり手を組んでいて、今のところどうにもならない」

広場を埋めている人々をよく見ると清国人と日本人がちょうど半数ずつくらいだった。サムライの姿もあった。

清国語と日本語がやかましく飛びかっている。清国服の男が日本語を発し、日本人が清国語で叫んでいる。

両者ともいかにも親密で馴々《なれなれ》しく見えるのだった。

「見ただろう。日本の市場にしっかり喰い込んでいるのはオランダ人ではない。チャイニーズ・ギルドだ。われわれの当面の敵は清国人なのさ」

広場に陳列された豊富な商品を見物して歩いた。

「茶葉が見えませんね」

とグラバーが気づいていった。

「茶葉は昔から売買の習慣がなかったらしい。ここにはないよ」

とマッケンジーがこたえた。

グラバーが先日訪ねてきたウィリアム・オルトのことを告げると、

「ああ、知っている。オルトが女商人から大量の茶葉を買い付けたので、日本の商人達はおどろいたそうだ。西洋人が茶を飲むとは知らなかったんだろ」

とマッケンジーは笑った。

「そういえばオランダ人は茶を飲みません」

「清国人は茶葉なら自国にたっぷりある。取引がなかったのもむりないだろうな」

「清国は内乱でこのところ茶葉が払底し、ひどく値上がりしています」

とグラバーがいった。

「さっそく日本の茶葉を買い集めましょう」

「やってみたさ。それが駄目なんだよ。ウィリアム・オルトが十二万斤の茶葉を注文して、女商人が二年がかりで集めたのは、たったの八千斤だった」

「はい、その話は聞きました」

「日本人は茶葉を商品として育てる習慣がないんだ。田や畑に自生した茶の木の葉を摘むていどらしい。茶葉が異国に売れるとわかって、商人達が今ごろ大慌てで農家に茶の生産をすすめている。茶商人を名乗って売り込みにくる日本人も何人か出てきた。私もそのうちの一人と取引の約束はしておいたが、さあ、どのていどの契約ができるか、今は心細い」

「女商人とはお会いになりましたか」

「オケイさんだろ」

とマッケンジーはうなずいた。

「中々の美人で魅力のある人だよ。君もいちど会っておけばよい」

「はい。オルト君が紹介するといってくれました」

「それは、いいことだ」

マッケンジーは自分が紹介するとはいわなかった。他の茶商人とすでに約束ができているからだろう。

「さて、両替所だ。いちど見ておきたまえ」

マッケンジーは先に立って正面の建物に歩み寄った。

——運上所　カスタム・ハウス
と日英両文の表札が縦と横に掛けられてある。

扉をあけてなかへ入ると床張りの広い部屋の正面の一隅に、二人のサムライがひな壇のような高いところで温和《おとな》しく座っていた。

二人の前には銅貨と銀貨をつめた箱が置かれ、その脇に計量するための秤《はかり》と錘《おもり》が置いてあった。

部屋の中の机のまわりに清国人と日本人が五、六名座っているが、閑散としていた。

「何だか暇なようですねえ」

とグラバーが室内を見回していったのは、正面のひな壇に座っている役人の一人が居眠りしていたからである。

役人は頭をゆらゆらさせ、ときどき前のめりになっては、はっと体を立てなおしていた。

グラバーはマッケンジーの従僕のヤソキチと彼の紹介で自分の家に通い女中として来ているオマツのことを思いだした。

二人とも暇さえあれば居眠りしている。

「トーマス、いちどやってみたまえ」

とすすめられ、グラバーはポケットの一ドル銀貨十数枚をひな壇の役人達の前に差し出した。

居眠っていない役人も退屈していたのだろう、いそいそと秤を取り、一方の皿に十数枚のドル貨をのせた。箱の中から日本の銀貨をつかみ出して、もう一方の皿にのせる。銀貨は大きさの不揃《ふぞろ》いな丁銀と豆板銀だった。ともに秤《しょうりょう》量貨幣である。

丁銀はナマコのような形をしており、豆板銀は豆粒のように見える。

通商条約で通貨の同種同量交換が定められているので、これなら三倍もの比価の間違いが生じることもない。

役人は親切なのか退屈なのか、ドル貨の二、三枚を使いやすい銅貨に両替して、銀貨とともに手渡してくれた。

「アリガト」

とグラバーは覚えたての日本語で礼を言い、銀貨を上衣の内ポケットへ入れ、銅貨を外ポケットとズボンのポケットへ入れた。歩くとジャラジャラ鳴った。

そのとき、両替所の扉を音高く乱暴にあけて、一人の男が入ってきた。西洋人だった。丸々と肥《ふと》っているわりに背丈が低い。

男はつかつかと正面の役人達の前へ歩み寄り、ポケットから重そうな袋を取り出し、台の上に置いた。

役人が袋をあけると百枚をこえるドル貨が出てきた。

三分の一ほどを秤の一方の皿へのせ、もう一方の皿へ日本銀貨をのせはじめたとき、

「ノー」

と西洋人は叫んだ。

「イチブ銀を出せ」

イチブ、イチブとつづけて叫ぶ。

その声に居眠りからさめた横の役人が、

「ござりませぬ」

といった。

眼を丸くして西洋人の顔をみつめ、知っている顔だったらしく、

「何度も申しておりますように、当所には一分銀は置いておりませぬ」

「条約違反だ！」

と西洋人は英語で怒鳴った。

「イチブを出せ」

「ございませぬ」

と役人は首を横にふった。

西洋人は右手に洋杖を持っていた。その杖を振りあげて、バシッと役人達の面前の台を叩いた。

「お前たち、うそをつくな。私は昨年ここでイチブ銀を三百枚も受け取った。ないはずがない、イチブを出せ」

「イチブ銀は当所にはございませぬ」

と役人は同じことをくり返した。

「うそつきめ」

と西洋人は叫んで洋杖を捨て、台越しに身を乗り出し、差しのばした右手で役人の胸襟をつかんだ。

わしづかみにして揺さぶり、

「イチブ、イチブ」

と叫ぶので、そのたびに役人の体は前後に揺れる。もう一人の役人は眼を丸くして、後ろへ退《すさ》りながら、「ノー、ノー」と、悲鳴のような声をあげた。

そのとき室内の片隅に机を囲んで座っていた男達の中から一人が立ち上がった。

サムライだった。絣《かすり》の小袖《こそで》に小倉袴《こくらばかま》をはき、腰に両刀を帯びている。つかつかと歩いてきて、西洋人の背後に立つと右手をのばして上衣の襟首をつかみ、力まかせに引いた。

肥った西洋人は顔を天井に向けてのけぞり、勢いあまって後ろへ吹っ飛び、床の上に仰向けざまに転がった。

しかし西洋人は敏捷《びんしょう》だった。すぐに上半身を起こしたとき、いつのまにか右手に拳銃を握っていた。

仁王立ちしているサムライに拳銃の銃口を向け、カチッと撃鉄を起こし、

「動くな」

と怒鳴り、ゆっくり立ち上がろうとした。

サムライはさっと腰を引き、右手を大刀ではなく脇差の柄にかけた。

相手の発射と同時に脇差を抜いて投げる身構えだった。

入り口ふきんでそれを見ていたグラバーが駆け寄って、

「ロバート！」

と叫び、両手を広げて肥った西洋人の前に立った。

「やめろ、ロバート」

長崎へくる船中で知り合ったアメリカ人のロバート・ブラウンだったのである。

「トーマス……」

ブラウンもグラバーの顔を覚えていたらしい。

「先に手を出したのはサムライだ。あんたも見ただろう」

「やめろ。役人に乱暴をしたのはあんただ」

「乱暴はしていない。ドルとイチブの両替を要求しただけだ」

「あれが要求だと？　脅迫じゃないか」

「日本人に味方する気か」

ブラウンは銃口をグラバーに向けた。

「ほう」

とグラバーは自分の胸に突きつけられた銃口をみた。

「私を撃つ気か。いいだろう、撃て」

グラバーは一歩前へ出た。顔をブラウンの顔とすれすれに寄せ、

「引き金をひけよ、さあ」

つめ寄られてブラウンは後ろへ退《すさ》った。

「どうした、撃てよ」

ブラウンは銃口を下へおろし、

「日本人はうそつきだ。詐欺師だ。一ドルが三イチブの条約を守らない」

マッケンジーが歩み寄ってきて、ブラウンの肩を叩いた。

「ここには一分銀が本当にないんだ。ほしければヨコハマへ行くんだな」

「ヨコハマにはあるのか」

「近頃は少ない。しかしいくらか両替してくれる」

とマッケンジーはいった。

「そうか。うわさには聞いていた。やっぱりヨコハマか」

とブラウンはうなずき、

「おい、命拾いしたな」

と日本人に捨てぜりふを吐き、倒れたときに打った後頭部を撫でながら出ていった。

グラバーは後ろから肩を叩かれた。振り返るとサムライが笑顔を見せていた。

切れ長の眼がつよく光り、眼鼻立ちのくっきりした容貌《ようぼう》の男だった。

「サンク・ユー」

と男は英語でいった。そして、

「ユア・ネーム？」

グラバーが名乗ると、うなずいて右手を差しだし、

「マイ・ネーム、ゴダイ」

「ゴダイ？」

「イエース、サイスケ・ゴダイ」

「あなたは奉行所の役人か」

とグラバーは聞いた。サムライはわからないらしく、笑顔で首を横に振ってグラバーに背を向け、つかつかと正面の役人達の前へ歩み寄ると、

「おはんら、それでん武士か。しっかりせんかいっ」

と大喝した。役人達はじつは長崎会所に勤める地役人だった。武士と町人の中間のような立場である。怒鳴られて二人とも俯《うつむ》いてしまった。

サムライを残してグラバー達は運上所の外へ出た。

「困ったもんだ。ブラウンのような西洋人が多い。あれでは林大元が我々を礼儀知らずというのも、むりはないよ」

とマッケンジーはいった。

「林、いまのサムライは役人か」

とグラバーは終始沈黙してついてくる林大元に聞いた。

「違う。おそらく薩摩藩のサムライでしょう」

と林はこたえた。

事件の起こる日というのは、つづいて起こるものらしい。

交易所《バザー》から出島の家へ戻ってきたグラバーは二階へ昇る階段に足をかけたとき、階下の倉庫の扉が少し開かれ、なかから人声が洩れて聞こえるのに気づいた。

倉庫には使わなかった家具やガラクタの類を入れてあるだけで、商品などは無い。

それでもグラバーは倉庫へ向かった。林大元もついてくる。

扉を押しあけてみて、ぎょっとした。

オランダ海軍の服装の水兵が三人、引っぱり出したソファや椅子にだらしなく居座り、それぞれ長い煙管《キセル》を口にくわえて、白い煙を吐いていた。足もとには空になった酒瓶がころがっている。

異臭が倉庫内に漂っていた。煙草の匂《にお》いではない。

グラバーは右手で白い煙を左右へ振り払い、

「何だお前達は。ここは私の家の倉庫だ。チャイナのアヘン窟《くつ》ではないぞ」

と怒鳴った。煙管をくわえた水兵達がトロンとした眼でこちらを見ている。

つかつかとグラバーは一人の前に歩み寄り、煙管を右手でひったくって取ると、倉庫の外へ放り投げた。

もう一人のオランダ人の煙管をひったくったとき、屈強の大男の水兵は両手をのばしてグラバーの胸を突いた。

グラバーはたたらを踏んで、危うくうしろへ転倒するところだった。

「うおーっ」

と牛が吠《ほ》えるような声をだして大男は、よろめくグラバーに飛びかかってくる。

その男の前に走り寄った林大元が、擦れ違いざまに足払いをかけた。

大男は前のめりに宙を一回転し、道に仰向けざまに転がった。

水兵の一人が空の酒瓶を右手に持ち、振りかざして林の頭へ叩きつけてきた。

林はひょいと頭をさげてかわし、相手の背後からとんと背中をひと突きした。水兵は地面に喰らいつくような姿勢で俯《うつぶ》してしまった。

「気をつけろ、林！」

グラバーの声で振り返ると、他の一人の水兵が右手にジャックナイフを握って身構えていた。

「ほう」

と林は白い歯を見せ、左手に携えていた黒い杖を真っ直ぐに立て、ゆっくりと右手を添えた。

水兵は右手のジャックナイフを立て、腰をひくく落として、林の前を右へ左へと動く。隙《すき》を狙っているのだろう。

そのとき地面に俯した水兵が立ち上がってグラバーの背後に回ろうとしていた。

グラバーは気づかない。林大元も同じだった。

危ないところだった。背後に回った水兵は両手を左右にひろげて、グラバーの首をわしづかみに締めあげようとしていた。

「やめろっ」

オランダ語で大喝されなければ水兵は思い通りにしていただろう。

海軍士官の制服を着たオランダ人が従卒四、五人を引き連れて出島西側の波止場へ上陸し、ちょうどこちらへ歩いてきていたのである。

「何をするんだ。やめろっ」

士官が走り寄ってくると水兵達は慌てて逃げた。最初に林に投げ飛ばされ、失神していたはずの水兵まで、とつぜん起き上がって逃げてゆく。

歩み寄ってきた士官は帽子を取り、

「オランダ海軍機関将校のハルデスです」

と名乗った。グラバーも名乗り、

「あの連中は私の家の倉庫に無断で入り、三人ともアヘンを吸っていた。オランダ海軍はアヘンの持ち込みと喫煙を許しているのですか」

と、ハルデスにいった。茶色の髪で鼻下に八の字ひげをはやしたオランダ士官は、それを聞いて眉をひそめ、

「アヘンの持ち込みも喫煙も許していません。彼等はおそらく市中の清国人から手に入れたのでしょう」

と、こたえた。達者な英語だ。

「アヘンは薬用に三斤まで持ち込みを許されている。それがいま長崎の市中に出回っているようです。いずれにしても御迷惑をおかけしました。お詫《わ》びします」

とハルデスはグラバーに頭をさげ、その背後に立つ林大元にも一礼した。

「どうでしょう、グラバーさん。お詫びのしるしに今夜、私の家へお招きしたい。夕食を共にしていただけませんか」

グラバーはちらと林大元をふり返り、

「ありがとうございます。私は長崎へきたばかりのイギリス人です。あなたはどれほど御滞在ですか」

「四年になります」

とハルデスは微笑してこたえた。

「鮑《あく》ノ浦《うら》の長崎製鉄所を御存じでしょうね」

「はい、知っています。まだ見ておりませんが、溶鉄場、鍛冶《かじ》場、工作所など東洋では珍しい大工場だと聞いています」

「汽船の修理もできますよ」

とハルデスはうなずいていい、

「私はあの工場を起工しにオランダからここへ派遣されてきました。工場技師長であると同時に長崎海軍伝習所の教官です。いや教官のほうは、でしたと過去形で申すべきでしょう」

「日本のこと、長崎のこと色々と教えていただけますか」

グラバーは畏敬《いけい》の表情になっている。

「けっこうです」

とハルデスはこたえた。


指定された午後六時きっかりにグラバーは林を伴って出島中央の大通りに面したハルデスの住居に赴いた。

出島の西北の波止場から大通りに向かって右側にひときわ立派な建物があり、それは昔のカピタン部屋で、今はオランダ領事館となっている。

ハルデスの住居はその領事館に隣接していた。

室内へ入ると、グラバーの借りている家とは大違いの豪華さである。

案内された二階の食堂は床にペルシャじゅうたんを敷き詰め、格子の天井には青銅の切子灯籠《シャンデリア》が吊《つ》られ、壁は極彩色のオランダ絵で飾られていた。

「ここは昔の次席商館員の住居です。私は昔のままにして使っています」

とハルデスは食卓の椅子をグラバーと林にすすめていった。

食卓の上に並んだ料理の皿を見てグラバーはおどろいた。

チキンの丸焼き、ローストポーク、茹《ゆ》で野菜、パン。

日本へきて以来、見たこともない豪勢な料理だ。

日本人の従僕二人が交替で皿を運んでくる。湯気を立てている卵スープの芳香が鼻を打つ。

ハルデスがワインをグラスに注ぎ分けて夕食がはじまった。

「ポークはともかくチキンが長崎ではなかなか手に入らない。乏しい食卓で申し訳ありません」

とハルデスはいう。

「とんでもありません。われわれにはポークもめったに口にできませんよ。チキンや卵は貴重品です。毎日、魚ばかり喰べています」

「日本人は肉食を嫌います。とくに農耕に役立つ牛を喰わない。豚はわれわれオランダ人のために昔から長崎郊外の農村で飼育している農民たちがいます。この出島の牢獄で二百二十年にもわたって細々と貿易をつづけたわれわれの先祖の辛抱と忍耐のおかげです」

「オランダ人の忍耐心には全ヨーロッパ人が尊敬の念を抱いています」

とグラバーはいった。

「われわれイギリス人も見習わねばなりません」

「オランダは小さな国です。日本の九州と同じくらいしかない。しかも国土の大部分はポルダーランド（干拓地）で、平均潮位より低いのです。オランダ人に忍耐心がなければ、とっくに国は亡んでいます」

ハルデスはワインを飲みながらおだやかな表情で語った。

「しかしわれわれの忍耐心にも限度があります。私もここへきて四年になりますが、日本政府にはときどき辛抱できなくなります。タイクーンの幕府というのは全く信用できません」

「それは何か具体的な事件があったのでしょうか」

とグラバーは聞いた。ハルデスの口調がひどく断定的にきこえたからだ。

「具体的には今日、あなた達に迷惑をかけたオランダ海軍の水兵たちです。あの水兵たちをごらんになって、どう思いますか」

とっさに返答のしようがなかった。

「オランダ海軍のだらしなさ、風紀の乱れにあなたは呆《あき》れ、軽蔑《けいべつ》したに違いない。しかし水兵たちの風紀の乱れには、原因があるのです。それは日本政府、タイクーンの幕府の裏切りです」

グラバーはおどろき、ちらと隣席の林大元を見た。英語の判らない林は黙って料理に手をつけている。

ハルデスは自分の気を静めるようにグラバーのワイングラスに赤ワインを注いだ。

「四年前、タイクーンは日本海軍を養成するため、長崎に海軍伝習所を設け、オランダに教官の派遣を依頼してきました。私を含め多くの海軍士官、下士官、水兵達がはるばる海を渡って長崎へやってきた。われわれは最善をつくしたつもりです。最初の二年間で早くも第一回の卒業生を世に送り出し、さらに第二回の生徒達を一昨年迎え入れました。どうやら教育も軌道に乗った今年の二月、タイクーンはわれわれに何の相談もなく、とつぜん海軍伝習を中止するといってきました。一方的に長崎海軍伝習所を閉鎖する、オランダ人の教官はオランダへ帰れというのです」

「はあ……」

グラバーは耳を傾けて聞いている。

「帰れといってもオランダですよ。オランダ船が来なければどうしようもない。あの水兵たちはことしの二月から何の仕事もなく、狭い出島の中でずーっと帰国の船を待っているのです。船は十一月にやってくる予定ですが、二月から十一月まで待ちつづける身になってみて下さい。風紀が乱れるのも当然ではないでしょうか。お前達に用はない、もう必要ないといわれたのですから」

「契約書はなかったのですか。それは日本政府の契約違反ではないですか」

とグラバーは聞いた。

「これは契約ではありません。二百二十年にわたる相互の信頼の上ではじめたことでした。こんなことは予想もしていなかったのです」

「ひどい話だ。日本人はそういう裏切りを平気でやるのでしょうか」

とグラバーは真剣に聞いた。

「日本人ではありません。タイクーンの幕府です」

「しかし……」

「日本人の個人個人は違います。私が言っているのはタイクーンと日本政府です」

首をかしげているグラバーを見て、ハルデスは話をつづける。

「政府は国民を代表する。個人個人の集まりがその国の政府の性格を決定する。そんな一般論はこの国に限っては通用しない。日本人の性格とタイクーンの幕府の性格を混同しないほうがいいでしょう」

「それは、どういう意味でしょうか」

「私の知る限り日本人は極めて優秀です。われわれヨーロッパ人と同じほど天賦の才に恵まれた民族だと私は思います。一見、無愛想な人々ですが、鋭敏で賢明で好奇心に満ち溢《あふ》れ、洞察力にすぐれています。記憶力が抜群なので、教化しやすい美点もある。とくに機械を扱う技術については天性の才能を持っています。近い将来、機械技術の分野では、われわれヨーロッパ人の強力な競争相手として登場することになるでしょう。これは伝習所の教官として日本人の生徒達に接してきた私の意見ですが、同じことを六年前に日本へやってきたアメリカのペリー提督が早くも予測しています。大した洞察力です」

「日本人の優秀さについては、私もスペインやポルトガルの宣教師達の残した記録で読んできました。しかしあれは十六世紀頃の記録です。今でも同じだと考えてよいのでしょうか」

「けっこうです。東洋人のなかではわれわれヨーロッパ人と共通するものが、いちばん目立つ民族です。しかし、もちろん欠点もあります」

　とハルデスはグラバーにこたえた。

「どんなところでしょう」

「異常に誇りが高く、自負心がつよい。物事をちょっと学べば、すぐに自分もやれると考えて、教師の助けを排除しようとします。中途半端に学習して、それ以上を望まない。実力もないのに尊大な人間が目立つのは、その欠点のせいです。日本人の誇り高さと尊大さ、そして不屈の勤勉さは、場合によっては頑迷固陋《ころう》、きわめて残忍な性格を生み出します。日本の刑罰の苛《か》酷《こく》なことは、いずれあなたも眼にして、びっくりなさるでしょう。但《ただ》しそれはタイクーンの政治制度に問題があるからで、私は日本人の善良さ、礼儀正しさ、親切さのほうを高く買っています」

「私は日本へ来たばかりです。これから日本人と接するのにいちばん大切なことは何か。それを教えていただけませんか」

グラバーに問われてハルデスはちょっと首をかしげて考えていたが、

「それは礼節でしょう。礼儀正しく接すれば、日本人は心を開いてくれます」

聞いてグラバーは思わず隣席の林大元を見た。先日、林大元がマッケンジーと自分に忠告したことと同じ答えだったからである。

林は黙って二人の会話に耳を傾けている。少しは英語を理解するようになったのだろうか。


グラバーにとっては瞬くうちに九月は去り、十月に入った。

異国人の多くがこの季節になると体調をこわす。

息苦しい暑さにつづいて、とつぜん極端に涼しい夜がくるからである。

春、夏、秋、冬の四季の風物に恵まれた国だが、それは異国人から見れば、単に天候不順の国だということになる。

グラバーは頑固な下痢に悩まされた。

どうやら柿を喰いすぎたせいもあるらしい。よく熟した柿は長崎の市中に出回っており、レイヌ・クロオドの梅の味に似て、きわめて美味だ。

「柿は腹が冷えるという。あんまり喰わないほうがいい」

という林大元の忠告を、果実の好きなグラバーが無視した罰であった。

マッケンジーの仕事は相変わらず停滞していた。日本の商人達が動かない。奉行所役人達も貿易に熱心ではない。

「仕方がないさ。これはウェイティング・ゲームだ」

といってマッケンジーは落ち着いていた。

ウェイティング・ゲームという言葉が、長崎にやってきた異国人達の合言葉のようになっている。日本風にいえば、

「待てば海路の日よりあり」

ということになるだろうか。

十一月も半ばを過ぎた頃、マッケンジーがグラバーにいった。

「私は月末にヨコハマへ行くことにした。領事のモリソン氏がオールコック公使に挨拶《あいさつ》に行くというので、同行することにしたんだ。二、三ヵ月は留守をすることになるだろうが、その間はよろしく頼む」

「わかりました。しかし私は何をすればいいんでしょう」

今のところ全く仕事はないのである。

「仕事は与えられるものではない。自分で探し、自分でつくるものだ。私がいつも言っているだろう」

「はい。しかし今の私にできることはせいぜい商況調査といったところです。できるだけ多くの日本商人に会いたい。紹介してもらえませんか」

「自分で探すことだ。私はそのために君を上海から呼び寄せた。私の人脈を利用するだけなら、べつに君を必要としないよ。それでは広がりがないじゃないか」

「そうですか。わかりました」

マッケンジーは三十数年にわたって東洋各国を渡り歩いてきた商人である。

そのわりに資金力は乏しいようだが、商売に関しては一種の哲学を持っている。

「ところでトーマス、君に相談がある」

「はい、何でしょう」

「林大元をヨコハマに連れて行きたいんだ。しばらく彼を私に貸してくれないかね」

え？　とグラバーは当惑した。

「私は林大元にいま日本語を習っているところです。かわりに英語を私が彼に教えています」

「ほう。林の英語はどうなんだね。少しは理解できるのか」

とマッケンジーはグラバーに聞いた。

「いや、それでおどろいたんです」

とグラバーはいった。

オランダ海軍将校のハルデスに招かれ夕食を馳走《ちそう》されて帰宅した夜のことだった。

「林、今夜は退屈しただろう。ハルデスは清国語を知らないんだ。われわれは日本政府と日本人についての話をしていた」

林大元はそのとき、苦笑する表情になって、

「聞いていました。よくはわからないが、そうだろうと察していた。あの人は将軍の幕府を憎んでいるようです」

「林、どうしてそれがわかる」

「顔と口調ですよ。あの人は日本人のことは好きらしい」

「英語がわかるんだな」

「いや違います。耳を傾けていれば、小鳥のさえずりにも意味があることがわかるものだ。それと同じですよ」

グラバーは信じなかった。林を問いつめて、結局は彼がひそかに筆記していた一冊の手帳を持ち出させたのである。

「トーマス、私はあなたの真似をしただけだ。上海であなたがやっていたのを真似てみただ

いた。

けです」

とひどく恥ずかしそうに林大元が出してみせた手帳には英語と日本語の対訳が列記されていた。
・グッモーネン——おはよう
・グッバーイ——さよなら
・ハラーユー——元気か
・グッイブネン——こんばんは
などをはじめとして百を超える言葉が列記されている。

もっとも片仮名と平仮名が多いのでグラバーには何が書いてあるのか判らないが、英語と日本語の対訳であることは察しがついた。

「林、いつの間にこんなことを」

「私はマッケンジー商会に雇われてあなた達の従僕になった。これぐらいのことは当然でしょう」

「参ったよ。そうだったのか」

とグラバーは林の手帳をくり返し眺めながら自分のうかつさを思い知らされた。

林が英語を学ぶ努力をしていたとは気づいていなかったのである。

以来、二人は日本語と英語の交換学習をはじめていた。

グラバーがそのことをマッケンジーに告げると、

「いい話じゃないか、私はますます林大元が気に入ったよ。私のメツケヤクとしてぜひ横浜へ連れてゆきたい。彼をしばらく私に貸してくれ給え」

とマッケンジーは言い張った。


十一月も末近い日、マッケンジーと林大元は長崎に寄港したイギリスの商船に乗って、横浜へ向かった。長崎領事のモリソンといっしょである。

グラバーは蒸汽船が港外へ姿を消すまで、波止場の石畳に佇《たたず》んで見送った。異国に只ひとり取り残されたような寂しさと心細さに襲われていた。

見送りの人々が立ち去ったあとも波止場にぼんやり立っていると、後ろから肩を叩かれた。

「やあ」

若々しく血色のよい男が頬笑《ほほえ》んでいる。出島の隣家に住むウィリアム・オルトだった。

「グラバーさん、交易所《バザー》で茶葉が売りに出ていますよ。行ってみませんか」

「茶葉が？　時期外れなのに」

「二番茶か三番茶の不良品でしょう。乾燥が足りない茶葉が多いので、私が買わなかった粗悪茶もあります。それをかき集めたんでしょうね」

「どうして」

二人は肩を並べて歩きだしていた。

「清国商人が買うからです。清国は内乱つづきで、今は輸出どころか国内の茶葉にも不足しています。とうぜん値上がりして、不良品でも高く売れるようです」

交易所《バザー》は波止場から江戸町を通って橋を渡ったところにある。

門を入って正面の広場はいつものように清国人と日本人で賑わっていた。

俵物干場《たわらものほしば》と呼ばれるだけに海産物を中心に陶器や漆器、蒔絵《まきえ》、椎茸、人参《にんじん》など夥《おびただ》しい品物が展示されている。

その一隅に清国人たちが輪になって集まっている見世棚があった。

「あれでしょう」

とオルトはいい、清国人達を両手でかきわけるようにして前に出た。グラバーもあとにつづいた。相手が西洋人だと見ると清国人はひるんで文句をいわない。

台上に広げた蓆《むしろ》の上に茶褐色の茶葉が盛り分けて置いてあった。

清国人達が茶葉を摘んで色合いを眺めたり、口中に噛《か》んで味を吟味したりしている。

オルトは遠慮なく手をのばして茶葉の小山を突き崩し、なかへ手を入れてつかみ出すと、掌を広げてグラバーに見せた。

「釜炒《かまい》りが不足です。葉柄《はがら》もよくない。一ポンドあたり十セントか十二セントの粗悪茶ですよ」

長崎に集まる茶葉は緑茶ではない。釜で炒られて変色した黒っぽい茶である。グラバーも口中で味わってみた。発酵しかけた饐《す》えた臭《にお》いがする。

「だめですな。船中で腐りそうです」

とオルトにいった。茶葉は生糸と並んで東洋最高の輸出品である。

日本でも茶葉の歴史は古い。遠く平安、鎌倉時代にまでさかのぼるだろう。室町、戦国時代に流行した「茶の湯」も喫茶の風習が全国に広まっていたあかしである。

しかし江戸期に入って茶の生産はめっきり低落した。茶は上流階級の嗜好品《しこうひん》であり、一般庶民がこれを愛用することを徳川幕府が嫌ったためだ。

米穀の生産を妨げ、農民を遊惰にさせるものとして、茶樹の栽培を認めなかった。宇治や近江のごく一部をのぞいて、茶園というほどのものはなく、畑の畦畔《あぜくろ》や屋敷の周辺に自生した茶葉を自家用に摘み取って飲むのが普通だった。

このような茶葉が輸出品として西洋諸国に大歓迎されているとは日本人は知らない。

中国から輸入された喫茶の風習はイギリスで十七世紀の中頃からはじまり十九世紀にはヨーロッパ全土、さらに海を距《へだ》てたアメリカにまで普及した。

茶の種類も豊富になった。中国産の釜炒り黒茶、蒸し煎り緑茶、酸化発酵させた紅茶などである。

もともと粗悪茶の味を引き立てるために工夫された紅茶は砂糖やミルクを入れて飲むことで黒茶や緑茶と対抗し、イギリスで大流行し、ヨーロッパ、アメリカにも広まった。アメリカ総領事のタウンゼント・ハリスが訪日して伊豆半島の下田に上陸した時、将軍への土産として提出した五十斤の茶葉が、インド・アッサム産の紅茶である。紅茶が流行しても従来の黒茶、緑茶の需要は落ちていない。東洋貿易のいわば眼玉商品であった。

とうぜんグラバーも茶葉にはつよい関心がある。

「これは乾燥が足りないけれど、もういちど釜炒りして再製すれば商品になるのでは」

と手にした茶葉を丹念に吟味しながらオルトにいった。

「その再製工場が日本にはないんだ。上海まで運んで行く手間をかけるのでは、この茶葉では採算がとれないよ」

それはそうだろうとグラバーもうなずいた。

「しっかりした再製工場を日本につくらなくてはならないな」

「私もそう思っている。問題は茶葉の生産量だよ。来年夏にどのていどの茶葉が集まるか、それを見てからだね」

と話していたオルトが、ふと口をつぐみ交易所《バザー》の門をくぐってくる男女に眼をやった。

「オケイさんだ」

とオルトがつぶやき、歩いてくる女性に向かって右手をかざして走り出した。

「オケイさーん」

清国人達がびっくりして注目している。

交易所《バザー》に女は珍しい。清国人も日本人も女の姿に注目した。

小柄な女である。三色のたて縞《じま》の木綿の着物にきりっと黒の帯をしめた地味な身なりだ。

駆け寄ったオルトが握手の手をのばすと女は頰笑んで一歩退《さが》り、握手のかわりに丁寧な辞儀をした。

オルトが話しかけるのにうなずいたり笑ったりして応じている。

グラバーは多大の関心をもって女をみつめていた。

まず眼についたのは女の白いきれいな歯並びである。

見てほっとした。どういうわけか日本の女性には白い歯をわざわざ真っ黒に染めて醜くしている者が多い。今はグラバーも見馴れたが、はじめは顔をそむけたくなったものだ。

オケイさんの歯は真珠のようだった。

どのくらいの年齢なのか、グラバーには日本の女性の年齢は想像もつかない。

こうして見たところ十五、六の少女のような体形にみえる。

オルトが身ぶり手ぶりでさかんにしゃべっている。多少日本語ができるので英語まじりに話しているのだろう。オケイさんと同行の中年のサムライが、ときどきオルトとオケイさんに交互に語りかけている。通訳しているようだった。

オルトが会話を中断して振り返り、右手をあげて、グラバーの名を呼んだ。

待ちかまえていたグラバーは早足に歩いて、オルトのそばへ寄った。

「トーマス・グラバー君です」

とオルトはまずグラバーの名を紹介し、

「この女性だよ。長崎で有名な女商人のオケイさんだ」

グラバーはオルトの真似はせず、一歩退《さが》って上体を折り曲げ、日本式の礼をした。

馴れないので前につんのめりそうになる。

「大浦慶と申します。よろしく御引き回し下さいませ」

と顔に似ずいくぶんしゃがれた声でオケイさんは挨拶した。

色白のぽっちゃりした少女めいた顔である。一重瞼《まぶた》の眼が鈴を張ったようにいきいきしている。唇は小さくて上品だ。

オケイさんは自分の横に佇む中年のサムライをグラバーに引き合わせた。

運上所に勤めるオランダ通詞で、英語の学習中だと、オルトがグラバーに説明した。

「マイネーム・イズ・シナガワ」

と名乗って品川は自分からグラバーに握手を求め、あなたは元気ですか私も元気ですと教科書のような挨拶をした。

「グラバーさん、私は今夜オケイさんを市内のレストランに招待した。君も来ませんか。品川さんもきてくれる。但《ただ》し費用は二人で分担することにしましょう」

ウィリアム・オルトはちゃっかりしていた。


オルトが用意した宴席は寄合町の料亭の離れ座敷だった。寄合町は「丸山」と長崎で呼ばれる遊里の一角にある。

丸山は江戸の吉原、京の島原、大坂の新町と並んで日本四大遊里の一つに数えられていた。料亭のつくりなども粋をこらし、黒檀《こくたん》や紫檀などの唐木がさりげないところにふんだんに使われ、唐人屋敷をまねて天井から壁まで極彩色の座敷などがある。

さらに天井から切子灯籠《シャンデリア》を吊《つ》るし、びいどろ障子を立て回した異人用の座敷もあり、そこには清国製の方形の黒檀の机と椅子が据えられていた。

グラバー達はその座敷で顔を合わせた。

会話は下手なオルトの日本語と、同じくらいに未熟な品川の英語の通訳ではじまったので、とうぜんまともな話にはならない。

いわゆる茶飲み話ができないので、もっぱら茶商売の話だけになった。

「オケイさん、来年は五万斤。だいじょうぶですね」

「はい。大丈夫とは申せませんが、なんとか集めるつもりです」

それを品川が通訳する。

「絶対、大丈夫です」

「今日の茶葉、よくなか。あれはよくなか茶葉ね。オケイさん清国人にあれを売らない。約束しますか」

「はい、私も商人ですと。品柄のわるか茶葉は人に売りません」

品川が横から英語で告げる。

「私は日本商人である。人と約束したことは破らない」

聞いていてグラバーは林大元がヨコハマへ去ってしまったことを激しく悔やんだ。せっかく日本語を学習しはじめたばかりだったのだ。

オケイさんのしゃべる表情と声、それを通訳する品川の英語は、女の口から男の声が出てくるのと変わらない。

耳をふさいでオケイさんの顔をじっとみつめているほうが、ましなようだった。

オケイさんは愛らしい顔である。ちょっと吊り上がった一重瞼の眼、ちんまりしているが鼻筋が通って形がいい。小さな唇はぽってりと厚い受け口だ。

清国にも美人は多かったが、清国の女とは表情が違う。緊張しているのかもしれないが、常に微笑していて変わらない。乏しいといえば乏しい表情だ。

次々と運ばれてくる料理は清国料理と西洋料理、日本料理の三つをいっしょにしたような珍妙なものだった。

旨《うま》くないことはない。スープだと思って飲んだ汁がこってりと甘い小豆煮の汁だったのにはおどろいた。

途中でグラバーは席を立ち厠《かわや》へ行った。

厠から廊下を歩いて戻るとき、正面からやってくる一人のサムライと顔を合わせた。見覚えのあるサムライである。

サムライもグラバーの顔を見て廊下に立ち止まった。

「サイスケ・ゴダイ」

と先に言ったのはグラバーである。運上所で出会ったサムライの名は脳裡《のうり》に刻まれて残っていた。

サイスケ・ゴダイは笑顔で歩み寄ってきて右手を差しのばし、

「ユー・トーマス・グラバー」

自分もお前の名は忘れていないぞと強調したい表情だ。

握手した右手でグラバーの腕をつよく引き、

「カメン、カメン」

とどこかへ連れてゆこうとする。好意らしいので黙ってついてゆくと、サイスケ・ゴダイは廊下を曲がって右側の一室の襖《ふすま》をがらりと開けた。

室内には二人の男が机の前に並んで座っていた。ここはグラバーたちの座敷とは違い、畳敷きである。

「おい、こん人じゃ。運上所でわしを助けてくれたエゲレス人は。名前はトーマス……」

「ブレーク・グラバーです」

とグラバーは立ったまま自ら名乗った。

座敷の二人の男達は慌てて立ち上がった。

「佐賀藩士中牟田金吾でござる」

「土佐藩士岩崎弥太郎と申します」

一人は額が高く張り出したおでこ頭で、額の下の眼がらんらんとしている。

中牟田金吾はのち倉之助、明治政府の海軍中将。岩崎弥太郎はのち三菱財閥の総帥となる人物である。

もちろんそんなことはグラバーはじめ当人たちも知らない。

「申しおくれた。わしは薩摩藩の遊学生、五代才助でござる」

と五代も改めて日本語で名乗った。

グラバーは室内に歩み入って中牟田、岩崎の二人と握手をかわした。

岩崎弥太郎は背丈は高くないが肩幅の広い頑丈な体軀《たいく》で、顔はいかつい。

中牟田は佐賀藩の遊学生、岩崎は長崎の商況視察のため土佐藩が派遣した役人である。

「シッダン、シッダン」

と五代才助がいうのでグラバーは五代の横に並んで座ったが、前席の二人と顔を見合わせるだけで、言葉がつづかない。

五代がしきりに何か話すがオランダ語か英語か聞き分けかねる言葉だった。

グラバーは仕方なくすぐに席を立ち、

「こんばんは」

と愛想をいい丁寧に辞儀をして廊下へ出た。五代があとを追ってきて、何か語りかける。身ぶり手ぶりと、短い英語、日本語で、ようやく意味がわかった。

「明日、あなたの家を訪問したい。住所を教えてくれ」といっているらしい。

マッケンジー商会は妙行寺のイギリス領事館と違って、ひと口では教えられない場所にある。

グラバーは五代の腕を取って自分の座敷へ連れてゆくことにした。

オルトと品川がいれば何とかなるだろう。

座敷へ入ってゆくと、品川がグラバーについてきたサムライを見て、びっくりしたように椅子から立ち上がった。

「五代さん」

自分達の小座敷とは格段の差のある豪奢《ごうしゃ》な部屋へ案内され、とまどっていた五代が、ほっとした笑顔になり、

「なんだ。オランダ通詞の品川さんではないか」

といった。

椅子を一つふやしてグラバーは五代を自分の横に座らせた。

オルトとオケイさんは五代と初対面らしい。

「岩原の御目付屋敷に英語伝習所が設けられたことは御存じでしょう」

と通詞の品川はもっぱらオケイさんを相手にしゃべった。

「われわれオランダ通詞、唐通事は英語ができません。イギリス人の教師を招いて通詞のために奉行所が開いた伝習所です。各藩から長崎にきている遊学生も自由に聴講できます。五代さんと私はいわば同学の仲間です」

「いやあ、とても仲間とはゆきません」

と五代は笑っていう。

五代才助はこの当時の薩摩藩士の中では珍しく薩摩弁を使わなかった。いや、使わないように努力していた。

これは昨年他界した藩主島津斉彬《なりあきら》、ひいては斉彬の曾祖父島津重豪《しげひで》の影響である。島津重豪は薩摩の特異な風俗や方言を嫌い、

——南蛮鴃舌《げきぜつ》（ちんぷんかんぷん）の如し

と言って、薩摩方言を矯正しようとした。

五代才助の場合はちょっと違う。この男はのち友厚と称し、政府要人の椅子を捨てて民間に投じ、大阪財界の指導者となった人物である。

薩摩方言が聞き取りにくいだけでなく、そくざに出身、藩名を人に察知されてしまうことを警戒していた。長崎遊学が長期に亘《わた》ったので、その経験からだろう。

だから江戸、上方の言葉を使おうと努力しているのだ。

マッケンジー商会の住所については、品川が知っていて、くわしく説明した。

それを聞くと五代はすぐ席を立ち、

「お邪魔しました」

とみんなに一礼した。

「グラバーさん、明朝マッケンジー商会へあなたを訪ねます。英語のできる男を連れてゆきます」

「どうぞ、歓迎します」

とグラバーは笑顔でこたえ、五代を廊下へ送り出した。

翌日、グラバーは梅香崎《うめがさき》のマッケンジー商会で早朝からやや緊張して客を待っていた。

めっきり寒くなった室内に大火鉢を据えて炭火をおこし、大きな薬缶《やかん》を掛けて、湯気で暖かくなるようにした。

陶器のポット、カップも机に並べ、紅茶でもてなす準備もしていた。

五代才助は三十半ばのオランダ通詞を伴ってやってきた。

堀という名の長崎では目下、もっとも重宝されている英語達者の通訳である。

グラバーにすすめられた紅茶をすすると五代はさっそく用件を切り出した。

「まず薩摩藩の物産から説明しましょう」という。

びっくりしたのは商品見本の絵図を描いた帳面を持参していたことだ。

「ごらん下さい。これだけの品物をわが藩は用意することができます」

グラバーは分厚い帳面を受けとり、一ページずつひらいてみた。生糸、黒砂糖、樟脳《しょうのう》、鉛、亀甲《きっこう》、五色紙などに加えて緞子《どんす》や毛織物、大黄《だいおう》、山帰来《さんきらい》、桂枝《けいし》などの多彩な品々が色絵で描かれてある。

「これは清国やジャワの産物ではないのか」

とグラバーは薬種や羊毛などの商品を指さして聞いた。

五代のこたえは、

「そうです、わが薩摩藩は七十二万石の大藩で領内に琉球国を持っている。唐物も南蛮の産物も琉球を通じていくらでも調達している」

「それであなたは、私のところへこれらの商品を売りたいと申し出てきたのですね」

「いや、違う」

と五代は首を横に振った。

「薩摩藩にはこれだけ豊富な資産がある。だから安心して取引できるということを、まずあなたに知らせたかった。もしこれらの商品を買いたいと申されるなら、いつでもわが藩の御用商人をあなたに紹介する」

聞いてグラバーは首をかしげた。ならばこの男は何をしに来たのか。

「取引というのは何ですか」

「それは……」

と五代はちょっと口ごもった。隣席の通訳の横顔をみつめ、

「よろしいか。他言無用でごわすぞ」

通訳の堀は黙ってうなずき、五代の次の言葉を待った。

「蒸汽船を買いたい」

と五代はいった。

「私は先日、交易所《バザー》であなたに助けられ、あなたの振る舞いを見て信用した。あなたから蒸汽船を一隻、買いたい」

グラバーはびっくりして五代をみつめた。

「武器艦船の売買はタイクーンの政府が禁じているはずです」

とグラバーは五代にいった。

「いや、それは軍艦の場合です。薩摩藩が求めているのは軍艦ではない。一般の商船です」

「しかし蒸汽船でしょう。タイクーンの政府の許可が必要です」

「それは何とでもできます。幕府を仲介者に立てて買いとる手がある。げんに佐賀藩は昨年十月、内輪の蒸汽船電流丸を買っている。幕府の仲介によるものです」

「それはどこで建造された蒸汽船ですか。売った商人は?」

「オランダです。オランダ領事の紹介だと聞いている」

グラバーは納得してうなずいた。

「イギリスの商人が蒸汽船を日本人に売ったという話は、私はまだ聞いたことがない。もしそれがタイクーンの政府から許されるなら、私は喜んであなたの御依頼にこたえたい」

「売ってもらえますか」

と五代は眼を輝かせた。

「もちろんです。但《ただ》し、イギリス本国に問い合わせて新造船の有無を調べねばなりません。もしくは上海の商社に売却可能の中古船を探してもらうことになります。いずれにしても今すぐに蒸汽船一隻を手に入れるわけにはゆきませんよ」

「それはわかっています」

と五代はこたえた。

「正直にいうとわが藩は数年前から琉球国を介して蒸汽船の買い入れに奔走してきました。もちろん幕府には内密にです。しかしどうしても手に入らない。こうなれば幕府に申し入れ、堂々と買うほかないと腹をきめたところです。新造船にこしたことはないが、航海に充分に耐える船なら中古船でもけっこうです」

「相当な費用になりますよ」

「けっこうです。わが藩の豊富な資金は、その帳面の商品でおわかりだと思う。支払いに心配はありません」

五代が商品見本の帳面を持参したのは、この商談のためだったのかと、グラバーは察した。用意周到な男である。

「わかりました。マッケンジー商会がこの仕事を請け負います。さっそく本国や上海に手配をしましょう」

とんでもない商談が舞い込んできたものだった。グラバーは自分の幸運に眼がくらむ思いをした。

グラバーはさっそく便船に託して横浜のマッケンジーに商談成立の報告をした。同時に上海のジャーディン・マセソン商会にも蒸汽船調達の依頼書を送った。

この当時の通信は船便に頼るほかない。もどかしいほどの時間がかかるが、長崎と上海間の電信はもちろん、日本国内の電信も、まだ開設されてはいなかった。

蒸汽船売買の大仕事である。新造船ならば日本金でかるく十万両をこえるだろう。中古船でも数万両の大金が動く。

茶や油、生糸など日用品の取引とは桁《けた》違いの手数料が一回の取引でころがり込む。

グラバーは艦船取引という大仕事に狂喜し、自分の幸運を神に感謝したが、じっさいの幸運はそれだけではないことが、徐々にわかってきた。

五代才助というサムライとの出会いこそが、グラバーにとって最大の幸運だった。

安政六年末のこの頃、長崎には全国諸藩の遊学生が数百人も集まっていた。

遊学生といっても従来のように医術や蘭学を志す者ばかりではない。

藩政の中枢から派遣されて、諸外国の情報を集め、幕府の政策を探り、さらにあわよくば自藩の殖産貿易の足場を長崎に求めようとする優秀な人材が多かった。

肥前の中牟田、土佐の岩崎、薩摩の五代、長州の青木、さらには遠く越前福井からきている三岡八郎（のちの由利公正）など錚々《そうそう》たる人々が長崎にいた。

この若いサムライ達は長崎に漫然と滞在しているように見せ、じつは各藩の富国強兵の貨殖の道を手探りしていたのだ。

結果としてのちに薩摩商会、土佐商会をはじめ福井、宇和島、大村、唐津など諸藩の物産会所が長崎の浜町一帯に賑やかに立ち並ぶことになる。

　グラバーは五代を介して各藩のサムライ達と次々に面識を得ることができた。サムライ達を応援している長崎商人達とも知り合った。

　一見、物静かで時間が止まったようなこの国で、地下熱がじわじわと燃え広がり、それが今にも地上に噴出しそうな気配であることを、グラバーは人に会うごとに肌身に感じた。

　あるいは自分の錯覚なのかもしれない。

　こんな時にいちばん相談したい日本人の林大元がグラバーの側にいない。経験豊富なマッケンジーも横浜にいる。

　グラバーは横浜のマッケンジーに宛ててせっせと手紙を書いては便船で送った。
　一、二度マッケンジーからも返事がきた。
「日本貿易はウェイティング・ゲームです。取引を焦らないように。出会った人々は大切にしなさい」

　と牧師の説教のようなことが書かれていた。

　翌一八六〇年（安政七年）の正月、マッケンジーは横浜から単身で長崎に帰ってきた。

「林大元はどうしたんです。姿が見えませんが」

　波止場で出迎えてグラバーは周辺に林の姿を探した。

「横浜に置いてきたよ」

「え?」

「ジャーディン・マセソン商会横浜支配人のケズウイックさんが林大元を気に入って離さないんだ。林自身も長崎より横浜が暮らしやすいらしい」

「どうして」

「横浜は林の故郷から遠い。人眼をあまり気にせずのびのび振る舞っている。ときには通訳をやってくれるんだ」

「ほう」

「日本語の達者な清国人という立場でね、あの男はじつに頭がいい。清国人の買弁《ばいべん》の仕事もしっかり覚えたし、ケズウイックさんが気に入ったのも当然だ」

梅香崎《うめがさき》の商会へ向かって歩きながらマッケンジーは話した。

「しかし林はマッケンジー商会の従業員です。手放すわけにはゆきませんよ」

「わかっているさ。林は足かけ三年も日本を留守にした。その間、この国で何があったのか、とても知りたがっている。長崎と違って横浜なら林は顔を知られていない。だから自由に振る舞えるんだ。しばらく放っておいてやろうじゃないか」

グラバーはいわれて納得した。しかし淋《さび》しい。自分が林大元をいかに必要としているか、思い知らされる気持ちだった。

「横浜はどうでしたか」

　と商会のソファに向かい合い紅茶を飲みながらグラバーはさっそく聞いた。

「うん、長崎よりは商況もひらけはじめたが、それでも大差ない。われわれと日本人の双方が相手の求めている商品、提供してくれる商品が何なのか、肝心なことがわからない。お互い闇の中で手探りしているような印象だよ」

「ジャーディン・マセソン商会の仕事はどうなんです。そろそろ取引をはじめた頃でしょう」

「うん、日本の生糸の品質が予想外に良い。油の種類も豊富なようだ。さっそくはじめたのは少量の生糸と油の取引だ。それからもう一つは金貨の輸出さ。いずれ終わるだろうが、今はいい商売になっている」

「はあ……」

「ま、そんなところだな」

　と、マッケンジーは話を打ち切り、ふと思いだしたような口調で、

「グラバー君、横浜へ行ってこないか」

　と、いった。

「今なら林大元もいる。後学のためヨコハマを見てきなさい。こんどは私が長崎で留守番をするよ」

新開地

白鳥が翼を広げたような一隻の西洋帆船が、日本列島の太平洋岸の沖合を東へ走ってゆく。

三本マストの全装帆船で船首が鋭く尖《とが》り、マストはもちろん船首と船尾にも隙間《すきま》なく帆を張り、あらゆる風を貪欲にひっつかむという姿である。

流線形の優美な船体は一本のナイフが水を切り裂いて走っているように見える。

ヤンキー・クリッパー。

千数百年にわたる帆船の歴史が、さいごに生み落とした最高傑作と呼ばれる。

メインマストの頂にはアメリカの星条旗が翻っていた。

その名の通り、アメリカの開拓者たちが広大な大陸の運送用に開発した帆船だ。

もっぱら河川に使われる縦帆《たてほ》型の小帆船だったが、旧来の大型船の横帆を取り入れ、改良に改良を重ねて、大洋航海に耐えられる大帆船をつくり出した。

縦帆船の好性能を残して横帆船の安定度を加え、高速で大量の荷物を運ぶという海運業者の貪欲な夢を、ついに実現した新型帆船である。

とうぜん世界の海を制覇することになった。

ヤンキー・クリッパーと呼ばれる一方で、この新型帆船は、運送用途によってさまざまな名を冠《かぶ》せられた。

悪名高いアヘン運送にも多用されたが、その場合は、

――オピウム・クリッパー
と呼ばれる。オーストラリアの羊毛運送に使われると、その船はウール・クリッパーとなる。なかでも最も有名だったのが中国の茶をアメリカやヨーロッパへ運送したティー・クリッパーである。

世界の海運業界の花形ともいってよい存在だった。

長崎を出港して横浜へと向かっているこのアメリカ帆船も、ティー・クリッパーの一隻である。


一八六〇年（安政七年）二月初旬。

トーマス・グラバーはたまたま上海から寄港したアメリカの帆船に乗った。

蒸汽船ではなく、わざと帆船を選んだのは、グラバーがヤンキー・クリッパーに興味を持っていたからだ。

速力一二ノットという快足船にいちど乗ってみたいとかねて思っていた。

グラバーはスコットランドのアバディーンで幼年期から少年期を過ごした。

アバディーンは造船業の栄えたイギリス北部の町で、ここではアメリカ船をイギリス風に改造したイングランド・クリッパーが造られていた。

もちろん英国クリッパーには乗ったことがある。

どこが違うのか、いちどヤンキー・クリッパーに試乗してみたかったのだ。

この帆船の名はキティホーク。

清国におけるアメリカの代表的商社であるラッセル商会の所有船で、容積八百総トン、長さ五十五メートル、幅十一メートル。

乗組員三十五名、この航海では積み荷のほかに六十名の船客を乗せていた。

ヤンキー・クリッパーは少々の悪天候をものともせずに突っ走る。

全帆を展開し、風を一杯に取り込んで走るので、船は常に一方へ傾いている。

キティホーク号は右舷側に波しぶきを散らしながら日本列島の沖合を疾走していた。

グラバーは左舷甲板に出て、てすりにしっかり摑《つか》まりながら、遠くに見える緑の陸地をみつめている。どのあたりを走っているのか、見当がつかない。

船は紀伊水道の沖合を過ぎ、熊野灘の黒潮に乗っていた。

長崎を出てから三日めである。一本帆柱の日本船ならば信じられぬ速度だ。

全力疾走する帆船は外から見るほど揺れてはいない。乗り心地はむしろ蒸汽船より快適だろう。

「すごい船だ。どこが違うんだろう」

と自国のクリッパーと比較して考えている。

三日めでわかったのは、アメリカとイギリスの国柄の違いらしいということだ。

イギリスは堅牢《けんろう》で安全な船を好む。

そのため同じクリッパーでも重いオーク材を使うばかりか、肋骨《ろっこつ》を鉄で作り、その上に木の外板を張る。

くらべてアメリカは軟らかい木を選び、鉄を使わない。

軽快であることをすべてに優先している。軽くて速い。

安全性ではイギリスに及ばないだろうが、快速という点では断然まさっている。

若いグラバーにはこちらのほうが乗り心地もよかった。さすがヤンキー・クリッパーだと、舌打ちするほど、感心していた。

空が曇り小雨が降ってきたので、グラバーは左舷の甲板を離れて上甲板の後方の一等船室へ戻った。

ちょうど船室から出てくる一等船客と廊下ですれ違った。

弁髪の清国人である。狭い廊下なのでグラバーは壁際へ体を寄せ、清国人に道をゆずり、

「やあ」と笑顔で挨拶《あいさつ》した。

清国人はちらと鋭い眼でグラバーを見たきり会釈もしないで通ってゆく。顔を合わせるといつもこうだった。

レストランで同席したとき、さっと立ち上がって別の席へ移ったこともある。

この男の名と身分は船長に聞いて知っていた。

名は王大昌、ラッセル商会の買弁《ばいべん》らしい。

はじめグラバーは自分がこの清国人に嫌われているのだと考え、その理由を知りたいと思った。なぜだろう。この男に何か不愉快な思いでもさせたのだろうか。

しかし、二、三日もたつうちにわかった。

一等船客は十二人いる。うちアメリカ人が五人、フランス人三人、イギリス人が三人、清国人は王大昌ひとりである。

他の清国人達は中甲板の二等か三等船室にいた。

王大昌はアメリカ人やフランス人とは笑顔で挨拶もするし、親しく口もきく。英語も達者にしゃべるようだ。

嫌われているのはグラバー個人ではなく、要するにイギリス人らしい。

清国人に嫌われる理由はイギリス人には山ほどある。仕方がないだろう。

しかし王大昌の船室はグラバーの船室の真正面にあった。

ドアを開けて顔を合わせることがしばしばである。そのたびにグラバーは笑顔を見せては黙殺される。やはり気になるし、いい気持ちはしなかった。

一等船室とはいえ、帆船の船室は狭い。ようやく足を伸ばせる小さな細長の寝台に横たわって格子の天井を眺めていると、船の揺れも手伝って心細くなる。

東洋の最果ての島国へきて自分は何をするんだろう。先行きはいったいどうなるのか。不安で胸が痛くなる。だから何も考えずに眼を閉じる。

舷側を叩《たた》く波音に耳を傾けながら早く眠ってしまうことだ。

グラバーがうとうとしはじめた頃、船室のドアを遠慮がちに叩く音がした。

寝台から起きてドアを開けると意外な人間が立っていた。

王大昌である。珍しいことに笑顔になっていた。

「挨拶にきました」

「え？」

「あなたはマッケンジー商会の社員だそうですね。船長に聞き、おどろきました。これまでの失礼をお許し下さい」

耳を疑いながら、グラバーは王大昌を招き入れ、小さなテーブルに向かい合って座った。

「マッケンジーさんが日本の長崎で独立したことは聞いています。お元気でしょうか」

買弁《ばいべん》らしい流暢《りゅうちょう》な英語だ。買弁とは外国商人が清国人との取引にあたって採用する仲介人、もしくは代理人である。

単なる使用人ではなく、買弁には外国人にまさる資産家もいるし、外国人の商会に投資して、〈共同出資者《パートナー》〉となる人物もいる。

「あなたはマッケンジーの友人ですか」

とグラバーは相手をみつめた。

「友人ではありません。マッケンジーさんは私の恩人です」

と王大昌はグラバーにこたえた。向かい合ってよく見ると、王大昌は眼もとが涼しく鼻梁《びりよう》の高い中々の美男だった。清国人にはときどき見惚《みほ》れるような美男がいる。

「私はラッセル商会の買弁ですが、むかし広州で怡和《いわ》洋行の買弁をしていた」

と王は語りだした。怡和洋行はジャーディン・マセソン商会である。

「一年も働くうちに怡和洋行の商売の悪辣《あくらつ》さにあいそがつきました。イギリス人の傲慢《ごうまん》さにも耐えられなくなった。それでやめようと決心して保証金の返還を求めたのですが、契約違反だといって返してくれない。買弁の保証金は十万両銀でした。せめて半額でもと申し出たが応じてくれないのです」

買弁は外国商社に雇われるさいに高額の保証金を納める。銀行などの場合は二十万から三十万両銀ということもあり、それは外国商社にとって重要な資金源となっていた。

「そのとき私のために怡和洋行のボスと喧嘩《けんか》までして尽力してくれたのが、マッケンジーさんです。おかげで全額とはいかなかったが七万両銀を私に返済してもらうことができました。私はその金を持って上海へ渡り、こんどはアメリカのラッセル商会の買弁となりました。ラッセル商会に私を紹介してくれたのも、マッケンジーさんでした。あんなイギリス人は他にいません。私の終生の恩人です」

マッケンジーは怡和洋行では異色の存在だった。アヘンの取引を嫌い、アヘン貿易の中止を商会のボスに進言して煙たがられていた。馘《くび》にならなかったのは、清国人の買弁や売り込み商人達に絶大な人気があったからである。少々のトラブルはマッケンジーの人徳でおさまった。

「若いあなたに言いたくはないが、イギリス人は本当にひどい。清国人をばかにして威張り散らすのはまだいい。ばかにされても仕方のない欠点が清国人にあることは私も認めます。しかしイギリス人は清国から生糸や茶、薬種や食糧など貴重な商品を大量に持ち出して、自分は清国に何もくれようとしない。イギリス人が清国に持ち込んでくるのはアヘンだけです」

「それはちょっと……」

とグラバーは王の言葉を遮った。

「毛織物や綿糸、金属、砂糖、各種の機械など役立つ商品も沢山あります。アヘンだけではありませんよ」

「もちろん知っています。しかしイギリス人が最も大量に持ち込んでいるのはアヘンです」

いわれてグラバーは黙ってしまった。それは本当だったからである。

「おかげで清国は頽廃《たいはい》し、内乱がひっきりなしに起こって救いがたい国になりました」

と王大昌は遠慮なくつづけた。

「もちろんそれがイギリス人のせいだけだとは言いません。しかしイギリス人は清国の内乱を助長して、さらに混乱させています。アヘン戦争、南京条約、アロー号事件、天津条約。つい昨年もイギリスは天津条約の批准書交換のためと称して十六隻の軍艦を率いて白河の河口にやってきました。条約はすでに調印されているのです。文書を交換するだけなのに軍艦がなぜ必要なのか。案の定、清国の軍隊と戦争を引き起こし、このときは珍しく清国軍が大勝しました。イギリスはその敗北の報復のため本国から大艦隊を呼びよせているという噂《うわさ》です。清国はもういけません。イギリスに乗っ取られることになるでしょう」

グラバーは耳が痛かった。白河の河口の大沽《タークー》の戦争のことは上海で聞いている。報復戦がやがてはじまることも知っていた。

「王さん、あの戦争はイギリスだけではありませんよ。フランスも参戦しています」

「そう、アメリカとロシアも尻馬《しりうま》に乗っている。しかし中心はイギリスです。アヘンを清国全土に売ろうとしているのです」

聞きながらグラバーは、よくよく嫌われたものだと情けない気になった。しかし反論できない。本当のことだったからだ。グラバーが項垂《うなだ》れてしまったのを見て王大昌はちょっと言い過ぎたと思ったのだろう。

「私も大きなことはいえません。内乱つづきの清国を見放して日本へ逃げてきたんですから」

と笑顔を見せた。

「逃げてきた？　すると日本で仕事をなさるつもりですか」

「はい、横浜のウォルシュ・ホール商会に招かれてきました。ラッセル商会で親しくなった知人です。買弁とパートナーを兼ねて働き、いずれ独立するつもりですよ」

「聞きたいことがあります」

とグラバーはようやく口にした。

「上海で青波楼という料亭を経営していた青蓮という女性を知りませんか」

「ああ、水夫設教の女頭目ですね」

あっさりと王はこたえた。

「黄小波という小頭目も知っています」

「どうしています。元気にやってますか」

王大昌は首を横にふった。

「アヘン取引で小刀会の連中といざこざを起こし、上海を引き揚げたと聞いています」

「では、青波楼は?」

「人手に渡ったそうですよ」

するとあの時の小刀会の襲撃のせいだろうか。あの翌朝、青蓮の船は見えなかったが……。

「わかりません。あの連中はしぶといですからねえ」

と王大昌は笑った。


翌日、西洋帆船は熊野灘と遠州灘の分海点である志摩の大王崎の沖合を通過した。日本船と違ってどこへも寄港せず一路、横浜をめざしてひた走っている。

大王崎沖は航海の難所として日本船に畏怖されているところだが、ヤンキー・クリッパーは渋滞することもなく黒潮に乗り、遠州灘の沖合へかかっていた。

遠州灘はおよそ七十五里、白砂の浜と緑の松林が延々とつづき、風待ちするような船溜りの港が一つもない。

ここは日本帆船でも突っ走るより仕方のない海である。

グラバーが左舷側の船尾甲板のデッキに凭《もた》れて遥《はる》かな砂浜と松林を眺めていると、

「美しい国ですね」

足音もなく誰かが横に立った。

「王さん」

「小さいが美しい国だ」

　と王大昌はグラバーに笑顔を見せた。

「おそらく私の国の十分の一もないでしょう」

「いや、もっと小さい。清国は広大な国です」

「大きすぎて駄目なんですよ。国は適当に小さいほうがいい。イギリスも日本と同じでしょう。小さいからみんなが団結して世界を制覇する強国になった」

　グラバーは黙っていた。この男のイギリス嫌いは昨日でよく判っている。

「青波楼の女主人のことですがね」

　と王大昌は話題を変えた。

「思い出しましたよ。あの女性が頭目をつとめるグループに上海道台府《タオタイフ》（政庁）の摘発の手が入ったんです。アヘン取引を公然とやりすぎた。小刀会の連中との抗争も目立ちすぎたんですな」

「女頭目の青蓮や黄小波はぶじだったんですか」

「たぶんうまく逃げたんでしょう。上海道台《タオタイ》の呉健彰は私と同じ広州の買弁の出身です。本気であの連中を摘発はしません。北京政府への申し訳ていどにやって見せるだけですよ。水夫設教がこんどは槍玉《やりだま》にあがったんですね」

それを聞いてグラバーは、上海の呉淞口《ウースン》で林大元が怡和《いわ》洋行に連れてきた瀕死《ひんし》の清国人を思いだした。

名は忘れたが、あの男は死に、本人の希望だったので翌々日、遺骸を上海道台府《タオタイフ》に運び込んだ。あの男が道台府《タオタイフ》の手先だったのかもしれない。

「空が曇ってきましたね。時化《しけ》ますよ」

と王大昌が広い海の一面にそよぎ立つ三角波を眺めていった。そういえば小雨がぱらつきはじめている。二人は船室に引き返した。

船が浦賀水道を通過して江戸湾へ入ったのは、長崎を出港してから七日めの朝であった。房総半島と三浦半島に囲まれた江戸湾には当時八十四の湊《みなと》があり、その多くは小さな農漁村で、横浜も同じ漁村だった。東海道の街道筋から二里も離れた沼沢地で、わずか百戸あまりの人家が海岸沿いに点在していた寒村である。

通商条約の締結によってこの寒村が開港場に指定されたのは条約発効の僅《わず》か三ヵ月前。それもアメリカ公使やイギリス公使の猛反対を押し切った日本側の一方的な政治判断によるものだった。

大老の井伊直弼《なおすけ》が開港地を横浜と定めることに固執した。

本来は東海道の宿場の神奈川を開港する約束だったのである。

しかし人馬の往来する街道筋では日本人と外国人が接触して、日本人が蛮風に染まるおそれがある。さらに摩擦も起きるだろう。その点、東海道から離れた辺鄙《へんぴ》な漁村の横浜なら、うまく工作して外国人を長崎の出島のような枠の中へ閉じこめることができる。

幕府の意図は開港場を出島にすることにあった。

鋭敏なアメリカ総領事のハリスはそんな日本側の意図を見抜き、横浜開港に徹底的に反対した。

ハリスと交渉した幕府の外国奉行たちも約束違反を知っているので、つよくは押せない。結局、話し合いはつかぬまま開港期日を迎えるのだが、井伊大老はあくまで横浜を主張して、一歩もゆずらなかった。

ハリスもゆずらないので開港場の決定は、開港期日まで留保ということになる。

その留保期間を利用して幕府は横浜港の建設計画を立て、三月上旬から工事を開始、三ヵ月後の六月には工事を完了してしまった。

ついに日本側の勝ちとなり、外国人達は横浜へ集まるのだが、アメリカ公使のハリスは約束違反に腹を立て、公使の職を解かれて帰国する日まで、一回も横浜を訪れなかった。

開港地横浜は井伊大老の妄執といってもよい執念によって誕生したのである。

ヤンキー・クリッパーは満帆に風を孕《はら》ませながら浦賀水道を北上してゆく。

グラバーは船首甲板の手すりに凭《もた》れて、三浦半島の遠景に見惚れていた。緑に蔽《おお》われたなだらかな山々の背後に高く聳《そび》え立っているのは富士山である。駿河湾の沖合を通過する頃からくっきりと見えはじめた白い円錐形の雪を冠《かぶ》ったこの山は、見え隠れしながらどこまでも視界に聳えていた。

横浜の港が近づくにつれ、山々は遠ざかり日本の港には珍しい平坦な陸地が見えてきた。日本に限らず帆船の往来したこの時代は川の河口か山々の麓《ふもと》の狭い陸地に港が栄えているのが普通であった。

錨《いかり》をおろして碇泊《ていはく》する船が、激しい風波に耐えられないからである。

横浜は違った。広々とした入り江の一角に忽然《こつぜん》として現れた港である。

人工港だとひとめで知れる。背後に高い山もなく、川が海へと流れ入る河口も見えない。平坦な広い平野のど真ん中につくり物めいた奇妙な港が築かれていた。

蝶々《ちょうちょう》が羽根を広げたような形である。触角が二本突き出ていて、それが石を積み上げた長い波止場だとわかった。

波止場は海上へ突き出した長さ六十間、幅六間の石垣で、その上に芝土手を高く盛りあげてある。二、三十艘《そう》の艀《はしけ》が横づけできる広さがあった。

ヤンキー・クリッパーが沖合に姿を現した時から待ちかまえていた小舟達はいっせいに漕《こ》ぎ出てきた。

グラバーたち船客は早くから手荷物を携えて上甲板に集まっている。港の海上を見渡すと各国の国旗を翻した蒸汽船や帆をおろした帆船が十数隻も碇泊しており、長崎港より船の数が賑《にぎ》やかだった。

グラバーは漕ぎ寄ってくる艀の上の人の姿を探した。半纏股引《はんてんももひき》の姿で櫓《ろ》をこぐ人足の舟に出迎えの男たちが乗っている。みんな手を振ったり帽子を高くかざしたりして、乗客の中の知人に挨拶している。

ようやくみつけた。舟の中央に腕を組んで立つ林大元の姿である。相変わらず丸い碗帽《わんぼう》を頭に乗せ清国服を身につけている。

「林！　林！」

とグラバーは右手をひらひら頭上に振って叫んだが、色眼鏡の林大元は微動だにしない。こっちに気づいているのかどうかも判らない。

グラバーはちょっと腹が立ち、

「何という不愛想な奴か」

と思ったが林が日本人であることを思い出し、表情のないのは仕方がないとあきらめた。感情を表面に出さないのが日本人の美徳の一つらしいとは、長崎滞在中に気づいている。

林の艀が帆船の船腹に横づけされたのを見て、グラバーは手提げ鞄《かばん》をわざと乱暴に抛《ほう》り投げた。

林は両手をのばして鞄を胸に受けとめグラバーを見あげた。

鞄を足もとへ置き、直立して頭を下げる。

それが歓迎の挨拶なのだろう。

「よほど横浜が気に入ったようだな」

とグラバーは艀に乗り組んで林大元にいった。清国語である。

「いや、それほどでもない」

と林は首を横にふり、

「いろいろといやなことがある」

「何だね」

「昨日、オランダ人の船乗り二人が殺された」

「えっ、誰に」

「日本人だろう」

「どうして」

林はこたえない。

波止場が近づいてくる。高い石段があり上は芝生の土手である。真正面に堂々たる構えの建物が見えた。

「カスタム・ハウスだ」

と林大元が指差した。

運上所（税関）のことである。長崎の交易所《バザー》よりひと回り大きい。

二人は長い石段を登って波止場の土手の上に立った。

運上所の門前に佇《たたず》んでいる人々の中から男二人がこちらへ駆け寄ってくる。

「ウエルカム、ミスター・グラバー」

背の高い一人が握手の手を差しのばし、つづいて小柄な男も手を出した。

「バーバーさんとロスさんだ」

と林大元が二人をグラバーに紹介する。

「ジャーディン・マセソン商会の社員たちです」

グラバーは二人と握手しながら、若い連中だなと思った。おそらく相手もそう思っているだろう。

「ケズウイックさんは横浜居留民たちの会議に出ている。自警団をつくりたいという会議なんだ」

と背の高いバーバーがいった。

「しかし今のところ横浜にいる外国人はせいぜい四十人足らずなんだ。上海から軍隊でも呼び寄せないと、むりだろうな」

「どうだい、運上所を見物するかね」

と背の低いロスが聞いた。

みんなで運上所の門内に入ると、きれいな小石を敷きつめた中庭があり、その四方に新築の木の香の匂う役所が建ち並んでいた。建築中の役所もあるらしく、背後で鋸《のこぎり》を引く音や金槌《かなづち》で釘を打つ音が聞こえている。

「どこもかも工事中だよ。ジャーディン・マセソン商会も今は新築の真っ最中さ。君はわるい時に来たよ。臨時の掘っ立て小屋で寝るしかないぜ」

とロスが笑って告げた。

運上所の正面玄関を入ると大きな立派な広間があり、西洋人や清国人達が往来していた。突き当たり正面に両替所があり、日本人の役人二人が秤量器の前に正座している。二人の前には行列ができていた。

その光景は長崎とあまり変わらない。どちらかといえば上海に似て見えた。

ジャーディン・マセソン商会は運上所に最も近い東側の一番地にあった。

英一番館とのちに呼ばれるが、館などと呼べる状態ではなく、日本政府が作った貸長屋を取り壊して、今は建築の真っ最中である。棒杭の柵で囲われた広い敷地の到るところに材木が積まれ、日本人の大工達が忙しく動き回っていた。

その中に背の高い頑丈な体軀《たいく》の西洋人が一人いて、日本人達に指図している。バーバーがその男に駆け寄って何やら話しかけた。

グラバーのことをしゃべっているらしく大男はこちらを振り返って見た。

「オランダ人のフライという男だ。横浜で建築の請負業をはじめたばかりだが、注文が殺到しているらしい」

とロスがグラバーに告げた。

間もなくバーバーが駆け戻ってきて、

「グラバーさん、あんたの寝る場所はあれらしい。今日の夜までには出来上がるといっている」

と敷地の片隅に建築中の仮小屋の一つを指差した。

木造の掘っ立て小屋である。柱は何本も立っているが、まだ屋根は葺《ふ》かれていない。

「あれが私の……」

呆《あき》れてグラバーは絶句した。

「仕方がないんだ」

と林大元がグラバーの袖を引いて、

「支配人のケズウイックさんも、あちらの小屋で寝起きしている」

日本の裏長屋のような片隅の棟割り住宅を指差した。

「バーバーさんもロスさんもいっしょだ。私があなたの小屋へ行って世話をするよ。辛抱しなさい」

グラバーは黙ってうなずいた。

「来た時期がわるいよ」とロスが再びグラバーにいった。

「来月になれば横浜ホテルがオープンするはずだ。いまはどこもかも工事中さ」

そういえばこの界隈《かいわい》の到るところで鋸や鉋《かんな》の音が響いている。

今から建つという小屋に住むことになろうとは、グラバーは想像すらしなかった。本当に夜までに小屋が完成するのだろうか。

林大元とロスの二人が棟割り長屋へ向かい、グラバーの手荷物を長屋の中へ置いて戻ってきた。

「さあ、昼食に出かけよう」

とロスがバーバーにいった。

「それからこの人を日本人街に連れていって、ゆっくり見物させる。そして夜はガンキローだ。ケズウイックさんもくるはずだよ」

ガンキローとは何なのかグラバーにはわからない。料亭なのだろうと思った。

蝶々が羽を広げたような横浜の町はカスタム・ハウス（運上所）を中心にして、東側が異人達の町、西側が日本人の町と居住区が真っ二つに分かれている。

運上所の近くの異人街に西洋人の経営する雑貨店があり、帽子や下着、蝶ネクタイ、バターや小麦粉、ワインなどまでさまざまな日用品が並べられていた。

長崎ではまだ見られない店だ。その雑貨店のそばにアメリカ人が開いている木造の仮小屋のレストランもあった。

蒸した馬鈴薯《ばれいしょ》、羊肉のシチュー、バターをたっぷり塗ったパンなどが卓上に出てくる。こうしたレストランもまだ長崎では見られない。

商船の料理人《コック》だったという若いアメリカ人は、自分で皿を運んできて、

「この馬鈴薯はアメリカからくる。玉葱《たまねぎ》はインド西部のボンベイ産だ。野菜は上海から運ばれてきた」

得意そうにいちいち説明する。値段が高いのは当然だと言いたいようだった。

昼食をすませてグラバーは日本人街へ案内された。

日本人居住区の街路は長さが八百メートルほどあり、道幅は広い。両側に木造の商店が建ち並び、西洋人の好みに合わせた商品がいかにもけばけばしく店頭の縁台に広げてあった。陶磁器や銅器、かご細工や漆器、絹織物、家具調度品などである。

日本人の店員が店先に出ていて、

「カメオン、カメオン」

などと往来の異人たちにしきりに呼びかける。

「ベリグー、ベリチーペ」

などと奇妙な英語を使う。なかには異人の手を引いて店内に連れ込もうとする者もいた。長崎とは街路の雰囲気がまるで違う。商店のたたずまいにしっとり落ち着いた風情がない。ここでも到るところで建築工事の騒音が聞こえていて、往来の人々は気ぜわしく歩いており、活気にあふれている半面、どことなく荒涼とした印象もある。

日本人街は弁天通り、本町通り、北仲通り、南仲通り、海辺通りと五筋の街路があった。おもしろかったのは小動物を檻《おり》に囲って売っている店が二十軒近くも並んでいる通りである。

見たこともない色あざやかな小鳥たち、茶色や白の小犬、白いひげの垂れた山羊、茶色に白の斑点のある鹿、灰色の毛の小熊まで陳列されていた。

茶褐色にひからびた奇妙な形の品物が展示されているので、グラバーがよくよく見ると、

――人魚のミイラ

と英語で説明書きがついていた。

「おどろいた。日本の海には人魚がいるのか」

とグラバーは林大元に問いかけた。

「にせものにきまっているだろうが。日本人は私たち西洋人をばかにしている。油断したらひどいめに遭うぞ」

とバーバーがグラバーにこたえた。

「そうだ、おそろしく頭の回る奴がいる。われわれも何度かだまされた」

ロスが声を合わせていう。

「清国人とは違うのかね」

とグラバーがロスに聞いた。

「顔は似ているが違う。私もまだよくわからないが、怒鳴りつけたりすると、あとで手痛いしっぺ返しを喰う。妙にプライドが高いんだ」

それはグラバーも長崎で何度か感じていた。

「日本人は自分達のことを優秀な民族と思っているみたいだ。世界で完璧に孤立していたから、何も知らないんだろう。清国人のほうがものを知っているんじゃないか」

「とにかく危険な国だよ。うかうかすると殺される。とくにサムライには注意したほうがいい。昨日もオランダ人が二人も殺されたよ」

ロスとバーバーがしゃべり、グラバーが耳を傾けながら歩いているとき、とつぜん街路の正面から日本人たちが悲鳴をあげて走ってきた。

ひえっ、わっというような声も聞こえる。

走ってくる日本人たちの背後に大男が見えた。顔半分を茶色のひげに蔽《おお》われた西洋人である。大口をあけてわめきながら三メートルもある物干竿《ものほしざお》を両手で握ってぶん回していた。ぶん回しながら歩いてくる。逃げおくれた日本人たちが頭や肩を撲《なぐ》られてうずくまり、足を薙《な》ぎ払われてひっくり返ったりしている。

「酔っ払っている。ロシア人だ」

とロスが指差していった。酔ったロシア人の背後に同じ仲間らしい二人がいて、さかんに名を呼びかけ、肩を叩いてとめようとするが、酔漢は耳にとめない。

物干竿を振りかざして街路を歩いてくる。日本人たちは道脇にかがんだり、商家の店へ逃げ込んだりしてロシア人が過ぎ去るのを見送っている。

一軒の商家から一人の男があらわれて、ロシア人の真っ正面に立ちはだかった。

サムライだった。ぶっさき羽織に野袴《のばかま》、腰に大小を差している。

酔漢は正面に佇む男をめがけ、物干竿を槍《やり》のようにくり出した。

サムライは体を斜めにして避けた。と同時に酔漢の竹竿は宙に舞い、カランと音立てて道脇へ落ちていた。

うわおっと大口あけてロシア人が突進してきたとき、サムライは片膝《ひざ》を地面に突き、低い姿勢で右手の拳を突き出した。拳はロシア人の腹へ命中し、大男は一瞬立ちすくみ、前のめりに倒れた。

朽木倒しに倒れたロシア人を見て、二人の仲間があわてて駆け寄った。

サムライはすっと立って酔漢の仲間をみつめている。

ロシア人二人とサムライが視線を合わせた。

そのときサムライは笑顔を見せ、二人のロシア人に軽く一礼した。

みごとな呼吸だったので、ロシア人二人は釣られて頭をさげた。

「おい、水をかけてやりな」

とサムライは自分の側にいる日本人の従者に命じた。

従者は慌てて商店へ駆け入り、手桶《ておけ》を携えて出てくると、俯《うつぶ》せに倒れているロシア人の頭にざばっと水をぶち撒《ま》けた。

軒を並べた店内から手桶をひっさげた商人達が次々と出てきて、みんなこれ見よがしに水をロシア人にあびせかける。

倒れた男が呻《うめ》き声をあげて頭を持ちあげたとき、

「よし、もういいだろうよ」

とサムライは町人たちを制し、茫然《ぼうぜん》と佇んでいるロシア人二人に笑顔で黙礼して、その場を離れて行った。

グラバー達は道脇に佇んで、一部始終を眺めていた。

「林、あれはローニン（浪人）か」

と日本人達の喝采《かっさい》に送られて去るサムライの後ろ姿を指差して、ロスが聞いた。

「いや、奉行所の役人でしょう。後ろ帯に十手を差している」

「ジュッテ？」

「奉行所の町方役人の目印です」

「いったいどうなったんだ。大男のロシア人があっという間に倒れた」

「柔術家でしょう」

「ジュージツ？」

「まあ、清国人の拳法と同じです」

林大元が両手の拳を清国人風にちょっと身構えてみせた。

ロスとバーバーは判ったような判らないような顔だ。

グラバーはおどろいて林の顔に注目している。

英語で林はしゃべっているのだ。しかもかなり流暢《りゅうちょう》な英語だ。

「林、君はいつの間に……もう何でも話ができるのか」

とグラバーは英語で聞いた。

「いや、ほんの少しおぼえただけだ。清国語のようにはしゃべれない」

と林は笑ってこたえた。

街路から人々が散り、商家の店頭で商人たちが呼び込みをはじめた。

「カメオン、カメオン」

「ベリグー、ベリチーペ」

そろそろ日が傾きはじめている。空が夕焼けに赤く染まってきていた。

「ちょっと早いが、ガンキローへ行くとしよう」

とバーバーがロスにいった。

ガンキローは岩亀楼と書く。開港と同時に横浜に誕生した遊郭の一軒である。

徳川幕府は開港地の建設と同時に遊里の造成を計画した。外国公使達が主張する神奈川から異人達の眼をそらし、横浜のほうへ注目させるため、さらには新開地の繁栄をはかろうとする目的である。

新開地―遊郭―繁栄
という構図は決まりきったものとして幕府の役人の頭に植え込まれていたのか。

考えようではふしぎな発想である。幕府は喜んで開港し、西洋人達を迎えたわけではない。嫌でたまらず半ば威嚇《いかく》されてしぶしぶ国を開いた。だから通商条約の約束に違反して街道筋の神奈川を避け、辺鄙《へんぴ》な寒村の横浜を開港地とした。

工事開始が安政六年三月上旬、わずか三ヵ月後に工事完了。

文字通り役人達は寝食を忘れた突貫工事をやってのけた。

その忙しさの最中に早くも遊里の造成を計画し遊女町を設けようとした。

土地が栄えて人が集まれば、遊里などはしぜんと生まれると役人達は考えなかった。

遊郭を建設すれば神奈川開港を要求する異人達も、女の色香に吸い寄せられて集まってくると考えたらしい。

幕府は誘蛾灯《ゆうがとう》を立てて蛾をかき集めるつもりだった。

誘蛾灯は海岸通りや商店街など人目につくところでは困る。幕府の威厳にかかわるからだ。

もちろん異人居留地の真ん中に建てることもできない。

近くても困るし遠過ぎても困る。

そこで選ばれたのが大岡川を境として海寄りにあり、日本人街のやや南方にあたる沼沢地だった。

太田屋新田と呼ばれていたところである。

幕府は江戸や神奈川の商人達に呼びかけて遊女屋の設立を命じ、一万五千坪の土地を貸し与えた。

沼沢地を埋め立て、吉原を手本として大門《おおもん》をつくり、外から橋を架け、仮小屋ながら遊里らしい建物が軒を並べた。開港直後の十一月である。

奉行所はこの遊女町を港崎《みよざき》町と命名し、名主役を置いて管理させた。

これらは幕府の御用事業として造成されたので、完工のさいには当時の神奈川奉行が自ら出向いて視察した。

遊郭の建設が「御用事業」であったというのがおかしい。

居留地の異人達はそのころ適当な慰安の場所や宴会の料亭がなかったので、しぜん遊里に足を運ぶことになった。

新来の客を迎えての宴席も同じだった。なかでも格子天井から切子灯籠《シャンデリア》が吊《つ》るされたりした豪華な建築の岩亀楼が異人達に評判がよかった。

グラバーはそのガンキローに招かれたのだ。


一面の沼地の中にぽつんと出現した遊里は一本の橋で大門につながれていた。

沼と堀に囲まれた不夜城である。火事でもあれば、集められた遊女達は逃げ場にも困るだろう。

「どうだ。素晴らしい建物だろう。ここが横浜ではいちばんの料亭だ」

広間の一室の畳に座ってバーバーとロスが天井や壁を指差していうが、長崎の料亭を見ているグラバーには、新築の安普請としか見えなかった。

料亭には料亭の風格がある。グラバーが長崎で利用している料亭はいわゆる茶屋で、遊女達と交歓する揚屋《あげや》ではなかった。

ここでは茶屋と揚屋がいっしょになっている。

四人は畳敷きの座敷にあぐらを組んで四角い机の前に座り、主客が到着するのを待った。

間もなくジャーディン・マセソン商会の横浜支配人ウィリアム・ケズウイックが座敷に姿

を見せた。

同商会の対日貿易の総責任者であるこの男は二十五歳、まだ若かった。

「おそくなってすまない」

入ってくると腰に巻いた太い革ベルトを取りはずし、拳銃といっしょにどんと机の上に置いて座った。

「グラバー君、拳銃は持ってきたかね」

「いいえ」

「ここではぜひ必要だ。外出する時は携帯し、夜眠るときは枕の下に置く。かならず実行してくれたまえ」

ケズウイックはバーバーとロスを見た。

「君達はどうした。拳銃はどこへやった」

二人は顔を見合わせ、

「重くて歩きにくいもので、つい小屋に置いてきました」

とバーバーが苦笑してこたえた。

「それが油断なんだ。今日の居留民会議の話が長引いたのもそれだった。昨日、街路で殺されたオランダ人の船乗り二人の下手人はさっぱりわからない。昨年ロシア士官三名が殺されたときも、フランス領事の従僕の中国人が殺されたときも、全く同じで下手人が皆目わからない。わからないというよりタイクーンの政府は下手人を探し出す気がないんだ。イギリス領事代理のヴァイス大尉は、居留地の全住民が外出のさいは連発拳銃を携帯するよう布告している。面倒だといって携えない人間がみんなやられているんだ。自分の命は自分で守る、それしかないんだよ。この国では」

「自警団はどうなったんです」

「居留民の人数が足りない」

とケズウイックがロスにこたえた。

「江戸の公使館が本国に護衛隊の派遣を依頼しているが、まだわからない」

「オランダ人を殺したのはやっぱりローニンですか」とロスがきいた。

「ローニンらしい。逃げてゆく姿を見た者がいる。奉行所の役人の話によると、ローニンは住所不定、身分も名前も判らない者が多いので、探す手段がないそうだ」

「身分も名もわからないような者が何で二本の刀を腰に差して歩くのか。タイクーンの政府は彼等からなぜ凶器である刀を取り上げないのか。それが私にはさっぱりわからない」

とバーバーがいった。

「ローニンはサムライだからだろう」

とケズウイックはこたえた。

「じつは私もそのへんのことがよくわからない。やっぱりメッケヤクに聞こう。林大元、ローニンとはいったい何かね」

　とケズウイックが机の端のほうに座っている林をみつめた。

　ここの全員が林大元がじつは日本人であることを知っているらしい。

　メッケヤクという言葉が出たところを見ると、それは他には内緒にしているようだ。

「ローニンとは主人を失った武士です。誰からも収入を与えられず、そのかわり束縛もされず、自由に全国を巡り歩いている」

　と林大元は英語でこたえた。びっくりするほど達者になっている。

「主人を失った武士がどうして特権階級の象徴のような刀を取り上げられないのか。それは危険ではないのか」

「サムライは生まれついてサムライです。自分でやめたいと宣言し、町人か百姓になることはできる。宣言しなければサムライのままです」

　ふーんと一同が首をひねった。

「しかし、林。ローニンはなぜわれわれ欧米人を憎んで殺そうとするのか。われわれはローニンに何もしていない」

　とケズウイックがきいた。

「ローニンは国を愛している。あなたがたは礼儀を忘れ、土足でこの国へ乗り込んできた。彼等のほぼ全員がそう思い、それを怒っている。もちろん愛国者ばかりではない。国のことを心配するより、不遇の地位に満足せず、出世の機会を得るために殺しでも何でもやる連中もいる」

途中から林大元は清国語に言葉を切り替えた。ケズウイックも清国語は達者だ。バーバーとロスも長く清国にいた。

「ローニンは欧米人の礼儀のなさに怒っているから、われわれを殺すのか」

「そうだ。しかし他にも理由がある」

と林大元はこたえた。

「欧米人を殺害すれば幕府が困る。幕府を困らせる目的でやる者もいる」

「困らせてどうするのか」

「幕府の勢力を削《そ》ぎ落とし、世の中の政治の仕組みを変えようとするのだ」

「むつかしい話だな」

とロスがつぶやいたとき、外から襖《ふすま》が開かれ、華やかな衣裳の女達が姿を見せた。

日本の女たちの着物は古代のギリシャの衣裳を思わせる。だらりとした長い着物に長い袖が垂れさがり、絹や縮緬《ちりめん》の幅の広い帯を背中が隠れるほど大きな蝶結びにして、腰のまわりをしめつけていた。

束ねられた漆黒の髪は、椿油でてらてら光り、数本の大きなかんざしで飾られている。

白鉛粉で顔や首筋まで厚化粧していなければ、欧米人の女と変わらぬほど健康で美しい女もいるのだが、真っ白に塗りたくっているため仮面をかむったように無表情である。

座敷へ入ってきた遊女たちは、グラバーにはみんな同じ顔に見えた。

二人の女が三味線という楽器の音色に合わせて踊ってくれたが、広間といってもせいぜい足踏みできるほどの広さなので、女たちの踊りは手足をひらひらさせて揺れているようにしか見えない。三味線の音は何やらけたたましい不協和音だし、歌われる唄《うた》には抑揚がなく、それに合わせた日本の踊りは、おそらく世界で最も不活発なダンスであろう。

次々と卓上に料理が並び、清国の三焼酒に似たサケという温かいアルコホールを女たちの酌でずいぶん飲まされた。

言葉はほとんど通じない。眼が合うと女達は笑顔をつくって、

「グッドモウネン」

という。もう夜なのだが区別がつかないらしいので、

「グッモーニン」

とこちらも笑顔でこたえる。疲れる。

ケズウイックたちは多少の日本語を使っているが、女たちと会話を楽しむほどではないらしい。

座が白けるのをおそれているのか、楽器を持った中年の女二人が絶え間なく三味線をかき

鳴らし、抑揚のない唄を歌う。

グラバーはここを長崎の茶屋と混同していて、娼婦の館だとは知らなかった。意味不明の宴会がいつまでつづくのかと内心うんざりしはじめた頃、

「さあ、宴会は終わりだ」

とケズウイックが一人の女の手を取って立ち上がり、

「グラバー君、君の相手は彼女だ」

と座敷の片隅に肩をすぼめて座っている若い遊女を指差した。

「ここへきたばかりのニューフェイスだそうだ。外国語を習うにはベッドの中がいちばんだというぜ。では、おやすみ」

と片眼をつむって廊下へ出ていった。

バーバーとロスも自分の女たちに手を引かれて広間から去った。

居残ったグラバーは林大元の姿を眼で探したが、いつの間に中座したのか、見えない。立ち上がって廊下へ顔を突き出し、

「林、林！」

とグラバーは呼んだ。こたえはない。

仕方なく座敷へ戻ると居残っていた若い遊女が三味線を持った中年の女に促されて、グラバーの前へやってきた。

座って畳に両手を突き、

「どうぞ御部屋へ……」

厚化粧でよくわからないが頰《ほお》がぽってりしていて紅を塗った赤い唇が小さい。おどおどして眼を合わせようとしない。

女が立って促すのでグラバーは女のあとについて廊下を歩いた。長い廊下を何度か右折、左折して女は一室の襖をあけ、グラバーをなかに招き入れた。

四畳半の狭い部屋だった。真ん中に長火鉢が置かれ、その上で鉄瓶が湯気をあげている。茶簞笥《ちゃだんす》や鏡台があった。

茶簞笥の前に座布団を敷いてグラバーを座らせ、女は急須に日本茶の茶葉をひとつまみ入れ鉄瓶の湯をそそいで、小さな湯呑みに茶をいれてくれる。

その両手がぶるぶる震えていた。

「名前、何ですか」

とグラバーが日本語で声をかけると、ガチャンと音がした。

女が湯呑み茶碗を落としたのである。こぼれた茶が火鉢の中で灰神楽を立て、女はあっと叫んで後ろへ退った。

「申し訳ありません」

と両手を突いて頭をさげる。

グラバーはのけぞって灰の攻撃を避けた。

「どこへ寝ろというんだろう」

決して眼を合わせようとしない女を持てあまし、グラバーは狭い室内を見渡した。

背後に襖があったので立ち上がり、手をかけてひらいて見た。

もっと小さい部屋があり、緋縮緬《ひぢりめん》の夜具が敷かれ、木枕が二つ並んでいた。

枕元に雪洞《ぼんぼり》が置かれてほの暗い明かりが夜具を照らしている。

グラバーが振り返って夜具を指差し、

「ベッドですか」

と聞くと、ひっと女が叫んだ。ひっと叫んで立ち上がっている。

「どしましたか」

と歩み寄ると女は一歩退ってもう一度、ひっといった。

よく見ると女はがたがた震えている。体を棒のように固くして、ひたすら震えていた。

ようやく事態がのみこめた。

「あなたニューフェイス。異人、こわい。そうですか」

女は小さくうなずいた。まだ眼を合わせようとしない。

「シッダウン、座りなさい」

知っている限りの日本語を脳裡《のうり》からくり出すのにグラバーは懸命だった。ポケットから手帳を取り出し英語で走り書きして紙を引き破り、林大元の名を何度も告げて遊女に届けさせることにした。

——ヘルプミー、林

林大元がやってきたとき、グラバーは狭い座敷の茶簞笥に背中を凭《もた》せ、膝《ひざ》を抱えてうずくまり、長火鉢を挟んだ手前には、若い遊女が叱られた子供のように項垂《うなだ》れていた。

林大元は座敷へ入って二人を交互に見回し、

「どうしたんだ」

「林！ 私は帰る。連れて帰ってくれ」

とグラバーは救われた思いでいった。

遊女はグラバーの記した手紙を帳場の誰かに手渡してきたらしいが、言葉が通じないので、果たして林の手に届いたかどうか心もとない。この遊郭に居残っているのかどうかもわからなかった。

仕方がなく、黙って待っていたのである。

「グラバーさん、この女が気に入らないのか」

と林大元が二人の態度から事情を察して聞いた。

「違う。この女性はニューフェイスで私のような異人がこわくてたまらない。言葉も通じない。おびえて震えているんだ。おびえている女と共に寝るのは気持ちがわるい。私は帰りたい」

　とグラバーは清国語で訴えた。

「わかった」

　と林はうなずき、

「この客は急用で帰るそうだ。お前の落ち度ではないと帳場の番頭に言っておく。心配するな」

　あざやかな日本語で女に告げた。女は耳を疑い、びっくりした顔で林をまじまじと見ている。林の容姿服装は誰が見ても清国人なのである。

「このことは誰にもいうな。口にするとお前は楼主に折檻《せっかん》されるぞ」

「はい」

　女がこっくりとうなずいた。

「グラバーさん、帰ろう」

　うれしそうにグラバーは立ち上がり、

「日本語で何とこの人に言ったのか」

「帰るとつたえた」

「私は帰る。しかし林、あんたはいいのか」

「私は従僕の控え部屋にいた。女は買っていない」

「オーケー、つごうがよかった」

「急げ、そろそろ大門《おおもん》が閉まる頃だ」

二人は帳場へおり、林大元が番頭らしい男に日本語で事情を告げるのを、横に立ってグラバーは聞いていた。

「この異人、急ぐ用できた。帰るいうのは仕方ないね。女、わるくない」

清国人の使う日本語とそっくりそのままだ。

納得した番頭に見送られ、林とグラバーは借りた提灯《ちょうちん》を手にして遊郭の大門の外へ出た。真っ暗な橋を渡る。もう大門もしまる時刻でこちらをめざしてくる提灯も見えない。南の日本人街まで原野のような荒涼とした埋め立て地が続いている。

こんなところでローニンなどに襲われたら、ひとたまりもないとグラバーは思った。

横浜へ滞在して三、四日、グラバーは林大元を独占してこの新開地の商況を視察して回った。マッケンジーが言っていたように欧米人と日本人が互いの求め合うものを、手探りしているような印象は否めない。

日本人の商店街の見世棚に漆器や陶器、銅器などがやたらに目立つのも、そのせいだろう。

おもしろいのは銅器専門店ができていて、見たこともない使途不明の大きな銅器がごろごろ陳列してあることだった。

「これは何だ」

とグラバーは巨大な四角のシャベルのような銅器を指差して聞いた。

「十能《じゅうのう》です」

と店員はこたえる。

「ジュウノウ？」

「ファイア・シャベルだ」

と林大元が笑って横からいい、

「目方《めかた》、いくらか」

と日本語で聞くと店員は得意そうに、

「一貫八百八十匁、重いよ」

と胸を張っていった。日本で用いる十能といえばせいぜい七、八十匁の重さが普通である。こんな化け物のような道具はない。十能に限らなかった。

巨大な化け物の銅器がやたらに目立つ。

「異人達が銅器を欲しがることに商人達は気づいたんだ。器具が欲しいのでなく、銅を溶かして使うらしいと判ったんだろう。そのせいでこんな化け物がごろごろ店頭にあらわれた」

と店を出てから林がグラバーに説明した。

通商条約で金貨と銀貨の輸出は認められているが、銅貨だけは禁止されている。そのため欧米人は銅貨の材料となる銅の地金を求めていた。金銀の比価と同様に日本の銅は金に対する比価がおそろしく低い。世界相場の三分の一以下という低さであった。

日本で金貨を買い集めて上海で銀に替えて儲《もう》けるのと似たような儲けが比価の差で生まれる。こういう単純な儲けには、欧米人も日本人も抜け目がない。

金銀比価の差がもたらした一時的なゴールドラッシュは、ことしはじめの幕府の幣制改革によって、鎮静しつつある。

イギリス公使オールコックやアメリカ公使ハリスの忠告に従い、幕府は小判一枚を一分銀十二枚、つまり三両に通用させることで、どうにか金貨流出防止の手を打っていた。間もなく世界相場に適応する新小判が鋳造されることになっている。

銅についてもいずれ、何らかの手は打たれるだろう。

しかし工業製品や農製品ではなく通貨そのものが売買されるようでは、貿易が緒《ちょ》についたとは到底いえない。

横浜の商況はグラバーにはまだつかめなかった。少し時間がかかりそうだ。

グラバーは建設工事の騒音につつまれた掘っ立て小屋で暮らしている。

横浜へ到着した日、まだ屋根も葺《ふ》かれてなかった新築小屋は、その日の夜には完成して、どうやら人が住めるほどになっていた。

林大元が身の回りの物を持参してきたので、グラバーは目下、林と二人で掘っ立て小屋に寝泊まりしていた。

同じ敷地の棟割り長屋に仮住まいしているケズウイックとは、岩亀楼の宴会以来、ゆっくり顔を合わせたことがない。

ケズウイックは横浜居留民の代表者に推され、神奈川の領事館、ときには官吏にしか許されない江戸の公使館へも往来しているようだった。

何といってもジャーディン・マセソン商会は東洋貿易の最大手である。豊富な資金量、実績ともに他の商社を圧倒している。

商人達の代表として東奔西走させられるのも、やむをえない立場であろう。

そのケズウイックが珍しく在宅して、グラバーを夕食に招いてくれた。

「どうかね、横浜の商況がそろそろ見えてきただろう」

仮小屋の粗末な食卓で乏しい材料の夕餉《ゆうげ》を取りながら、ケズウイックはグラバーに聞いた。

「いや、なかなか見えません。少なくとも輸出に関しては扱う商品の種類が長崎より少ないことは判りました。どちらかといえば単純です」

「その通り。今のところ横浜で買える輸出品は生糸、油、銅器だよ。長崎のような雑多な海産物はめったに出回ってこない」

「金貨の輸出はとまったようですね」

「うむ、いいことだよ。どうせ長つづきする商売ではなかった。そうだ、君には参考までに見せておこう」

ケズウイックは立ち上がり、隣室の事務所から帳簿を携えて戻ってくると、頁《ページ》をひろげてグラバーに見せた。

「うちのここ半年のバランス・シートだ。まだ試算表の段階だがね」

貿易の収支勘定が記録されてあった。

グラバーは熱心に見た。

「どうだね」

「おどろきました。生糸が五十万ドルも輸出されている。油は四万ドル」

「そこには記載していないが、金貨は八万ドルていど扱った。しかし金貨はもう終わりだ」

「するとやはり生糸ですか」

「日本の生糸はびっくりするほど品質がよかった。ヨーロッパでも大評判になっている。しかも相場が今のところヨーロッパの半値以下だよ」

「このバランス・シートを見る限り、日本貿易は前途有望ですね」

「と思いたいが、そう甘くはないんだよ」

　とケズウイックは苦笑した。

「たしかに日本の生糸は優秀だ。相場も呆《あき》れるほど安い。ヨーロッパの半値以下という相場は間もなく急騰するだろう。これは日本の小判が改鋳されたのと同じで、とうぜんのことだ。問題は生糸の量なんだ。これまで国内の需要だけを満たしてきた生糸の生産量がどれくらいなのか、さっぱり判らない。タイクーンの政府にも判らないらしく、私達が生糸を大量に買うと知って、はじめは慌てて生糸取引に制限を加えてきた。一人の日本商人は一日に二百斤以上の生糸を異国に売ることを許さないというんだ」

「それは通商条約の違反ではありませんか」

　とグラバーがいった。

「そうなんだ。しかしタイクーンの政府にはそれがわからない。国内需要に支障がおきるので、それは困るの一点張りだ。やむなく私達は領事や公使に直訴して、タイクーンの政府と交渉してもらった。通商条約の自由貿易という言葉を理解させるまで、交渉は大変だったらしい」

「結局は認めたわけですね」

「とうぜんだよ。しかしタイクーンの政府は油断がならない。交渉で負けると、こんどは裏から手を回して生糸の販売を阻止しようとする。とにかく売りたくないようなんだ」

「しかし、国益でしょう」

「そう思うのは私達で、日本政府は思わないらしい。とにかく貿易拡大を望んでいないのはたしかだよ。最小限に抑えようとやっきになっている。いったい何を考えて日本は開国したのか、本気で私達と商売をする気があるのか、きわめて疑わしい。それが一番の問題だ」

「はあ……」

グラバーは興味深く聞いている。

「生糸に関してはそれだけではないんだ。生産地の多くはタイクーンの領内ではなく封建貴族の大名達の領内にある。もし大名達が生糸の売買を禁じれば私達はもうお手上げだし、売買に乗り気なら取引はぐんと増える。私は自分で大名達の領内へ赴いて、生糸の生産量をこの眼で確かめたい。しかしそれは不可能なんだ」

「通商条約の遊歩規程ですね」

「うん、私達の国内旅行はたったの二十五マイル四方だ。生糸の生産地を見て歩くなど夢にすぎない。私は日本の売り込み商人の中で私の手足となって走り回る人間を今、本気で探している。それしか方法がないんだよ。タイクーンの政府は全くあてにできない」

ケズウイックの話はかなり悲観的だった。


その翌々日だった。グラバーが林大元と朝食をとっているとき、外から戸を叩く音がした。林が立って戸をあけると、つば広の帽子をかぶり、膝まである長い上衣を着たケズウィックが立っていた。

　つかつかと入ってきて、

「グラバー君、どうだ、川崎まで遠出をしてみないか。ロスとバーバーが馬の支度をしている」

「どうしたんです急に」

「今日は久しぶりに暇なんだよ。だからこんな時こそ君にトーカイドウを見せてやりたいと思ったんだ」

「トーカイドウ？」

「知ってるだろう。日本のミカドの住む京都から江戸へ向かう幹線道路だ。いちど見ておくほうがいいよ」

「わかりました。支度します」

「林、君も同行してくれ」

　とケズウィックは林大元にいった。

「三人で川崎まで遠出しよう。バーバーとロスは留守番だ」

　グラバーが身支度をするのを黙って見ていたケズウィックが、

「拳銃を忘れるなよ」

「はい、持ってゆきます」

グラバーは先日、横浜の銃器商人からコルト社の連発拳銃を買っていた。アメリカ製の蓮根状回転式ピストルである。銃身が長くてかなり重い。

「拳銃は撃てるんだろうね」

「はい、上手ではありませんが」

「撃てればいいさ。威嚇《いかく》すれば日本人はひるむ。べつに命中させる必要はない」

外へ出ると門前に日本人の従僕が三頭の馬を揃え、バーバーとロスが鞍《くら》や鐙《あぶみ》の点検をしていた。三人は鐙に足をかけて馬上の鞍に跨《また》がった。

乗馬はグラバーも馴れている。林大元も同じらしい。三人でしばらく輪駆けしたあと、

「注意しておくがトーカイドウへ出たら、早駆けは駄目だよ。馬を早く走らせるのは、日本では下品な振る舞いとされている。ゆっくり行くんだ」

「わかりました」

ケズウイックが右手の鞭《むち》でかるく馬の尻を打った。グラバーと林大元がそれに従う。

吉田橋の関門を通過して横浜と入り江をへだてた戸部村へ向かった。

戸部から東海道筋の芝生村《しぼう》まで一直線の道がつくられ、横浜道と呼ばれている。

戸部村の宮ケ崎という台地の小高い丘の上に神奈川奉行所が建てられていた。

奉行所の周辺には役人達の住宅、牢屋敷、処刑場などが造成され、ちょっとした役所街が

生まれている。

横浜の街のなかではなく敢《あ》えて遠い戸部村に奉行所を設けたのは、幕府が異人達を信用していないからである。

国内の政治を異人達に知られたくないのと、いざという時に高い台地から異人街を攻撃できるという利点がある。

つまり戦国時代の城塞を築くのと似たような発想から生まれた。

そのため神奈川奉行は丘の上から毎日、横浜市中へ乗馬で出勤する不便を忍ばねばならない。

グラバー達三人は役所街を通過し、東海道へ向かって馬を走らせる。

右手に見える江戸湾の海から二月下旬のつめたい潮風が吹いてくる。

小高い山麓《さんろく》と海との隘路《あいろ》に切り拓《ひら》かれた山坂道は足場がわるく、急ぎたくても馬を疾走させるのは無理だった。

坂道を上り下りして、ようやく街道筋へ出た。

あまり広くない道が神奈川の宿場へのびている。道の両脇は松林である。

身分によって服装もさまざまな人達が往来していた。馬上でゆく武士、駕籠《かご》に揺られてゆく者、頭上の笠《かさ》を傾け背中の合羽《かっぱ》を風に翻して道を急ぐ男、天蓋《てんがい》で顔を隠し尺八を手に持った虚無僧。その人々の中に女達の姿は殆《ほとん》ど見えない。

急な坂を登りつめると神奈川宿の関門に着いた。門の左右に番人が佇《たたず》んでいる。通行人を監視するだけで、べつに誰何《すいか》したりはしない。

グラバー達三人は馬上のまま関門を通った。道脇に人家が目立ちはじめる。

人家の多くは草葺き屋根で、休憩用の茶屋や料理屋がずらりと並んでいる。

茶屋も料理屋も赤や青の派手な暖簾《のれん》を風に翻し、店頭には襷《たすき》がけの女達が出て、呼び込みの声をかけていた。

「お休みなさいやあせ、とりたての魚がございやあす」

見ると料理屋の軒先に大きな鯛やひらめが吊りさげてある。

茶店には畳の薄べりを敷いた縁台がいくつも並び、旅人達が縁台に腰かけて茶をすすっている。

馬で通過するグラバー達の姿におどろき、茶碗を手にしたまま立ち上がってしまう者もいる。店から飛び出してきて、首をのばして見送る者もいた。

神奈川宿は左手に山、右手に海を望む高台にある。幅の狭い道路の両脇に数十軒の旅籠《はたご》、茶屋が犇《ひし》めき合って並んでいるのだ。

ケズウイックが馬を寄せてきて、

「アメリカ領事館だ」

と右手の高台の森の中を指差した。星条旗が風になびいている。

「イギリスもフランスもここの寺を借りて領事館にしている。しかしここは狭すぎる。意地を張らずに横浜へ移ってくればよい」

道は延々とつづいていた。


宿場を離れると道脇の人家がまばらになり、よく耕された田畑が目立つ。

二月下旬なので水田の水は枯れ、黒ずんだ田圃《たんぼ》には稲の切り株が見えて、さむざむとした景色だが、それでも充分に眼を楽しませる眺めである。冬枯れして裸の枝をさらしている木々の間に青い葉を繁らせた常緑樹が必ず植えられてある。

杉、樫《かし》、松などの木々は途切れることがない。ところどころに赤や白の花をつけた梅の木が見え、蕾《つぼみ》をつけた桃の木もある。

点在する麦畑は若草色の葉波を風にそよがせている。

グラバー達三人はゆっくりと馬を進め、入川、子安の村々をへて生麦《なまむぎ》村へ出た。

右手の江戸湾の眺望がひらけ、青海原に点々と散る漁師舟の白帆が見える。

ケズウイックにいわれて振り返ると左手の後方に白い雪をかぶった円錐形の美しい山がうっすらと遠く聳《そび》え立っていた。

「マウント・フジだ。どうだすばらしい眺めだろう」

とケズウイックは駒足をとめて遠い富士山と江戸湾の海を見くらべている。

「川崎はもうすぐだ。川を渡れば江戸なんだが、われわれの遠出は川崎までさ。江戸へ行けるのは公使館勤務の官吏だけだ」

「江戸へ行ったことはないんですか」

「あるさ。ライセンスをもらって公使館員になりすまして行ったよ」

「どんなところですか」

「ひと口にはいえないが、私の知っている限り、ヨーロッパや東洋のどの都にも似ていない。へんに静かで清潔な街だよ」

「それなら長崎と同じです」

「いや、広さが違う。長崎は狭いよ」

そういってケズウイックは再び馬を歩ませはじめた。グラバーと林大元はあとにつづく。

神奈川宿から川崎の宿場までは二里半の距離だった。

昼を回った頃に三人は大きな川が左から右へと流れて海へ注ぐ土手に出た。

「六郷川だ」

とケズウイックが右手の鞭《むち》で前方を指し、

「この川が境界だ。渡れば品川、イギリス公使館は品川にあるよ」

下を見ると雑草の生い繁る広い河原がつづいている。河原には素朴な板葺き屋根の茶店が並び、人々が縁台に腰かけて休息していた。

対岸の浅瀬から渡し舟がこちらへ向かってくる。こちらの岸辺からも旅客を乗せた小舟が対岸をめざして漕《こ》ぎ進んでいた。

土手に馬首を並べた三人のうち林大元が渡し舟の旅客に注目した。漕ぎ寄せてくる旅客の中に三、四人の武士がいて、彼らは舟の中で立ち上がり、こちらを指差して険しい視線をそそいでいる。

「そろそろ帰りましょう」

と林大元がケズウイックに声をかけた。

「帰る？　来たばかりだぜ。昼食もとっていない」

とケズウイックは不満な顔だ。

「神奈川まで引き返して、どこか料理屋を探しましょう」

「料理屋ならここにある。いちど顔を出して気に入った店があるんだ」

「はあ……」

林大元は土手の下の河原をみつめた。

ちょうど渡し舟が砂地の先の浅瀬に着き、旅客たちが上陸してくるところだった。

サムライ数人が先頭に立っている。全員がこちらへ鋭い視線を向け、急ぎ足で土手の坂道をめざしてくる。

「では、その店へ行きましょう」

と林大元は促し、馬首を川崎の宿場のほうへ向けた。

ケズウイックが先に立ち、道脇の左右に賑《にぎ》やかに茶屋と料理屋が立ち並ぶ宿場へ入った。

川崎大師堂へ案内する石の道標が左側に立っている。

ケズウイックは馬をその道へ進ませた。

二階づくりの大きな料理屋がすぐに見え、ケズウイックはその店の手前で馬から降りた。

店の中から二、三人の男達が出てきて、ケズウイックに愛想笑いし、馬の手綱を受け取った。グラバーも一人に手綱を渡した。

女が出てきて三人の異人を土間から二階へ案内する。

広い土間には縁台がずらりと並び、旅客が草鞋《わらじ》ばきのまま腰をおろして食事をとっていた。みんな異人の姿を見て眼を丸くしている。茶漬けの碗を左手に持ち、右手に箸を持ったまま、二階の階段口をわざわざのぞきにくる男もいた。

三人は広間へ案内され、新鮮な魚の煮物と米飯、野菜の煮つけなどの日本風の昼食をとった。グラバーもケズウイックも日本食に馴れてきて、白い米飯の淡泊な味を、それなりに楽しめるようになっている。醬油の煮物は変わったソースだと思えば、決してわるい味ではない。

少しばかりサケも飲んだ。ウイスキーやブランデーにくらべれば、なにほどのアルコホールでもない。

食事の間、林大元が何度か席を立って姿を消す。

落ち着きのない林のようすでは、早く帰りたがっているように見える。

「林、そろそろ出ようか」

とケズウイックが席へ戻ってきた林に声をかけると、

「いや、もうしばらく休みましょう」

と林はこたえ、食膳の酒盃《しゅはい》に手をのばした。

林大元は階下の土間にサムライ数人が来合わせて、縁台を陣取ったことに気づいていた。

彼等が立ち去るのを待っているのだ。

川崎の料理屋で思わぬ長居をして、グラバーたち三人はふたたび街道へ出た。

もと来た道を神奈川へ向かって引き返しはじめる。同じ道だが逆に辿《たど》ると白波の打ち寄せる美しい海岸の景色が目立つ。

どうしたのか林大元が同行の二人に先駆けて馬を進める。ときどき早駆けして二人を引き離しては、すぐに戻ってくる。

「おかしいな。林は何をしているんだ」

「酔ったんじゃないですか」

とケズウイックとグラバーは笑って見ていた。

神奈川の宿場へ着いた頃には、日射しが翳《かげ》り、海から吹いてくる風がひときわ冷たくなっていた。

宿場の旅籠《はたご》の前に女達が顔を並べて旅客を呼び込んでいる。

「あの女たちはみんな遊女だ」

とケズウイックがグラバーにいった。

「日本のホテルは女のサービスつきらしい。ゆっくり休みたい男は困るだろうな」

「まさか」

とグラバーは笑ったが、ケズウイックの言葉は半ば本当だった。五十軒ちかくある旅籠の大部分が飯盛女《めしもり》という名の売春婦を置き、客に一夜の歓を売っていた。

安政六年の横浜開港と同時に幕府は宿場の売春を禁止したが、日がたつと共に禁令は守られなくなっている。

間もなく宿場の関門が見えてきた。

また早駆けして二人を引き離した林大元が関門の外で馬をとめて待っていた。

ここから先は芝生《しぼう》村へ出て、そこから一直線に戸部村へと向かう横浜道である。

一里足らずの道程だが、山を開削した道なので上り下りもある。

とくに野毛の山越えの急坂は左右が雑木林の断崖《だんがい》となった切り通しで、道幅は馬二頭が何とか並んで通れるほどの広さしかない。

先頭に立つ林大元は何やら落ち着きなく右へ左へと眼配りしながら切り通しの坂道へかかった。林大元につづいてケズウイック、そのあとをグラバーが追う。

三頭の馬は一列になって急坂を登りはじめた。

往来する人の姿は全くない。そろそろ黄昏《たそがれ》が迫ってくる時刻である。

最初の石は左手の断崖から音もなく転げ落ちてきた。

気がついたのはケズウイックで、

「わっ」

と声をあげ、弓なりに体をのけぞらせて馬の手綱を胸もとに引いた。

馬が棹《さお》立ちになっていななき、ケズウイックはたまらず地面に振りおとされた。

こんどは右側の崖《がけ》から樹々の間を転々としながら岩塊が落ちてくる。

とっさにグラバーは馬から飛びおり、地面に倒れたケズウイックのそばへ駆け寄った。

「ケズウイックさん！　大丈夫か」

先頭に立っていた林も振り返って慌てて馬をおり、走り寄ってくる。

そのとき、左右両側の崖の上から、

「うわーっ」

という喚声が湧《わ》き、抜き身の白刃を振りかざした男たちが崖を走りおりてきた。

――あいつらだ。

とっさに林大元は男たちを確認した。六郷川の渡し舟に乗っていたサムライ達である。人数は四人。

サムライ達はこちらのあとを追って料理屋までついてきた。一階の縁台に陣取って二階座敷の三人がおりてくるのを待っていた。林はそれに気づいて料理屋を出る時刻を遅らせたのである。

最初に見たときから、サムライ達には異様な印象があった。笠《かさ》もかぶらず手甲脚半《てっこうきゃはん》を身に着けるでもなく、まともな旅姿ではない。おそらく江戸の品川あたりから、思い立ってふらりと出てきたのだろう。横浜見物にやってきて、その日のうちに引き返していく武士はちかごろ珍しくなかった。異人を見にくるのである。

神奈川奉行所ではそんな輩《やから》を厳重に警戒しているが、大藩のちゃんとした通行手形を持っている場合は追い返しもできない。

この頃は諸藩の交際が大っぴらで、いかがわしい浪人まで各藩邸に出入りしていた。

林大元はサムライ達の全身に漲《みなぎ》る激しい敵意と殺気を、ひとめで察知して、警戒していた。

ケズウイックとグラバーに告げるわけにはゆかない。料理屋からサムライ達が立ち去るのを見とどけて、林は二人を促して帰路についたが、道中油断はしていなかった。先回りしてどこかで待っているおそれがあった。

だから早駆けしたり引き返したりをくり返して、目配りを怠らなかったのである。神奈川宿の関門を通過して、ほっとした。おそらくサムライ達は宿場の旅籠《はたご》に泊まったのだろうと思った。最初に感じた殺気は、あるいは自分の思いすごしだったのかもしれない。

それが、林の油断だったのである。

「うわーっ」

と抜刀して崖道の樹林の間を辷《すべ》りおりてくる男達を見たとき、

「馬だ、馬に乗れ！」

と林はグラバーに向かって叫んだ。地面に倒れていたケズウイックが半身を起こし、腰に吊《つ》った革袋から拳銃を引き抜いた。

拳銃の発射音が山道にひびいた。一発、二発とケズウイックは連射した。

右手の崖を辷りおりてくるサムライの一人が、ライフルで狙い撃たれた鳥のように、前のめりにもんどり打って転落してきた。

グラバーも腰の拳銃を引き抜き、左側の崖を駆けおりてくるサムライめがけて撃った。あたらないが、サムライの足がとまった。

グラバーは自分の馬に走り寄って飛び乗った。

また発射音がひびき、ケズウイックの拳銃は道へおりてきたサムライの一人の肩を射抜いていた。

他のサムライ二人が道をふさぎ、白刃をふりかざして走り寄ってきたが、ケズウイックは一瞬早く、自分の馬の背に飛び乗っていた。

サムライ達はケズウイックを追えなかった。二人の面前に林大元が立ったからである。

林大元は二尺六寸の黒い杖を常に携行している。木々にまつわる蔓《つる》を乾かして作った杖で、なかの空洞に鉄線の束が詰めてある。木刀より重い。

林はその杖を両手に握って刀のように右肩の上に垂直に立てて構えた。

林を清国人と見て、サムライ二人は相手の構えも見ず、振りかざした刀を右と左から交互に叩きおろしてくる。

カシッと鈍い金属音がして、一人のサムライの刀は真っ二つに折れ、刀尖《とうせん》の部分が宙に舞い飛んだ。

もう一人の刀は林にかわされて空を斬り、サムライは前のめりにたたらを踏むところを、林に腰を足蹴《あしげ》にされて地面につんのめった。

刀を折られたサムライは手がしびれたのか刀身を取り落とし、片手で肩をかばいながら、じわじわと後ろへ退り、

「退《ひ》け、退けぃ！」

と仲間たちに声をかけた。

地面に突っ伏した男、肩を撃たれてうずくまっていた男が立ち上がり、無刀になった男も

いっしょになって全員が背を見せて駆け去ってゆく。

馬上のケズウイックが右手の拳銃の銃口を三人の背中へ向けた。

「ノー！」

と叫んだのは馬首を並べていたグラバーだった。

「逃げてゆくんだ。殺さなくてもよい」

ケズウイックもうなずいて銃口をおろした。

二人の眼は右側の崖の下に横転しているサムライを見た。

そのとき林大元が歩み寄って片膝を地面に突き、倒れたサムライの体を注視した。

右胸が血に染まっている。左足も撃たれていた。ケズウイックの拳銃の腕はみごとなものだった。

「おぬし、どこの藩士だ。それとも浪人か」

と林大元は傷を負って立ち上がれぬサムライに聞いた。よく見るとせいぜい二十歳かそこらの若い男である。

清国人の口から発せられるあざやかな日本語に、瀕死《ひんし》の若者はおどろいたらしい。

「に、日本人か」

「そうだ」

「たのむ、腹を切りたい」

若者はふるえる手をのばして、

「わしを起こしてくれ」

林大元は若者の体を抱えておこしてやった。右胸から血があふれ出てくる。

若者は抱えおこされると左手で腰の脇差を鞘《さや》ごと抜いた。

ふるえる右手に持ちかえ、左手を柄にかけて刀身を引き抜く。

「やめろ」

林がさえぎる間もなかった。若者は逆さ手に刀をかまえ、柄に右手を添えると、切尖《きっさき》を自分の腹へ突き立てた。

後ろから背中を支えていた林が、とっさに飛び退《すさ》ったほどである。

迷いもためらいもない動作だった。

「うぐっ」と若者はうめき声をあげ、突き刺した刀身を引き抜こうとして抜けない。

口から音立てて血を吐いた。

「た、たのむ」

と若侍は林にいった。

「と、とどめを……」

林は立ち上がり、前に倒れかかった若者の体を起こし、腹に突き立った刀身を引き抜いた。その拍子に若者は仰向けに倒れた。

「名を聞いておこう」

「み、水戸浪人、早田……」

ごぼっと音立てて若者の口から血がほとばしった。

「わしは豊後岡藩浪人山村大二郎」

と林大元は日本名を名乗った。

「介錯《かいしゃく》するぞ」

その声が耳に入ったかどうかわからない。

若者はかすかに首を振ったように見えた。

その首の喉《のど》笛めがけて林大元は右手の脇差の切尖を突き刺し、さっと右へ刎《は》ねた。

血潮がしぶくような音を立てて噴きあがった。

グラバーとケズウイックは馬上からいちぶしじゅうを見ていた。

宵闇《よいやみ》がせまってきていて、周囲は薄暗くなっていた。

林と瀕死のサムライが何を語り合っているのか、全くわからない。

しかし林が若者の自殺を助け、頼まれて喉を切り裂いたのは何となくわかった。

「林！」

とグラバーが呼びかけた。

グラバーは馬を降りて林のそばへ歩み寄った。林の肩ごしに若いサムライをのぞきこみ、

「死んだのか」

「ああ、自殺した」

「なぜとめない」

「重傷を負っていた。死にたいものは、とめても仕方があるまい」

ケズウイックも馬を降りて近寄ってきた。

「林、このサムライはローニンか」

「そうだ。六郷の渡しからわれわれを狙って尾行してきた」

「私達が拳銃で武装していることをローニンは知らないのか」

「知らぬ者も多いだろう。ローニンは日本刀で異人など楽に斬れると思っている。拳銃を見たこともあるまい」

「林、この死骸をどうする。神奈川奉行所へ運んでゆくのか」

とグラバーが聞いた。

「いや、わしが埋葬してやろう」

グラバーとケズウイックが顔を見合わせた。

「あんた達はまっすぐ横浜へ帰ってくれ。もう日が暮れてくる」

「しかし林……」

「私ひとりで埋葬させてくれないか。この男に頼まれたのだ」

ケズウイックとグラバーは再び顔を見合わせた。

「グラバーさん」

と林がグラバーの名を呼んだ。

「よく見てやってくれ。このサムライはむかしの私だ」

グラバーは全身血まみれで横たわる若い男の姿を見た。

「もし私が日本を離れて清国へ行かなかったら、たぶんこの若者と同じことをやっていたろう。若い頃の私はあんた達西洋人のことを何も知らなかった。鬼か天狗《てんぐ》のように思っていた。それは本当だ」

ケズウイックがグラバーの肩を叩いた。

「ここは林にまかせて、私達は横浜へ帰ろう」

しかしグラバーは残った。ケズウイックはしいてすすめず、自分ひとり馬に跨《また》がると、

「先に帰る。あまり遅くなると危険だぞ」

といい、鞭をあてて横浜道を駆け去っていった。

「ケズウイックは奉行所へ行く気だ。役人達を引き連れてくるかもしれぬぞ」

とグラバーが林にささやいた。

「なら早く埋めよう」

さいわいサムライ達が道に落としていった刀があった。

グラバーと林が坂道の一隅に穴を掘った。

「林、こんなことはいやだなあ」

と汗を額ににじませながらグラバーが溜《た》め息をついた。

日本暦で三月に入って間もないその日、夕刻前から東海道の街道筋の動きが慌ただしくなった。

頭に白の鉢巻きをし、襷《たすき》がけした武士が馬に跨《また》がり、上体を伏せ右手の鞭《むち》を激しく鳴らして駆《か》け抜けてゆく。一人ではない。一定の時間を置いて、刻々と人馬が街道を走ってゆく。十手を持った役人を先頭に四人担ぎの早駕籠《かご》に乗って街道を急ぐ武士の姿も見える。往来の旅人達は道をゆずって路傍に佇み、何ごとが起こったのかと、早馬や早駕籠を見送っていた。

その日は早朝から珍しい大雪で、宿場泊まりの旅人も早立ちをあきらめ、雪が小止みになるのを待って、街道へ出てきた者が多かった。

何頭も駆け去ってゆく早馬が江戸からきた急使らしいとは、誰にも察しられる。

おそらく神奈川へ向かっているのだろう。

「どうしたんでしょう」

「まさか異国と合戦をおっぱじめたのではないでしょうな」

「いやいや、判りませんよ。いつ何が起こっても、おかしくはない御時世です」

路傍の旅人達は肩を寄せ合い、ひそひそ声でしゃべったりしている。

早馬、早駕籠の多くは旅人達の推察通り、神奈川の奉行所をめざしていた。

この日、神奈川と横浜も大雪に見舞われていた。

横浜に滞在して二十日間ちかくになるグラバーは夕刻前には仮住居の掘っ立て小屋に戻り、林大元と二人で銅器の火鉢に手をかざし、背中を丸めて寒さをしのいでいた。

故郷のスコットランドも寒かったが、どの家にも心を温めてくれる暖炉があった。日本の冬は銅器の火鉢で耐えるしかない。

「横浜の商況はだいたいわかった。私はそろそろ長崎へ帰りたい」

とグラバーは林にいった。

「長崎で大きな商談があるんだ。そろそろ上海のジャーディン・マセソン商会から連絡のある頃だと思う」

「薩摩藩に蒸汽船を売るという話だろう」

と林大元がこたえた。

「そうだ。成立すればマッケンジー商会の最大の仕事になる」

「それはどうかな。武器と艦船の輸入は幕府が大名達に禁止している。とくに薩摩は大藩だ。幕府がおいそれと許すだろうか」

「大丈夫だと五代才助さんはいっていた」

「さあ、あんまり期待しないほうがいい。ケズウイックさんもたしか同じ意見だった。いまの幕府は力ずくで大名達を押さえている。かんたんに承知するはずがないよ」

そのとき、外から扉を叩く音がした。

扉を開くとロスとバーバーが立っていた。

「街のようすがおかしいんだ」

と室内に入ってきてバーバーがいった。

「吉田橋や野毛橋の関門のあたりに役人達がものものしく集まっている。街のなかにも大勢の役人が出てきて、通行人の監視をはじめた。日本人街の商店街は戸を閉めて店じまいしている」

「雪のせいだろう」

とグラバーがいうと、

「いや、何かあったみたいだ。デント商会のホセ・ローレイロさんの話では、江戸のローニン達数百人が横浜へ攻め寄せてくるという噂《うわさ》が広まっているそうだ」

「ケズウイックさんが三、四人の仲間といっしょに神奈川の領事館に噂を確かめに行ったよ」

とロスが横から口を添えた。

「ローニンが数百人……そんなことがあるだろうか」

とグラバーが林大元に聞いた。林は首をかしげ、

「ないだろう。そんなことをすれば品川か川崎の宿場で追い返される」

「とにかく危険だ。グラバーさんも私達の長屋へ来てくれ。こういう時は同じところに集まっていたほうがいい。ピストルを忘れないでくれよ」

バーバーとロスが出ていったあと、グラバーと林大元はそれぞれ身支度してケズウイック達の住む長屋へ向かった。

工事中の新居はまだ完成していない。二階建ての瀟洒《しょうしゃ》な木造家屋は木組みの骨格だけができあがっていた。

雪は早朝ほどではないが、小止みなく降りつづいている。

ケズウイックが神奈川から戻ってきたのは、日も暮れはじめた頃だった。

帽子とコートの雪を払い落としながら長屋へ入ってくると、

「さっぱりわけがわからんのだ」

と銅器の火鉢に寒さで赤くなった両手をかざしてケズウイックはいった。

「水戸のローニン数百人が幕府のゴタイローの屋敷に攻め入ったという噂がある」

「ゴタイロー？」

「タイクーン政府の宰相だ。ローニン達は攻め入ったのではなく、江戸城に出勤する宰相の

行列を路上で襲撃したという噂もあるらしい。よくわからないんだ」

「つまり宰相がローニン達に襲われた。それは間違いないんですか」

とグラバーが聞いた。

「そうらしい。もし一国の宰相が屋敷に攻め込まれたり、路上で暴漢に襲われたりしたとなると、この国の政府は一体どうなっているのか。タイクーンの幕府はそれほど弱体なのか。領事たちはそれを心配している。各国公使が問い合わせているところだが、たぶん日本政府は何もこたえてくれないだろう。とうぶん真相は闇の中だよ」

真相は闇の中だといったケズウイックの言葉は外国公使や領事に関しては、その通りだった。当時の幕府は異人に対して政治の内情を絶対に知られたくないと考えていたからだ。

しかし国内ではそうはいかなかった。

――桜田門外の変
とのちに呼ばれるこの事件は安政七年三月三日の出来事である。

当日は上巳《じょうし》の佳節の祝日で、諸大名は必ず江戸城に赴く。

大名登城は午前八時から十時頃までであった。

井伊直弼《なおすけ》は大老職なので午前十時の登城であるが、執務熱心のこの人は午前八時過ぎには供回りを従えて屋敷の門を出た。

井伊家の屋敷と江戸城桜田門は僅《わず》かに三、四町の距離である。

供回りは五、六十人。一本道具を先に立て大老を乗せた駕籠《かご》を中央に前後に行列を組み、老中独特のきざみ足で唱導の声も高く進んでゆく。

大雪の降る中、江戸城の濠端《ほりばた》でその行列を早朝から待ちかまえていた侍たちがいた。十八人である。うち十七人までが水戸藩の脱藩者、一人が薩摩藩士だ。

下駄履きで傘を手にした者、笠《かさ》を頭に合羽《かっぱ》を着た者などみんな通常の身なりである。大名登城の日には見物にくる者が多く、江戸城の濠端には見物人のために葭簀《よしず》張りの茶店が出ていた。桜田門外にも茶店があった。

十八人の浪人は交替でこの茶店に休んだり、田舎者の江戸見物の風態で濠《ほり》に遊ぶ鴨の数を数えたりしていた。

井伊家の行列が桜田門へ渡る万年橋のあたりへかかったとき、てんでばらばらに逍遥《しょうよう》したり佇んでいた浪人達がいっせいに行動を起こした。

路傍にひざまずいていた一人が笠のまま立ち上がって、つかつかと行列の前に進み、

「捧げますっ」

と直訴するような恰好《かっこう》で右手の封書を高く掲げてみせたのが合図だった。

「何者か」

と行列の供頭二人が歩み寄ったとき、浪人は笠を取り羽織を脱ぎ捨て、抜刀して斬りかか

った。頭には白鉢巻き、上衣には十文字の襷《たすき》がけをしていた。

この瞬間、見物客をよそおっていた十八人全員が、暗殺者の正体を現した。

十八人は行列に向かって前後左右から斬り込んだ。目的は一つ、井伊直弼《なおすけ》の首を獲《と》ることである。

朝から降りつづく大雪が暗殺者達に味方した。井伊家の供侍達は雪のため腰の刀に柄袋をはめ、刀の鞘《さや》も油紙で蔽《おお》っていた。

そのためとっさに刀が抜けない。

前列も後列も斬り込まれて大混乱。大老の駕籠《かご》脇《わき》が手薄になったことにも気づかなかった。

そこへ暗殺者が駆けつけたのである。

激闘わずか十五分。

十八人の浪人の集団に徳川幕府の大老井伊直弼はじつにあっけなく討ちとられた。

最初に駆けつけた一人が駕籠の扉ごと大刀の切尖を中へ刺し貫いた。手応えがあった。つづいて他の一人も激しく突いたが手応えがない。慌てて刀を取り直して後ろのほうを突くと、ずぶっと肉を刺す感触があった。さらに二人が駆けつけてきた。

一人が駕籠の扉を毟《むし》り開け、大老井伊直弼の襟首をつかんで外へ引きずり出した。

大老はすでに二太刀を突かれて気息も奄々《えんえん》としている。一人がその鬢《びん》のあたりへ一刀をあびせると、大老は前にのめり、両手を突いて起き直ろうとした。

浪人は前にのびたその首を斬撃《ざんげき》した。

ころりと落ちたらしい。

井伊家の供侍達は駕籠脇をはなれ、他の浪人達と必死で斬り合っていて、主人の死に気づかない。

浪人の一人が大刀の切尖で大老の首を突き刺して、高く掲げ、

「愉快、愉快！」

と連呼して引き揚げて行った。

それが十五分間の出来事である。

白昼堂々と幕府の大老を襲撃し、斬殺《ざんさつ》するというようなことが、じつに容易《たやす》く成功した。

摩訶《まか》不思議といってよい事件だった。

しかも十八人の暗殺者の多くが十九歳だの二十歳だのといった若者達で、全員が微禄の貧乏侍、もしくは次男、三男坊だ。

それほど綿密な計画を練ったわけでもなく、事前の支度を整えていたわけでもない。

彦根藩三十五万石の大名が、たった十八人の若者達に命を奪われてしまった。

若者達の主旨は単純である。

「斬奸《ざんかん》」

という一語に尽きていた。天皇の勅許も得ずに異国との通商条約を調印し、安政の大獄を起こして無実の志士を罪に落とし、いわれなく水戸家を迫害する奸物が、彼等にとっての井伊直弼である。

だから奸物を斬って世間から取り除く、それによって政治は正しくおこなわれる。十八人の目的はそれだけだった。彼等の指導者らしき人物もおり、大老を殺して京都へ集まり、兵を挙げようと計画していたが、兵を挙げて幕府を倒そうというのでもない杜撰《ずさん》な計画で、もちろん立ち消えになった。

しかし幕府創立以来、これぐらい天下を震撼《しんかん》させた事件はない。

これ以後、幕府の威信は完全に失墜した。幕府に向かって公然と反抗する者が日本中に輪をひろげてゆく。

いちばん驚き慌てたのは徳川幕府自身であった。

幕府はこの事件の隠蔽《いんぺい》工作に腐心する。そのため井伊大老は死んでいないことにした。

桜田門事件の翌日、将軍徳川家茂《いえもち》は特使を彦根藩邸に派遣して、大老井伊直弼に病気見舞いの朝鮮人参を贈った。

一度ではない。将軍の大老に対する病気見舞いは翌月までつづく。

天下の公道で首を獲《と》られた大老である。目撃者も少なくない。

胴体だけになった人物をあくまで生存している者として扱うことで、世間の眼を取り繕うことにした。

そんな姑息《こそく》な手段が通用すると幕府が本気で考えたのかどうか。

世間は耳聡《みみざと》い。江戸市中はもちろん、西国の下関あたりにも、三月半ば頃には大老の死と、そのくわしい経過がほぼ正確につたわっていた。下関の廻船問屋の主人がその詳報をさっそく南国の薩摩に知らせている記録がある。

幕府はあくまで体面をつくろい、死んだ大老を病臥《びょうが》中とし、その一方で江戸城の諸門を閉鎖して通行禁止とした。江戸市中の警戒も厳重をきわめた。

外国公使や領事たちの熱心な問い合わせには一切応じない。幕閣の要職に面会を求められても、拒絶した。

横浜在住の異人達の耳にも、もちろん風聞はつたわってくる。

しかし詳細を確かめるすべがない。

ケズウィックが何度も神奈川の領事館に赴いて、領事代理のヴァイスに会った。ヴァイスが品川の公使館から得た情報によると、

「ゴタイローが江戸城へ出勤する途中、ローニン達に襲撃されたのは本当らしい。しかし襲撃は成功しなかったようだ。宰相は怪我をしたようだが、生きているよ。タイクーンがたびたび病気見舞いの使者を送っているからね。それが何よりの証拠だろう」

聞いたケズウイックも大老の生存を信じた。

それはそうだろう。欧米人にとって既に死んだ者をまだ生きているように扱うというのは、想像もできない行為だった。

「心配なのはタイクーンの政府の内情だ。ローニンは要するに除隊された兵隊か、ごろつきに過ぎない。そんな者達が一国の宰相を路上で襲撃するとは考えられない。誰か背後で彼等を支援している封建大名がいるはずだ。オールコック公使はその点を心配している。果たしてタイクーンの政府が、この国の将来を長く担えるほど強力な政権なのかどうか、今は疑いはじめている。私も同じだ」

とヴァイス領事代理はケズウイックに告げた。ケズウイックは横浜へ戻ってグラバー達に領事代理の意見を報告した。

「ゴタイローは生きているらしい。死んだ者に病気見舞いの使者を出すわけがないと領事代理はいっていた」

それを聞いていた林大元が首を横にふり、

「それはわからない」

といって、ケズウイックをおどろかせた。

「わからない？　どうして」

とケズウイックは林大元に聞いた。

「よくあることだ。いかにも幕府のやりそうなことだ」

「死んだ人間をまだ生きていると日本人は言うのか。そんなことをして何になる。誰が得をする」

「井伊家だ」

と林ははっきりとこたえた。

「路上で暴漢に襲われて死んだとなれば、日本のサムライの風習では許されぬ恥辱だ。不面目きわまる死に方だから、井伊家の彦根藩は取り潰されてもおかしくない。幕府はそれを避けるため、大老の死を隠しているのかもしれない」

「サムライは殺され方にも注意しなければならないのか」

「とうぜんだ。サムライの死に方はむつかしい。あなたも横浜道で自殺したローニンを見たはずだ。私たちを襲って失敗したのを恥じて、あのローニンは刀を自分の腹に突き立てた。あれがサムライだ」

「ゴタイローも自殺すればよかったというのかね」

「そうだ」

と林大元はうなずいた。

グラバー達は黙って顔を見合わせている。横浜道で血まみれになって死んだローニンの姿をグラバーは思いだしていた。

「林、するとゴタイローはやっぱり死んだというのかね」

とケズウイックが聞いた。

「わからない。私も出入り商人などから噂《うわさ》を聞いた。幕府の大老が白昼、路上で浪人に襲われて死ぬというのは聞いたことがない。それが単なる噂だとしても、そんな噂が立つこと自体がおかしい。あるいは本当ではないかという気がする」

「背後でローニン達を操る封建大名がいるのではないかと、領事代理が心配していた。そんな大名がいるだろうか」

「いるだろう」

あっさりと林大元はいった。

「日本の大名の数は三百にちかい。誰がどんなことを考えているか、それは判らない」

「困った国だなあ」

とケズウイックは溜《た》め息をついた。

「死んでしまった者をまだ生きているという。もしそれが本当なら幕府はとんでもない嘘《うそ》つきだ。国内はともかく外国にそんなばかげた嘘は通用しない。この国のことはわれわれにはやっぱりまだわからない。とにかく今はタイクーンの政府がぶじ平穏であることを祈るよ。政府の内部で紛争でも起きたら、われわれの商売は成り立たなくなる」

「そうだ。それが心配だ」

とロスとバーバーがうなずいた。

「いまさら上海へ引き揚げるには、われわれは資金を多く投じすぎた。回収するまで国内の混乱は真っ平だよ」

黙ってみんなの話に耳を傾けていたグラバーが、はじめて口を挟んだ。

「林、内戦が起きる可能性はあるだろうか」

「もし大老の死が本当なら、いつ戦争が起きてもおかしくないだろう」

と林大元はこたえた。

「大老の井伊直弼という人はずいぶん恨みを買っているようだ。もともと徳川幕府に怨《うら》みと憎しみを抱いている大名は数え切れぬほどいる。反抗したくてもできなかった大名が、これから何をやりだすかわからないと思う」

グラバーはじめ異人達は肩をすくめ、黙って考えこんでしまった。

「とにかく私達はタイクーンの政府を信用するしかない。窓口が一つしかないのだから、今はどうしようもないさ」

とケズウイックがいった。

「私はそろそろ長崎へ帰ることにします」

とグラバーがみんなに告げた。

「私は薩摩藩のサムライと蒸汽船売買の約束をした。上海のジャーディン・マセソン商会から蒸汽船調達の返事が長崎へ届いている頃です」

「その約束については、私は半信半疑だった。武器艦船の売買は幕府が大名達に禁じているからだ」

とケズウイックがいった。

「しかしこの国のことはもっと流動的に考えたほうがよさそうだ。タイクーンの政府の禁令が、大名達にどこまで行き亘《わた》るのか。確信が持てなくなった。とすればグラバー君、蒸汽船の売買もできないとは言えないわけだ。とくに長崎はタイクーンの首都とは遠く離れている。横浜とは事情も違うだろう。思い切って新しい仕事を開拓してみるにはいい場所かもしれない」

「じつは横浜へきて、私もそれを考えました」

とグラバーがこたえた。

「横浜がタイクーンの政府の貿易の窓口なら、長崎は封建大名達の貿易の窓口になるかもしれない。九州には薩摩藩をはじめ裕福な封建貴族が多く、その有力な家臣達が長崎に集まってきています。私はそのサムライ達の幾人かとすでに顔見知りになりました」

「それは素晴らしい」

とロスが横から口を挟んだ。

「グラバー君、君は封建大名相手の仕事を開拓すべきだ」

「そう思っています」

「多少、危険だぞ」

とケズウイックが注意した。

「タイクーンの政府が黙ってはいまい。君は幕府の役人達を敵に回す立場になるかもしれない」

「たぶん、そうなるでしょう」

とグラバーはうなずいた。

「だから林大元を長崎へ連れて帰ります。私にはメッケヤクが必要ですからね」

グラバー商会

細長い帯のようだといわれる長崎港の入り江の沖合から二十数艘《そう》の小舟に曳《ひ》かれて、一隻の蒸汽帆船が入ってくる。

三本マストの主帆柱にユニオン・ジャックの英国旗、その下に日の丸の日章旗を掲げた奇妙な船だ。

船名はイングランド号。長さ約六十メートル、幅十メートルほどのバーク型蒸汽船で、船体がスマートなのは、両舷側に外車輪を装備していないからだろう。

船尾の水面下にスクリュー・プロペラをつけた新型の蒸汽帆船である。

ペリー提督の来日のさい人眼をおどろかせた外車船は、スクリュー・プロペラの発明によって世界の蒸汽船からしだいに姿を消しつつあった。

外車輪はもともと水車小屋の水車から発想された推進器械である。船の左右の舷側に取りつけるので、船内のスペースを取らないことや、船の進退や操縦がかなり自在であるという美点があった。

しかし欠点も大きかった。船に貨物や燃料を積み込むと、外車輪は深く水中に没し、逆に船が軽いと海上に露出する。

車輪の水中の位置が一定しないので、推進の速度も安定しない。

そのため貨物船としては不適格だった。

軍艦に関しても、左右両舷側の外車輪は大きすぎて恰好《かっこう》な砲撃の目標となった。推進器械はいわば船の足である。足を砲撃破壊されては船は動けない。

もっと大きな欠点もあり、それは外車船の速度であった。せいぜい一五ノットで、それ以上にはスピードがあがらない。

それら数々の欠点を克服したのが、船尾水面下に装備されるスクリュー・プロペラであった。

水車小屋の水車とは全く異なる発想にもとづく推進器がスクリューであり、それを回転させる新しいエンジンだった。

スクリュー・プロペラとエンジンの開発によって世界の蒸汽船は今では外車船の域から脱しつつある。

その日、長崎港の沖合に姿を見せた英国船イングランド号もスクリュー推進の新型船だった。

日本でこれと同種の蒸汽帆船は、三年前に幕府がオランダから購入した咸臨丸《かんりんまる》、その翌年に買いつけた朝陽丸の二隻しかない。

イングランド号は咸臨丸、朝陽丸と違って軍艦ではなかった。

しかし総トン数、規模についてはやや勝っていた。

大浦の外人居留地の桟橋に二十人ちかい男達が集まって、この新型蒸汽船を出迎えている。

「あれじゃ、あれじゃ」

と右手で指差して叫ぶサムライの姿もある。異人の顔も見える。

一八六〇年、安政七年は井伊大老の変死によって三月に改元され、万延と年号が改まった。

イングランド号が長崎へ到着したのは、その万延元年十月である。

桟橋には七、八艘の艀《はしけ》が横づけされており、そのなかには長崎奉行所の船印を船尾にたてた小舟もあった。

男達の中から五、六人の役人達が真っ先に進み出て小舟に乗り込む。十数人のサムライ達がそれぞれ艀に分乗した。

サムライ達の中には薩摩藩士の五代才助の顔が見える。

さいごに桟橋に残った二人の男を見て、

「グラバーさん、早く」

と五代が舟に乗るように促した。

グラバーは林大元と二人であいている小舟に乗り組んだ。奉行所役人の舟を先頭に小舟の群れは港内の出島の沖合に碇泊《ていはく》したイングランド号をめざしてゆく。

「立派な船だな。四年前に進水した中古船とも思えない」

とグラバーは側に立つ林大元にささやいた。値段が高額なので、ひそかに心配していたのである。

「四年ぐらいなら新造船と同様でしょう。十年、二十年の中古船も清国では取引されています」

「うん、マッケンジーさんもそういっていた」

そのマッケンジーはイングランド号の船首甲板に船長らしい男と並んで立ち、こちらへ向かって右手の帽子を振っている。

マッケンジーは蒸汽船の受け取りに自ら上海へ赴き、日本へ回航される船に同乗して帰ってきたのだ。

イングランド号の船腹には縄梯子《なわばしご》が垂らしてあった。

役人達、つづいて薩摩藩のサムライ達、さいごにグラバーと林大元が梯子を登って甲板に立った。

マッケンジーが役人達に船長を紹介すると、船長はあいそよい笑顔で全員を船内見学に案内した。

エンジン室、ボイラー室、船長室、操舵室、厨房、食堂までくまなく見せてくれる。

役人達は想像以上の船内の規模におどろいたらしく、

「咸臨丸《かんりんまる》より大きな船ではないか」

「機関室の装備は朝陽丸より新しい。見たこともない計測器が並んでいる」

などと、ひそひそ声でささやき合った。

あとにつづく薩摩藩のサムライ達はみな眼を輝かせて興奮している。

速成エンジンや円筒ボイラーを見て思わず歓声をあげるサムライもいて、先をゆく役人達からいやな眼で睨《にら》まれたりした。

見物がすむと一同は船内の広い食堂に案内された。

長いテーブルの椅子《いす》に並んで座る。温かいコーヒーが運ばれてきた。

砂糖を入れスプーンをかき回して飲むコーヒーに日本人達ももう馴れている。

「やっぱり苦いな」

などとひとしきり温かい飲み物を楽しんだあと、マッケンジーが隣席の船長に何かいった。

船長は立ち上がって姿を消し、間もなく漆塗りの木箱を携えて戻ってくるとマッケンジーに手渡した。

マッケンジーは木箱の蓋《ふた》を開いてなかを確かめ、椅子から立ち上がった。

「五代さん、あなたにこれをお渡しします。この船の船長室の扉の鍵です」

木箱を受け取った五代才助が蓋を取ってみると、紫色のビロードを敷きつめた箱の中に銀色の一個の鍵が入っていた。

五代は同席の一同に箱をかざして鍵を見せた。

「それはこちらに頂く」

と右手をのばしたのは奉行所役人の一人である。他の役人達を左右に従えて上席に座っている男だった。

奉行所の支配組頭輪島辰之助と名乗る男だ。支配組頭は長崎奉行所では奉行につぐ要職である。左右に控える者達も支配下役、勘定役、目付役、与力など、いずれも江戸から下向《げこう》してきた錚々《そうそう》たる顔触れだった。

五代才助は隣席の薩摩藩御船奉行川南清兵衛と顔を見合わせ、瞬時ためらった。

「さ、お渡し頂く」

と重ねて輪島辰之助がいった。

「この船は幕府が買い求め、薩摩藩へ売り渡すものでござる。従って当面は幕府の所有する船でござる」

「わかりました」

五代はうなずいて木箱を支配組頭に手渡した。

組頭は蓋をあけて左右の役人達へ見せ、

「船の代金はいかほどであったか」

と五代才助に聞いた。隣席の川南清兵衛がかわって答えた。

「十二万三千ドルでごいもす」

「ほう」

と組頭は笑みを浮かべ、

「さりとは高い。薩摩藩は御裕福でけっこうでござるな」

川南清兵衛は黙ってうつむいた。同行の薩摩藩士一同が項垂《うなだ》れている。

「して、その十二万三千ドル、いつ迄に奉行所へ届けて下さるおつもりか」

え？ と五代才助が顔をあげた。

「代価は当藩より直接マッケンジー商会に支払う約束でござる。今月末を期限と定めておりもす」

「それは困る」

と奉行所役人はいった。

「艦船の取引は諸藩には禁じられている。これはあくまで幕府の取引でござる。代価もまた幕府より売り手商人に手渡します」

「それは……」

事前の打ち合わせでは出なかった話である。五代才助はイングランド号の購入については支配組頭当人とも何度も顔を合わせて頼んでいた。もちろん長崎奉行にも面会した。さんざん恩に着せられ厭味《いやみ》もいわれ、ようやく購入の運びになったのである。

「マッケンジーさん」

と五代はマッケンジーの顔を見た。

「奉行所はかように申される。貴方はそれでよろしゅうござるか」

マッケンジーは同じ机の末席に控えているグラバーを見た。

グラバーと五代の眼が合った。ここは退《ひ》いてくれと五代の眼がいっている。

グラバーはマッケンジーにうなずいて見せた。

「よろしい。船の代金は奉行所の手をへて頂きます。但《ただ》し期限は守って下さい」

とマッケンジーは英語でこたえ、奉行所の通訳がそれを支配組頭に日本語でつたえた。輪島辰之助は当然だという表情でうなずいた。五代がいった。

「では代金十二万三千ドル、間違いなく奉行所に持参致します。船の御引き渡しはいつになりましょう」

「江戸の幕閣に御報告し、改めて売り渡しの許可を求めねばならぬ。あるいは幕府で御買い上げという話になるやもしれぬ」

「まさか、そんな。それでは話が……」

「時節が時節でござる」

と支配組頭は薄笑いを浮かべていった。

「国事多難の折、幕府も蒸汽船がいつ必要となるやもしれぬ」

「それはすでにお話がついております。もし幕府の御用が生じれば、藩用より優先して幕府の御役に立つようつとめるつもりでござる。そのことは藩主も心得ております」

「わかった。ともあれ蒸汽船のぶじ到着、祝着《しゅうちゃく》であった」

支配組頭が話を打ち切るように席を立ち、他の役人達もあとにつづいた。

奉行所役人達が小舟に分乗して去ると、船上には薩摩藩士十数人とマッケンジー、グラバー達が居残った。

「どげんことでごわす」

と一人の薩摩藩士が五代に喰ってかかった。

「この船は誰の所有でごわすか」

「もちろん薩摩藩じゃ。船名も天祐丸とすでに定めてある」

と五代がこたえた。

「代金を奉行所に持参するのはよか。ならば代金支払いと同時に当藩の船となるはずでごわそ」

「もちろんそうじゃ」

「しかしあの役人の話では、江戸へ問い合わせるとか。いつになるかわかりもさんぞ」

「あれが幕府役人じゃ。いつものいやがらせじゃ。気にするな」

と五代はいった。


五代才助ら薩摩藩士十数名はしばらく船に居残り、船長や機関士など乗組員から船の運用操作を学ぶことになった。

薩摩から長崎へ蒸汽船を受け取りにきた藩士達は皆、かつて長崎海軍伝習所の伝習生だった者達である。御船奉行の川南清兵衛も安政二年に開設された伝習所の第一期生だった。全員、操船の心得はある。

みんな張り切って長崎へ出張し、蒸汽船の到着を首を長くして待っていた。

マッケンジーとグラバーはひと足先に艀《はしけ》に乗り、大浦海岸の桟橋に向かった。

大浦の外国人居留地はようやく初期の埋め立て工事を完了し、今は人足達が商社建設のための整地作業に取りかかっている。

マッケンジーは居留地の中でも一等地の海岸通り一番の借地権を手に入れていた。二番はデント商会のエヴァンズ、三番がメシヨール、そしてウィリアム・オルトも七番目の借地権を買っている。マッケンジーはグラバーのためにも裏通りではあるが二十一番の借地権を手に入れてくれていた。

間もなくここでも横浜によく似た派手な建築競争がはじまるだろう。

すでに上海から建築業者もやってきていた。

マッケンジーは人足達が働いている自分の借地を眺めに行き、

「いい場所だ。グラバー君、どうだね、日本人の優秀な大工は見つかったかね」

とグラバーに聞いた。

マッケンジーは上海からきた業者ではなく、日本人の大工に商社をつくらせたいと言っている。神社や仏閣を見物して、この国の大工の能力を高く評価していた。

「石造りや煉瓦《れんが》づくりはともかく、木造建築に関しては、この国の大工はヨーロッパ人よりすぐれている。資材からいってここでは木造が遥《はる》かに安上がりだ。マッケンジー商会の社屋は日本人につくらせよう」

とマッケンジーは主張し、グラバーに大工探しを命じて上海へ出かけたのだった。

「うまく見つけました。茶商人のオケイさんに頼んで探してもらったのです。腕のいい建築業者だそうです」

「それは誰だね」

「江戸町の小山商会という業者です。ウィリアム・オルトも同じ業者に社屋を依頼したようですよ」

「いいだろう。私も会ってみよう」

とマッケンジーはうなずいた。

埋め立て工事は完了したといっても長崎在留の異人たちは、今はまだそれぞれの仮泊地に住んでいる。マッケンジー商会もまだ梅香崎《うめがさき》の丘の上にあった。

家でくつろぐとマッケンジーは林大元に聞いた。

「船の受け渡しは大丈夫だろうか。幕府と薩摩藩はぎくしゃくして見えたよ」

林大元は首をかしげて答えなかった。


十月の末、五代才助と薩摩藩御船奉行の川南清兵衛が、梅香崎のマッケンジー商会へやってきた。通訳の堀が同行している。

マッケンジーとグラバーが客間に三人を迎えて応対した。

「グラバーさん、本日はお詫《わ》びに参上した。イングランド号の代価の支払いがしばらく遅れます」

と五代才助はグラバーにいった。

「支払いは今月末という約束です。遅れるのはなぜか。理由を聞かせて下さい」

蒸汽船の売買契約を成立させたのはグラバーと五代である。マッケンジーの手前もあり、グラバーはむっとした顔になった。

五代は川南清兵衛と顔を見合わせて、しばらく黙っていたが、

「船の代価十二万三千ドルは一昨日、確かに長崎奉行所へ持参しました。ところが奉行所が苦情をいい、受け取ってくれないのです」

「それはどうしてです」

「われわれが用意したのは日本の小判、つまり金貨です。なにぶん大金なので全額を金貨にして奉行所へ届けました」

「金貨でけっこうです」

とグラバーはいった。五代は首を横に振り、

「奉行所は全額が金貨では困るといいます」

「それはなぜですか」

とマッケンジーが口を挟んだ。

「金銀の比価の違いで、日本から大量の金貨が異国に流れ出た。それは御存じの通りです。日本の国益のためこれ以上金貨の流出を避けねばならないと奉行所は申します。そのため十二万三千ドルの半額を銀貨にせよというのです」

「ちょっと待って下さい」

とグラバーが五代をみつめた。

「その金貨というのはむかしの一両小判ですか」

いいえと五代は否定した。

「改鋳された新しい金貨です」

金銀の比価を欧米なみにするため、幕府はことしの四月、金の量目をへらした新しい小判を流通させている。それで日本の金貨の濫出はようやく止んだところだった。

「新金貨なら問題はありません。日本の国益を損なうおそれもないはずです」

とグラバーがいった。

「われわれもそう思います。しかし奉行所はそう思わないらしい。どうしても半額は銀貨にせよというのです」

「その銀貨とはイチブ銀のことですか」

とマッケンジーが五代に聞いた。

「はい。しかし新しい一分銀です」

マッケンジーとグラバーが顔を見合わせた。これも幕府が従来の天保一分銀の品質を落とし、改鋳して通用させている銀貨である。国内では安政二朱銀と呼ばれている。洋銀一ドルの半分、つまり二枚で一ドルに相当するので、新一分銀と呼ばれていた。

新しい金貨といい、同じく銀貨といい、幕府が通商条約の規定にそい、苦肉の策で生み出した貨幣である。

通貨の「同種同量交換」という乱暴な規定に、幕府が振り回された揚げ句の解決策なのだ。

金貨はともかく新一分銀の評判は芳しくない。しかし洋銀一ドルにつき一分銀三枚という交換率は市場では通用せず、一ドルあたり一分銀二枚という妥当な相場が横浜あたりでも定着しはじめていた。

だからマッケンジー商会としては、金であれ銀であれ、受け取るのに大して差し支えはない。

「わかりました。私のほうは金貨、銀貨、半分ずつの支払いでけっこうです」

とマッケンジーがいった。

それを聞いて五代と川南が顔を見合わせ、

「じつは銀貨がすぐには集まらないのです」

と五代がこたえた。

「新一分銀というのは江戸と京の銀座で鋳造されています。ところが製造が間に合わず、手に入れるのがたいへん困難です。なにしろ一日、せいぜい二万枚しか鋳造できないと聞いています」

新一分銀二万枚といえば日本の金貨に換算すれば五千両という計算になる。

一日の生産量がたったそれだけでは、市中に出回らないのは当然だろう。

「銀貨が手に入らないというのですね」

とグラバーが念を押して聞いた。

「そうです。少なくとも約束の期限までには集まりません。さっそく江戸、大坂の藩邸に手配して集めさせますが、ひと月ちかい時間がかかるでしょう」

「こういうことは申したくないが」

黙っていた川南清兵衛がはじめて口を出した。

「これは艦船の引き渡しの時期を引き延ばすための奉行所のいやがらせではないかと思います」

「いやがらせ？」

「そうです」

と五代がうなずいた。

「売買契約の決済を遅らせれば、イングランド号はまだ薩摩藩のものとはいえない。契約の名義は今のところ幕府ですから、船は幕府の所有という形になります」

「げんにイングランド号は今も奉行所役人に管理され、われわれ薩摩藩士は乗船することも許されない。いつまでこんなことがつづくのか。ひどいやり口でごわす」

川南清兵衛の両眼にくやし涙がにじんでいた。

薩摩藩はあらゆる手段で銀貨集めに奔走したのだろう。

半月も経たない十一月半ば頃、五代才助と川南清兵衛が晴れ晴れとした表情で梅香崎《うめがさき》のマッケンジー商会にやってきた。

「おそくなりもしたが、イングランド号の代価十二万三千ドル、金貨と銀貨を半額ずつにして、昨日、奉行所へ届けもした」

と、川南清兵衛がいった。

「間もなく奉行所からこちらへ支払いの連絡があるはずでごわす。いやあ、われらも肩の荷をおろしもした」

マッケンジーとグラバーは安心し、五代と川南の労をねぎらってシャンペンを抜き、大いに祝盃をあげて二人を帰した。

ところが三日たち、四日たっても奉行所から何の連絡もない。

グラバーは西浜町の薩摩藩邸に使いを出し、その旨を五代才助に伝えると、五代は通訳の堀を連れて、すぐに梅香崎にやってきた。

「ほんとですか。奉行所は一両日中に支払うと申しておりましたが」

「こちらから催促に行くつもりです」

とグラバーはいった。

「しかし私達が勝手に奉行所へ行ってよいものかどうか、五代さんの意見を聞きたいのです」

「よろしいでしょう。薩摩藩は奉行所の受取証文を持っております。金銀を奉行所に届けて、もう六日でごわす。ほんとに何の連絡もないのですか」

「ありません」

「わかりました。奉行所へ催促に行ってください。私も同行します」

五代が同行するといってくれたのは、心づよかった。

マッケンジーもグラバーも奉行所役人は苦手である。公使や領事ならばともかく、一般の外国人に対しては奉行所役人はひどく尊大な態度を見せる。とくに商人となると、明らかに軽蔑の視線を隠そうともしない。

長崎奉行所は長崎の東北の東上町の山の手にある。背後に長崎の鎮山といわれる金比羅山を背負っている。その連峰の一つ、小高い立山《たてやま》の上にあるので、

——立山の御役所
と呼ばれていた。

奉行所の敷地はおよそ三千坪。威嚇《いかく》的な門構えにもかかわらず、なかへ入ると大きな母屋が正面に立ち、それに付随する貧しげな小屋や物置が前庭を取り囲み、燃料用らしい薪《まき》がうずたかく積まれていて、何やら鄙《ひな》びた印象である。

マッケンジーとグラバーは奉行所を訪ねるのは、はじめてだった。

——奉行の宮殿
と領事たちが呼ぶので、もっと華やかな建物を想像していたが、それが彼等の皮肉だったことをはじめて知った。

グラバー達が案内されたのは、奉行の宮殿ではなく、その横に並んで立つ貧弱な役所の中の一室だった。

室内には外国人を応接するにふさわしい机も椅子もない。

マッケンジーとグラバーは赤茶けた畳の上で長い足を折り曲げ、窮屈な姿勢で一時間ちかく待たされた。

火鉢も座敷の中央に一つ置いてあるだけで、ひどく寒い。

「おそいな。いつまで待たせる気か」

と五代が苛立《いらだ》ってつぶやいたころ、支配組頭輪島辰之助が下役二人を従えて現れた。笑顔を見せるでもない不機嫌な表情で、上席に座ると、

「何か用か」

と客達を見回した。

「先だってわれらが持参した十二万三千ドルの金銀、マッケンジー商会にまだ御支払い戴いていないと聞き、おどろいて参上しました」

と五代才助がいった。

「すでに支払い期限が過ぎております。マッケンジー商会の両名は御問い合わせに参ったのです」

「そんなことか」

と支配組頭は薄笑いした。

「あの金銀は東築町の交易所《バザー》に引き取らせた。奉行所が外国商人に直接手渡すわけにはゆかぬ」

「交易所《バザー》？　なるほど道理でごわす」

と五代はうなずき、

「して、いつ支払って戴けもすか」

「さあて」

と支配組頭は左手で顎《あご》を撫《な》でた。

「十二万三千ドルと申せば、なにぶんの大金じゃ。交易所《バザー》も今は多忙をきわめておる上、役人達の数も少ない。おそらく金額をあらためるのに時間を要しておるのであろう」

通訳の堀がその言葉を英語にしてマッケンジーとグラバーに伝えた。

「約束の期限はとうに過ぎています。そんなことは支払い延期の理由にはならない」

とグラバーが顔を赤くしていった。

その語気のつよさで相手が文句をいっていると察したのだろう。

支配組頭はじろりと冷たい眼で外国人二人をにらみ、

「公使でもなく領事でもない異国の商人が奉行所に商売の問い合わせにくるとは何ごとか」

語勢をつよめていった。

「商売の問い合わせなら交易所《バザー》へ参るがよい」

「お待ち下さい。相手が異国の商人とはいえ、約束は約束でごわす。即刻、お支払い下さるよう交易所《バザー》に命じて戴きもす」

五代才助が声を高くした。

「わかった。さように命じておこう」

支配組頭は立ち上がり、さっさと出ていった。


東築町の交易所《バザー》からマッケンジー商会に艦船代価支払いの通知がきたのは、それから六日後の夕刻である。

薩摩藩の金銀納入の当日からすでに十数日が経過していた。

十二万三千ドルといえばおいそれと運べる金額ではない。

マッケンジー商会は大八車二台を用意し、林大元の監督する日本人の人足十名を従えて、翌日の朝、交易所《バザー》に赴いた。

マッケンジー、グラバーは勿論《もちろん》、立会人として薩摩藩の五代、川南両名も同行した。交易所《バザール》の責任者は元長崎会所の地役人である。奉行所役人にくらべて応対はやわらかく、腰も低い。

「十二万三千ドル、新小判、新一分銀に換算して御支払い致します。但《ただ》し仲介手数料として三千ドルは差し引いておりますので、御了承ください」

と責任者の役人はマッケンジーにいった。

「手数料？　それは関税のことですか」

「いえ、これは幕府の御買い物ゆえ、関税は免じられています。仲介手数料として三千ドルを戴きます」

マッケンジーとグラバーが顔を見合わせた。

「おうかがいしもす。それは交易所《バザール》の御判断でござるか。それとも……」

と五代才助が膝《ひざ》を乗り出して聞いた。

「御奉行所の御指図でございます」

「しかしさようなことは承っておらぬ。この艦船の代金はあらかじめ関税相当分を差し引いて値段を定めたもの。仲介手数料などの話し合いは一度もなかった」

「御不満ならイギリスの長崎領事を介して御奉行所へ申し出て戴きます。ともかく本日は、手数料差し引き十二万ドルの金銀を御支払い致します」

埒《らち》が明かなかった。グラバーとマッケンジーが小声で相談した。一般商品の関税率は今のところ価格の二、ないし二・五パーセントである。十二万三千ドルの関税は二千四百六十ドル、ないし三千七十五ドルとなる勘定だ。差し引かれても不当な金額でもない。関税の上に仲介料など要求されることは、清国などでは珍しくなかった。

「わかりました。それでは十二万ドルを受け取りましょう。但《ただ》しこれで一切のトラブルなしと信じてよいでしょうか」

とマッケンジーが念を押した。

交易所《バザー》の通訳がそれを告げると、

「ございませぬ。これで取引はぶじ終了致します」

五代と川南は不満顔だったが、グラバーが二人をなだめた。

「よくあることです。三千ドルはあきらめましょう」

間もなく蔵へ案内され、新金貨と新一分銀のぎっしりつまった木箱の小山を見せられ、その中味を確認した。

昼過ぎ、木箱の積み出しがはじまった。

交易所《バザー》からマッケンジーの宿所まで小舟を使えば早いのだが、万が一の転覆などを恐れて、金銀の運搬には大八車二台を使った。

人足四人ずつに車を運ばせ、先頭にマッケンジー、中央に林大元、後尾に薩摩藩の五代と川南の二人が付き添った。

交易所《バザー》から三つの橋を渡って本石灰町、船大工町、本籠町などを通るので、けっこうな道のりだ。

金銀運搬となると人足達まで緊張して手足の動きがぎこちない。

いちばん緊張していたのはグラバーだろう。

大八車が橋を渡るときには、橋桁《はしげた》が落ちるような気がして、

「ゆっくり、ゆっくり」

と後尾から人足達に声をかけたりした。

折あしく空が曇ってきて、本籠町のあたりで雨が降りはじめた。かなり雨脚がつよくなった。

グラバーは飛びあがるほどびっくりして前に走り出ると、

「林、雨だ。どうする」

と大八車を監視して歩く林の肩を叩いた。

「どうしようもないだろう」

と林は落ち着いていた。そして笑った。

「グラバーさん、よく見ろよ。金銀は箱に詰めてある。その上にしっかり菰《こも》をかぶせてあるんだ。雨で流されたり消えたりはしないよ」

いわれてグラバーも白い歯を見せ、

「そうだな。私はどうかしているよ」

「そのぶんでは夜も寝られないぜ。しっかりしろよ」

「ああ、本当だ」

とグラバーはうなずいた。

金銀はどうやらぶじに梅香崎《うめがさき》のマッケンジー商会に搬入された。

人足達に祝儀を渡して帰らせ、マッケンジーは五代と川南の二人にシャンペンを抜いて振る舞った。みんなが去ったあと、頭の痛い問題が残された。

金銀あわせて九十箱にものぼる金箱の置き場である。玄関の土間に山積みしておくわけにもゆかない。

「離れの納屋に置くしかないだろう」

とマッケンジーが提案し、グラバーもそう思った。

「今夜から林大元と私が二人で納屋に寝て見張るようにします。一人が外出したときは必ず一人が居残りましょう」

「そうしてくれるか。さっそくヤソキチに命じて納屋の掃除をさせよう。ベッドも入れさせねばならんだろう」

「ベッドの必要はないでしょう」

といったのは林大元だった。

「金銀の箱を並べて上に布団を敷けばいい寝台になりますよ」

「そうだ。そいつはいい」

とグラバーが両手を打って笑った。

「金と銀の上で眠るんだ。よっぽどいい夢を見るだろうよ」

グラバーの期待は裏切られ、その夜は輾転《てんてん》反側して、いい夢を見るどころか、ろくに眠れなかった。

金銀の箱の上に布団を敷いて寝るなどというぜいたくな経験は誰にせよ無い。寝たり起きたり、頻繁に小用に立ったりするグラバーを見て、林大元がしばしば笑った。もっとも林も眠れないらしい。

「グラバーさん、そんなに金銀は気になるものかね」

「あたり前だろ。私は一商人として大きな取引を成功させたんだ。その成果がこの金銀の山だ。うれしくて眠れないんだ」

とグラバーは布団の上に座り込んでしまった。林大元も起きてあぐらをかいた。

「十二万ドルと聞いた。十二万ドルはあんた達イギリス商人にとってもそれほど大きな商売なのかね」

「そりゃそうだろう。これを見なさい」

グラバーは敷布団の端を持ちあげて下に積んだ木箱を手で叩いてみせ、

「論より証拠、大金の山じゃないか。アヘンの取引ではないんだぜ。大量取引の総額じゃないんだ。商船一隻の取引なんだよ」

「十二万ドルでグラバーさん、あんたどれぐらい儲《もう》かるのかね」

え？　とグラバーは林をみつめた。

「私？　私はべつに一セントも儲けはしないよ」

「どうして」

「これはマッケンジー商会の仕事なんだ。利益はマッケンジー商会と船を調達したジャーディン・マセソン商会で折半するはずだよ」

「利益はどれくらいかね」

と林大元がしつこく聞いた。

「さあ、五割の六万ドルとはゆかないだろう。四万七、八千ドルというところじゃないか」

「四万八千ドルか……すごい儲けだな」

「利益の大きい商売は成功率が低いし危険なんだ。そのかわり成功すれば商人としての名があがるよ。マッケンジー商会のトーマス・グラバーの名はおそらくこれで上海にも知れ渡るだろう。日本に艦船を売った商人はオランダ人以外、殆《ほとん》どいないからね」

「名前だけか……商人の世界もきびしいもんだなあ」

と林大元が首をかしげた。

「仕方がないさ。私はマッケンジー商会から年俸をもらって働く一商務員だよ。いずれ年俸をきちんと溜《た》めて資金をつくり独立するんだ。よい友人に恵まれたら互いに資金を出しあって共同出資の商社をつくる。そのほうが手っ取り早いよ」

「あんたらも見かけと違って大変なんだなあ」

と林大元は若々しいグラバーの顔をみつめて、ため息をついた。

その夜は二人とも夜明かしをしてしまった。

十二万ドルの金銀はそれからしばらくマッケンジー邸の納屋の中に置かれたままだった。はじめは興奮して金銀の監視役をつとめていたグラバーと林大元はいいかげん疲れ果てた。

「上海行きの船はまだでしょうか。金銀の番人はもうたくさんです。よく眠れないんですよ」

とグラバーはしばしばマッケンジーに苦情をいった。

「十二月半ば頃にはデント商会の蒸汽船が商品の荷積みを終えて上海へ出発する。われわれの金と銀はその船に積み込むことになっている。監視役もそれまでの辛抱だよ」

「長崎や横浜にどうして銀行が来てくれないのでしょう。東洋銀行、マーカンタイル銀行、東方銀行など、香港や上海にはいくらでも銀行があるのに」

「まだ信用がないのさ、日本は。石橋を叩いてもまだ渡らないのが銀行員だ。われわれが稼いだ金や銀をせっせと銀行の蔵に運び込んでいるうちに、いつかは重い腰をあげて出てくるだろうよ。びくびくしながらだ」

「上海へは私が行ってもいいんですよ。どうせ金銀の番人役です。もう馴れましたから」

「いや、私が行こう。ジャーディン・マセソン商会から私に会いたいという便りがきている。ついでに顔を出しておこう。但《ただ》し林大元は借りてゆくよ。デント商会の船員達が一夜で強盗に早がわりしては大変だ。林大元なら誰にも負けないだろう」

「上海行きなら林も喜ぶでしょう。久しぶりですからね」

マッケンジーとグラバーはそんな会話をかわしあった。


暮れも押し迫った十二月半ば、マッケンジーと林、そして十二万ドルの金銀を乗せたデント商会所有の蒸汽船は長崎港を出て上海へ向かった。

グラバーは人足のこぐ艀《はしけ》に乗り、港口の高鉾《たかほこ》島の近くまで二人の蒸汽船を見送った。

自分が日本で稼ぎ出した大金が上海の銀行の地下倉庫に横たえられる姿を想像すると、胸が高鳴った。

「私は稼いでみせる。もっともっと大きな取引をこの日本で成立させてみせる」

とグラバーは遠ざかる船を見送りながら自分の胸に誓った。

艀の人足に命じて港内へ引き返そうとしたとき、ちょうど港口から入ってくる一隻の蒸汽帆船が眼についた。

見覚えのある船だった。檣頭《しょうとう》に白地の日の丸の日章旗、船尾に薩摩藩の紋旗が翻っている。

見覚えがあるのはとうぜんで、グラバーが薩摩藩に売却したイングランド号だ。今は船名を天祐丸と改めて公に薩摩藩の所有船となっている。

グラバーは右手を高く掲げて左右へ打ち振りながら、艀の人足に近づくよう命じた。先方でもグラバーに気づいてくれたらしい。

蒸汽船はエンジンの速度を落とし、船腹に縄梯子《なわばしご》を垂らして、グラバーの艀が近づくのを待ってくれた。

舷側に顔見知りの薩摩藩士達が顔を並べている。

縄梯子を昇って甲板に立ったグラバーは数人のサムライ達に案内されて船長室へ赴いた。

川南清兵衛が椅子から立ち上がってグラバーを迎えた。

「野母《のも》崎の沖合まで航海練習に出向いた帰りです。よか船でごわすよ、これは」

と川南清兵衛はいきいきとしゃべる。

グラバーも近頃ではこのていどの日本語は理解できるようになっていた。自分も多少はしゃべる。

「乗り組みの皆さんは何人ですか」

「先だって長崎の水夫三十人を雇い入れもしたので、七十二名でごわす」

二人が途切れ途切れに話をしているところに、

「やあ、グラバーさん」

五代才助が入ってきた。さいわい通訳の堀が同行している。長崎会所の通詞だったこの人物は今では薩摩藩に採用されて、公の藩士となったという。

五代がきたので、艦長役の川南はグラバーを船内のレストランに案内した。

水夫が温かい日本茶を運んできた。

「長崎にはいつまで滞在しますか」

と茶を飲みながらグラバーが聞いた。

五代と川南が顔を見合わせた。

「じつは、それで困っちょりもす」

と川南が表情を曇らせた。

「航海練習はほぼおわりもしたので、明日にも鹿児島へ船を回したいのじゃが、長崎奉行所がうんといいもはん」

「どうして、この船はもう薩摩藩の所有船です」

「それはそうです」

と五代がうなずいた。

「しかし天祐丸を購入するさい、船の運用に関しては幕府公用を藩用に優先させると、一札入れておりもす。それに縛られて、身動きがとれません」

「幕府はどこへ行けというのですか」

「横浜でごわす」

と川南が渋い顔で告げた。

「グラバーさんは、長崎の鳴滝《なるたき》に住むシーボルトというドイツ人を知っていますか」

と五代が横から口を出した。

「シーボルト……知っています。むかしオランダ出島の医官として長崎にきた有名な人ですね。三十年もたってまた長崎にきたと聞いています」

「そのシーボルトです。幕府はシーボルトを外交顧問として江戸に迎えることにきめたようです。国事多難の折、陸路は危険なので、この天祐丸でシーボルトを横浜へ連れてこいと幕府は言うのです」

シーボルトは正確にいえば三十七年前の文政六年、長崎出島商館の医員としてバタビヤから日本へやってきた。

オランダ医官と名乗ったが、じつはドイツ南東部バイエルンの出身である。

専門の医学はもちろん動物学、植物学、地学、民俗学にまで造詣《ぞうけい》が深く、日本人学徒の尊敬を集め、幕府から特に許されて長崎市中に私塾の鳴滝《なるたき》塾を開舎した。

――鳴滝はヨーロッパの学問を信奉する日本人の集合所となり、この小天地から学問の光は四方に輝いている。

と本人が著作『日本』で自讃しているほど栄えた。

シーボルトは容貌魁偉《ようぼうかいい》、他のオランダ人とは印象が違い、口にする言葉はつよいドイツ訛《なま》りだったので、一般のオランダ人と区別して「山オランダ人」と呼ばれていたらしい。顔から首筋にかけて学生時代の決闘癖のために三十三ヵ所の刀傷の跡があったといわれるのは本当かどうか。

とにかくシーボルトは日本へきて強烈な影響を与えて去り、去り際にシーボルト事件と呼ばれる大疑獄事件を巻きおこして多数の日本人学者を犠牲にし、それから三十年をへて再び来日した。

自分が日本の開国に役立つという強い自信を抱いている。

「シーボルトを江戸へ招きたいというのなら、幕府は自分の蒸汽船を使えばよい。ことしアメリカへ渡った威臨丸《かんりんまる》、オランダから買い求めた朝陽丸など、幕府にも蒸汽船があります」

とグラバーが五代と川南の二人にいった。

「幕府の蒸汽船は公用で忙しい。シーボルトを運ぶには薩摩の天祐丸がちょうどよいと奉行所は言います」

「なあに、れいのいやがらせですよ」

と五代才助が舌打ちした。

「天祐丸を薩摩へ行かせたくないのです」

「どうして」

「薩摩では藩主はじめ家中一同、ひとめ天祐丸を見たいと首を長くして待っています。はじめて買い求めた蒸汽船とあれば、見たいと願うのは当然です。それが幕府役人には気に入らぬのでしょう」

グラバーはびっくりして、

「まさか」

といった。

「それではまるで意地悪な子供ではありませんか」

「子供ではありません。日本の将軍家でごわす」

と川南清兵衛がにこりともせずにこたえた。

「こういうことは珍しくもございもはん」

「とにかく藩主はじめ皆が熱心に待っています。シーボルト運搬の件は鹿児島へ回航したあとのことにしてほしいと奉行所に申し入れているが埒《らち》が明かず、明日にも鹿児島から身分の高いサムライが奉行所との交渉にやってくるはずです」

と五代はグラバーに説明した。

幕府とか長崎奉行所という政府機関の奇妙にねじれた構造については、こんどの艦船売買の一件で、グラバーはよく思い知らされた。薩摩藩がよくも我慢していると感心せざるを得ない。

薩摩藩は日本中の封建諸侯の中でも十本の指に数えられる大名である。

その大名でさえこんな風に遇されるのだから、他の小大名への幕府の扱いはもっとひどいのだろう。

天祐丸から再び艀《はしけ》に乗り替えて外国人居留地の桟橋に向かいながらグラバーは考えた。

自分達のような異国の小さな商人は幕府相手の商売はとてもできない。

おそらく相手にもしてくれないだろうし何をされるか知れたものではない。

幕府や奉行所との交渉は公使や領事の仕事だ。自分達は避けようとあらためて思った。

外国人居留地はグラバーが横浜で見たのと全く同様な光景になっている。

整地作業はほぼおわり、住宅建設の基礎工事が居留地全体ではじまっていた。

大勢の大工や人足達が頭に鉢巻きをしめ法被《はっぴ》に股引《ももひき》の姿で動き回っている。

多くは基礎工事の真っ最中だが、なかで住宅の枠組みがほぼ出来上がり、木組みの木材が景気よく山積みされたところがあった。

海岸通り七番の借地である。借地権を買ったのは若手商人のウィリアム・オルトだった。

そのオルトが自分の土地の建築現場へ日本人達と連れ立って来ていた。

グラバーが挨拶《あいさつ》する前にオルトはこちらを認めて、小走りに駆《か》け寄ってきた。

「おめでとうグラバーさん。十二万ドルの大取引に成功したそうですね。噂《うわさ》は居留地のわれわれすべての耳に入っています。大したもんだ。尊敬しますよ」

勢いよく差し出されたオルトの右手をグラバーもつよく握り返した。

オルトの率直な言葉が嬉しかった。

「あなたの家の工事は早いですね。もうすぐ完成ではありませんか」

とグラバーは照れかくしに話題をそらした。

「ええ、特別に早くとこの人に矢の催促をしているんです」

オルトのそばにグラバーも既に顔見知りの小山秀之進が立っていた。建設業者小山商会の社長である。マッケンジー商会の建築もこの中年の日本人に頼んでいる。

「マッケンジーさんのほうも基礎工事は順調に進んでいますよ」

と小山秀之進はそばに立つ通訳を介して話しかけてきた。

「オルトさんは早く早くとせき立てますが、家づくりはあんまり急ぐのも考えものです。まして私どもには馴れない西洋建築です」

「なあに日本の寺や神社にくらべれば、われわれの家などかんたん、かんたん」

とオルトが大声でいい皆を笑わせた。

五代才助が通訳の堀をともなって梅香崎《うめがさき》のマッケンジー商会にやってきたのは数日後だった。

「天祐丸を鹿児島へ回航する件は一昨日、郷里から藩主御名代の身分の高いサムライがきて、長崎奉行と面談し、何とか解決がつきました。ご安心下さい」

と五代は晴れやかな笑顔でグラバーに告げた。

「ドイツ人のシーボルトを横浜へ運ぶ件はどうなりましたか」

とグラバーは聞いた。

「いや、それが……」

と五代はちょっと口ごもったが、

「べつに急ぐ話でもなかったようで、要するにわれわれの無礼をたしなめるための口実だったようでごわす」

「無礼？　何か無礼なことをしましたか」

「まあ、うかつといえばうかつでした」

と五代才助は苦笑していった。

「天祐丸の操船法や航海訓練に夢中になって、長崎奉行はじめ奉行所の主立つ役人達を招待するのを、つい失念しておりました。鹿児島へ回航する前に幕府の役人達を船に乗せ、せめて港外の周辺を巡回して楽しませるのが、礼儀であったようでごわす」

　通訳の堀がまわりくどい英語で五代の言葉を伝えるので、グラバーは理解するのに、しばらく時間がかかった。

「つまり船のテスト航海に奉行所役人達を招待しなかった。それが無礼だというのですか」

「そうです」

　と五代はうなずいた。

「しかし、それだけでもないようで……」

　と、また口ごもる。

「ほかにもあるのですか」

「天祐丸購入について藩主の代理人か、せめて藩の重役が長崎へ礼を述べにくるべきだったということのようです。御船奉行の川南どのや私ごとき軽い身分の者がいくら頭をさげても、礼儀を尽くしたことにはならなかったようです。いやあ、むつかしいもんですよ。よい勉強になりもした」

　グラバーには理解できぬことだったので、口を挟むこともできかねた。

「それで、天祐丸はいつ鹿児島へ行くのですか」

「年が明けて一月半ば頃になるでしょう」

まだひと月も先の話である。

「そんなに時間がかかりますか」

「奉行所の主立つ役人達を招待して航海するとなると、相応の準備も必要です。やむをえません」

と五代は苦笑し、それから表情を改めて申し出た。

「鹿児島から参った藩主の名代がグラバーさんに礼をのべたいと申します。よろしければ今夜、丸山の料亭へ来て戴けませぬか」

夕刻、グラバーは指定された丸山の料亭に出かけた。マッケンジーの下男のヤソキチが案内してくれた。

「筑後屋という茶屋でございます。あの店は揚屋《あげや》と茶屋を共に持っておりますので、華やかな楽しい場所でございますよ」

とヤソキチは説明するが、グラバーには茶屋と揚屋の区別はわからない。この国のレストランの仕組みは、外国人にはちょっと理解できなかった。

グラバーは緊張していた。薩摩藩という有力な封建大名の藩主の名代とはどのような人物か。期待と不安で胸がさわぐ。

料亭の門内へ入ったとき先を行くサムライが一人いて、植え込みのかげから勢いよく撒《ま》かれた水が、そのサムライの袴《はかま》にふりかかった。サムライは飛びあがって避けたが、水は袴の裾《すそ》を濡らした。

「無礼者っ、何をする」

右手を刀の柄にかけてサムライは怒鳴った。植え込みのかげに桶《おけ》と柄杓《ひしゃく》を手にした若い女が立ちすくんでいた。

女は慌てて出てくると打ち水をして濡れている敷石の上に両膝を突いて座り、

「申し訳ございません」

「あやまってすむかっ」

女は膝立ちしてサムライの前ににじり寄り、帯に挟んでいた手拭《てぬぐ》いでサムライの袴を拭《ふ》こうとした。

サムライがその女の手を払いのけた。

女は横倒しに倒れかかり、片手を突いて姿勢を正すと、

「お許し下さいまし、粗相を致しました」

「女将《おかみ》を呼べ。いや、亭主を呼べ」

「どうぞお許しを」

「亭主を呼べ！」

大声を出す男の肩に誰やらの手がのびた。男は振り返って相手を見るとぎょっとした表情

になった。

茶色の髪、鳶色《とびいろ》の瞳《ひとみ》の異人だったからだ。しかも見上げるほどに背が高い。

「この人、あやまっています。そんなに怒るよくない。ゆるしてあげる。それがいいです」

いちぶしじゅうを見ていて、グラバーは思わず口を出したのだ。

サムライは何か口にしかけたが、グラバーの大きさと思いもよらぬ異人の出現に気押されたらしい。

自分の肩にかかったグラバーの手を手荒くはねのけ、

「女、気をつけろ」

と一喝して玄関のほうへ駆けていった。

グラバーは敷石に座り込んでいる若い女の左手を取って立たせた。

日本の女の年齢はわからないが、少なくとも自分よりは下の二十歳前だろう。

細くて気弱そうな眼、弓なりの形のよい鼻、小さな唇。愛らしい顔立ちだ。

「だいじょぶですか」

とグラバーは女にいい、女がこっくりとうなずくのを見て、背を向けた。

料亭の玄関には五代才助が出迎えていてグラバーを座敷へ案内した。

天井に切子灯籠《シャンデリア》を吊るした異人用の部屋である。

方形の黒檀《こくたん》の机の前に椅子に腰かけていたサムライ二人がグラバーを迎えて立ち上がっ

た。

一人は顔馴染《なじ》みの川南清兵衛である。その清兵衛より頭ひとつ抜きん出た長身の男が、つかつかと歩いてきて、グラバーに右手を差し出した。

やあ、と男は白い歯を見せた。

「小松帯刀《たてわき》でごわす」

意外にも若々しい男だった。薩摩藩の重臣、藩主の名代と聞いたので、てっきり年配の人物と思っていたのだ。

差し出された右手を握り返しながら、グラバーは相手の容貌《ようぼう》にちょっと見惚《みほ》れてしまった。清国ではときどき出会うことのある精悍《せいかん》で爽《さわ》やかな美男子だ。色の白さが西洋人のそれとは違い陶磁器の肌を見るようにしっとりし、黒い瞳、形のよい眉が絵画の人物を思わせる。

一瞬、清国人かと錯覚したのは、この種の美男子をグラバーは清国で何人か見ていたからである。清国でも湖南省の出身者に多いのだと聞いたことがあった。

「さあ、どうぞ」

と小松帯刀は上席の椅子を引いてグラバーを座らせ、自分は正面に向かい合って座った。

「薩摩藩主島津忠義の名代として参った者でごわす」

自分は藩主の近習《きんじゅ》頭をつとめる者であると小松帯刀は自己紹介した。いつもの通訳の堀がいて、帯刀の言葉をグラバーに伝える。小松は悠揚せまらぬといった風のゆったりした態度で笑みを絶やさずにゆっくりしゃべる。

天祐丸購入についてのグラバーの尽力を謝する言葉など、通訳を介さなくても理解できた。

表情が豊かで言葉は一語一語歯切れがよい。まっすぐにグラバーを見て、視線をそらさない。

——つきあいやすい人物だ。信頼できる。

とグラバーはとっさに判断していた。奉行所であった幕府の役人達とは全く別人種の印象である。少なくともヨーロッパ人には親しみが湧く。

小松帯刀はこのとき二十六歳。薩摩の名門肝付《きもつき》家の生まれで五千石の大身小松家の養子となった。今は藩主の側近の一人だが、のち薩摩藩の家老となり、西郷隆盛や大久保利通を引き立てて維新回天の檜《ひのき》舞台に活躍させる。

明治維新政府の参与となるが、小松帯刀が宮中へ参内すると女官達がざわめき、袖引き合って障子のかげから覗《のぞ》き見していたと噂されたほどの美男だった。

グラバーが一目惚れしたのも当然かもしれない。

この時期、薩摩藩の内情は必ずしも安定していない。二年前の安政五年七月、天下第一の名君と謳われた島津斉彬《なりあきら》が三千の兵を率いて江戸へ向かう寸前に突然死。異母弟の島津久光の嫡子忠義を新藩主とし、若い忠義の後見人として久光が薩摩藩の実権を握った。急死した斉彬を慕う西郷隆盛などの家臣と久光の寵臣《ちょうしん》とは旧来の因縁もあって必ずしも仲が好くない。

西郷隆盛などはこの時期、自殺未遂のあげく藩命で南海の奄美大島に流されている。

島津斉彬が生前に意図していたのはクーデターによる幕政改革だった。当時には珍しく日本国という統一国家を薩摩藩より優先して構想しており、徳川家にも同じ態度を求めていた。統一国家日本より徳川家の利益を追求するような幕府なら、クーデターを起こしてでも改革してみせるという強烈な意志を抱いていた。

異母弟の島津久光も亡兄の遺志を引き継ぐことを願っていたが、まだ家臣達の間に亡兄ほどの人望がない。その経綸《けいりん》においても兄ほどの幅広い見識はなかった。

島津久光には幕府に叛旗《はんき》を翻し、徳川家を倒すというほどの意志はなかった。

これは薩摩にかぎらず長州の毛利家も今は同じである。旧来、徳川譜代の小大名によって独占されていた幕府政治に、今後は自分達も参画し、それによって朝廷の天皇と幕府の将軍の関係を円滑にし、統一国家として運営したい……そのていどだった。いわば幕政改革大名連合といったところか。それを実現させるための行動を目的として、

——国事周旋

と各藩では称していた。

薩摩藩はその国事周旋の一歩手前でまだ足踏みしているところである。

小松帯刀はもちろん亡君島津斉彬《なりあきら》の薫陶を受けている。

「優秀な武器が手に入ったら、速やかに諸大名に配付して、競って製造させるようにしたい。軍備の統一が日本の政治の統一につながる」

という島津斉彬の持論はしばしば耳にしていた。

「西洋の兵法や砲術は、ここ数百年の実戦を通じて長足の進歩を遂げている。日本との優劣は問うまでもない」

と亡君は明言して、異国に学ぶことを家臣らに奨励していた。

だから小松帯刀にはグラバーに対する偏見もない。

女達が座敷へ入ってきて次々と料理が卓上に並ぶと帯刀は自らグラバーに酒や料理をすすめ、まるで年来の友人に対するように親切にもてなしてくれた。

宴会のあとの別れ際には玄関に駕籠《かご》を呼んでグラバーを乗せ、駕籠が去るまで自分は佇んで見送ってくれる。

グラバーは感激してしまった。

それから数日後だった。大浦の外国人居留地で外国人住宅第一号の棟上げ式があった。

海岸通り七番のウィリアム・オルト商会の棟上げである。

これは建物の棟木を上げるときに大工がとり行う日本の儀式で、大工だけではなく左官や鍛冶《かじ》職など建築にかかわった多くの職人達が参加する。

衣冠をまとった大工の棟梁《とうりょう》が天地四方の神々を拝し、棟木をおごそかに槌打《つちう》ちするのが儀式の基本である。

そのさい集まってくる群集に紅白の餅を投げ、祝宴を催すことになっていた。

グラバーはオルトに招かれて、棟上げ式に参加した。ヨーロッパでは見られない奇妙な儀式には、大いに興味をそそられた。

こういう行事に人一倍の関心を抱いているマッケンジーが上海へ赴いていて参加できないのが残念に思えた。

儀式が終わったあと、木組みだけが完成して屋根瓦《がわら》も葺《ふ》かず、壁も塗られていない建物の中に仮の床板を張った狭いところで、祝宴がおこなわれた。

日本酒や料理が手伝いの女達の手で運ばれてくる。机も椅子もないので、客達は板の上にあぐらをかいて座り、料理をつまみながら酒を飲む。

とにかく寒い。寒いのも当然で海辺の潮風の吹きさらしの中の酒宴なのだ。

オルトに招待された外国人は七、八人いて、みんな談笑しながら格別に美味とはいえない日本酒をぐいぐい飲んだ。

忙しく飛び回っているオルトがやってきて、

「グラバーさん、あなたに挨拶をしたいといっている人達がいる。ちょっと来てくれませんいていた。

紅白の天幕の中が臨時の厨房になっていて、男女が酒の燗《かん》をしたり料理の煮炊きをして働いていた。

その天幕の前に三、四人の男女が佇んでいた。顔見知りの小山商会の小山秀之進がグラバーを見ると進み出てきて、

「筑後屋の亭主と女将《おかみ》です」

と年配の男女を紹介した。

「筑後屋?」

「はい、いつもごひいきいただいている丸山の筑後屋でございます」

と女将が挨拶する。

グラバーは筑後屋の名はきれいに忘れていた。先日の料亭だとぴんときたのは夫婦の背後に肩をすぼめて立っている若い女に気づいたからである。

女は料理の手伝いにきたのだろう、前垂れを掛け、襷掛《たすきが》けをしていた。

筑後屋の女将が先達っての礼とやらをグラバーにくどくどと述べ、振り返って、

「お園《その》」

か」

「私に?」

グラバーはオルトに連れられて敷地の一隅の天幕のほうへ赴いた。

と女の名を呼んだ。

お園と呼ばれた若い女は慌てて襷を肩からはずし、前垂れで両手を拭《ふ》きながら進み出てくる。

グラバーと眼が合うと、女は笑顔になって頭をさげた。

「先日は本当にありがとうございました」

女の顔に朱の色がさし、首筋のあたりまで桜色に染まるのが見えた。日本の若い女の肌の色は瑞々《みずみず》しくて美しい。

グラバーはちょっとうろたえて視線をそらし、

「何でもない。何でもない」

と両手を女に向かってひらひらさせた。こういう場合、何といえばよいのかよくわからない。

「この娘は筑後屋で働いていますが、身分は主人夫婦の養女です。遊女ではありませんが、大切なお客の座敷にはおもてなしに出ることもあります。ぜひ一度、ゆっくりお礼を申したいので、筑後屋へおいで下さいと、主人夫婦が申しております」

小山商会の通訳がたどたどしい英語で、小山秀之進の言葉をグラバーに伝えた。

首をかしげているグラバーを見て、通訳はもどかしくなったのだろう、

「つまりこれは筑後屋があなたを招待したいというのである」

と簡略に言い直した。

「いつでもよろしい。ウエルカム」

グラバーは照れてうなずき、お園という娘に右手を差し出した。

お園はためらって周囲を見回したが、女将に背中を叩かれ、おずおずと右手を差しのべた。グラバーは握手して二、三度大きく振った。お園の顔が赤くなるのに釣られて、グラバーも赤くなった。

「あっはは……」

と無遠慮な大声で笑ったのはオルトである。笑いながらどんと右手でグラバーの背中を叩いた。

「私も招待してくれないか。グラバーさんを連れて、いつでも行きます」

みんながいっせいに笑った。オルトはグラバーと肩を並べて宴席へ戻りながら、

「冗談ではなく日本では顔馴染みの料亭をきめておいたほうがいい。この国では商談は料亭で飲み喰いしながらするようです。筑後屋は遊女も抱えているので、便利ですよ」

「私は料亭だと思っていたが」

とグラバーがいうと、オルトは首を横にふり、

「じつは私にもまだよく判らない。料亭と娼婦の館がこの国では一緒になっている。筑後屋は両方の店を持っているので、私には使いやすい。そういうことです」

棟上げ式に料亭の主人夫婦が顔を出しているのは、オルトが頻繁に利用しているせいだろう。若いのにウィリアム・オルトは世故に長けた苦労人の面影があった。

としが明けた万延二年は二月十九日に改元されて文久元年となった。アメリカ公使館通訳のヒュースケンが年末に浪人に殺害され、相変わらず犯人が検挙されないことに抗議してイギリス公使、フランス公使が江戸の公使館を引き払い横浜へ移転するなど外交上のごたごたを持ちこしたまま新年を迎えた。

その正月十六日、薩摩藩所有の蒸汽船天祐丸は、ようやく許されて長崎を出発し故郷の鹿児島へ錦を飾ることになった。

天祐丸が上海から到着したのが十月末だから約三ヵ月も長崎に碇泊《ていはく》させられていたことになる。

グラバーが長崎を出航する天祐丸を大浦の桟橋へ見送りにいった翌々日、上海からの便船に乗ってマッケンジーと林大元の二人が長崎へ帰ってきた。

もちろん出迎えに行き、梅香崎《うめがさき》の商会の応接間で三人はシャンペンを抜いて祝盃をあげた。

「十二万ドルの金と銀はジャーディン・マセソン商会が香港へ送って東洋銀行へ預けてくれたよ」

とマッケンジーはいった。

「香港？　上海ではないんですか」

「いや、上海はいま危険で金銀などは保管できないそうだ。内紛で弱まっていた太平天国の反乱軍がまた勢いを盛り返して、昨年は杭州や蘇州を占領したらしい。蘇州といえば上海とは眼と鼻の距離だからね」

「清国はまだ内乱を鎮定できないのですか。相変わらず困った国ですね」

とグラバーがこたえた。

黙って二人の話に耳を傾けていた林大元が、

「困った国はないだろう。内乱つづきの清国に膨大な兵隊と軍艦を送り込んで、目茶目茶に混乱させているのが、イギリスやフランスだ。とくにあんたの国のイギリスはひどいよ」

と、静かな声でいった。

「軍艦百七十三隻、一万八千人の兵隊を送り込んで清国の首都北京まで攻め入ったという話を聞いた」

グラバーは救いを求めるようにマッケンジーを見た。

「ほんとうだ。もっともイギリスだけではなくフランスの軍艦と兵隊も参加している。昨年十月、北京の城門を占領したそうだ」

とマッケンジーがうなずくと、林はつづけて、

「清国皇帝の北京の離宮に押し入って徹底的に掠奪《りゃくだつ》、暴行を働いた上、焼き払ってしまったらしい」

「放火したのは確かにイギリス軍だ。しかし掠奪暴行を働いたのはイギリスではない。フランス軍だ」

とめずらしくマッケンジーが声を高くした。

「林、何度言ったら判るんだね。フランスとイギリスを一緒にしないでくれ」

林は苦笑して口をつぐんだ。この二人はかなり言い争いをつづけてきたらしい。

間もなく林大元が立ち上がった。

「私は出島の家へ戻る。しばらく留守をしていて気になるので」

「大丈夫だよ。オマツがきれいに掃除してくれている」

十二万ドルの到着以来、たしかにグラバーと林大元は出島の家を放置していた。通い女中のオマツにまかせきりである。

「やはり帰ろう」

と林は二人を残して出て行ってしまった。

「何かあったんですか」

とぎこちないマッケンジーと林の気配を察してグラバーは聞いた。

マッケンジーは苦笑して盃のシャンペンをなめ、

「林は怒ってるんだよ」

「誰に」

「われわれイギリス人にだろ。上海では自由に出歩いていたからね。昔の仲間に出会ったりしていろいろ聞いたんだろう」

水夫設教の青蓮や黄小波にでも会ってきたのだろうか、とグラバーは考えた。

「林が怒る気持ちは私にも判らないことはない。清国があまりにもひどい状況になっているのを見て、林は日本のことが心配になってきたんだろう。誰にでも愛国心というものはあるよ」

「清国はそんなにひどいんですか」

「ひどいものさ」

とマッケンジーはシャンペンをすすり、溜《た》め息をついた。

「私らの祖国は軍隊を送りこんで北京を占領し、新しく北京条約を締結した。これは先年の天津条約を追認したものだが、一段とわれわれ外国人に有利になっている。条約は七ヵ条だが、なかでも気になる項目が一つあるんだ」

「何でしょう」

「税率表の改正だよ」

「それはいいんじゃないですか」

とグラバーは首をかしげた。

「清国税関の税率にはいろいろと問題があります」

「わかっている。問題は税率じゃないんだよ。税率表のなかにこれまでになかった洋薬という品名が加わったんだ」

「洋薬？」

「アヘンさ。アヘンを西洋の薬品として税率表に記入してしまったんだ。これでアヘン貿易は公認されてしまったことになる。こんどの戦争は第二のアヘン戦争だったと人にいわれても仕方がないだろう」

グラバーは黙ってうなずきながら、長崎から横浜へと向かう帆船の中で出会った中国人の王大昌の顔を思いだしていた。

王大昌は口をきわめてイギリスをののしっていた。

「公認されたら清国全土にアヘンは蔓延《まんえん》してゆくだろう。しかも北京条約で清国の開港地はさらに増えたよ」

とマッケンジーは盃を一気にあおった。

十九年前の南京条約で香港の割譲のほかに清国が約束した開港場は五つである。

広州、厦門《アモイ》、福州、寧波《ニンポウ》、上海。

「五港のほかにどこが増えたんですか」

とグラバーはマッケンジーに聞いた。

「まず潮州、台湾などの港。そして今度は天津だよ。さらに福建省と広東省で小さな港が開放されるだろう。それだけではないんだ。長江流域の通商開放が約束された」

「長江？」

揚子江である。その流域は清国の心臓部だといっていい。

「ほんとですか」

「ああ、もっとも今は反乱軍との戦争で、どこが開放されても安全な貿易はできないだろう。しかしジャーディン・マセソン商会やデント商会、アメリカやフランスの商社もみんな、長江流域の開放に大きな期待をかけている。なにせ内陸部だからね」

「はい、それはわかります」

「それで、君にひとつ相談があるんだよ」

「はい」

「どこにせよ長江流域に特定の場所がきまったら、ジャーディン・マセソン商会は私を派遣したいといっている」

「え？」

「内陸部だ。よほど清国人とうまく交際しなければ、商取引はむつかしい。そこで私に白羽の矢を立てたようなんだ。マッケンジー商会の名前でかまわない。資金もいくらでも提供する。ジャーディン・マセソン商会の特別代理店として働いてくれないかという話だ」

「ここはどうなるんです」

とグラバーはいった。憤然としている。自分はマッケンジーに招かれて、極東のこの島国へやってきたのだ。

「君を長江流域へ連れてゆくことは考えた。しかし君はせっかくこんな遠方までやってきて、ようやく日本に馴染《なじ》みはじめたところだ。いま日本を去るのは勿体《もったい》ない。そう思わないか」

「思います」

「だろう」

とマッケンジーはうなずいた。

「私は君を置いてゆく。そうきめたんだ」

「マッケンジー商会を日本に残してゆくというんですね」

「いや違う」

とマッケンジーは首を横にふった。

「君は独立するんだ。自立して私から離れ、トーマス・グラバーの名で仕事をはじめるんだよ」

グラバーは一瞬絶句し、マッケンジーの顔をみつめた。

「しかしマッケンジーさん、私には資金が……」

「わかっている。その心配はさせないつもりだ。但《ただ》し長江流域が開放されたらの話だよ。いつのことになるか今は判らない。一応、心づもりしておいてくれという話だ」

とマッケンジーは笑っていった。

グラバーが出島の家へ戻るのは久しぶりだった。ずっと梅香崎《うめがさき》のマッケンジー商会に泊まり込んでいて、このところ全く帰宅していない。

海寄りの一角にある木造の二階建ての家がグラバーには妙に懐かしく思えた。

階段を駆《か》けあがって二階の扉をあけ室内を見回した。通い女中のオマツが掃除してくれているのだろう、どの部屋もきれいに片付いている。

「林！」

とグラバーは名を呼びながら部屋から部屋をのぞいてみたが、林大元の姿が見えない。まさかと思いながらベランダの戸をあけてみると、黒眼鏡の林大元が潮風に吹かれながらベランダの椅子の一つに腰を掛けていた。狭いベランダには形ばかりの小さな円卓と二、三脚の椅子が据えてある。

「どうしたんだ、こんな寒いところで。風邪を引くぞ」

といいながらグラバーも円卓を挟んで椅子の一つに腰をおろした。

つめたい風が吹きつけてくる。マッケンジーの話でいくらか興奮しているグラバーには、その潮風がむしろここちよく感じられた。

林大元は黙り込んで海を見つめている。夕暮れどきの冬の海は黒ずんでさざ波立っていた。白い三角波が目立つ。

「林、何を怒っているんだ」

とグラバーは林の横顔を見た。

「私は怒ってはいない」

ぼそりと林がこたえた。

「悲しいと思っているだけだ」

「上海で何があったんだね。青蓮か黄小波に会ってきたのか」

「いや、青蓮も黄小波も上海にはいない。二人は長江流域の漢口のあたりにいるそうだ」

「ほう、誰に聞いたんだね」

「青蓮の手下で同じ船に乗っていた水夫設教の船乗りに会った。船頭の周三官は小刀会の連中に殺されたそうだ」

グラバーは青蓮と黄小波が長江流域にいるという話に心を魅かれた。

「漢口というのはどのあたりかな」

「知らん」

と林大元はそっけなくいった。

「グラバーさん、あんたも一度、上海へ行ってくるがいい。自分たちイギリス人が清国でどんなことをやっているか、しっかり見てきてほしいよ」

グラバーは一瞬、眼を伏せた。

「林、マッケンジーさんもいっていたよ。あんたが日本も清国のようになるのを心配しているんだって。そうなのかね」

「そうだ」

と林大元はうなずいた。

「今の清国を見て、自分の国のことを心配しない者はいないだろう。私だって日本人だよ」

「イギリスは確かに清国では非難されても仕方のないことを強行している。しかしイギリス人も反省していないわけではないんだ」

とグラバーは林大元にいった。

「われわれイギリス人が清国に要求しているのは完全な自由貿易、それだけだよ。領土を拡張したいとか、政府を乗っ取りたいとか、そんな野心は毛頭ないんだ。そのことを清国は誤解している。話し合いで解決できることにも応じないので、あんな風に力ずくの争いになってしまうんだ。もちろんイギリスにも性急すぎる欠点はあるさ」

「アヘンはどうなんだ」

と林大元はグラバーを見た。

「完全な自由貿易ということは、清国全土にアヘンをばら撒《ま》くということじゃないか。あんたらイギリス人は清国から生糸や茶、絹織物、陶磁器などあらゆる品物を持ち出して、かわりにアヘンを持ち込んでくる。アヘンは清国にとって無用の物というだけではない。人の命を奪う毒物だ。あんたらは自由貿易というが、あれが貿易といえるのか」

グラバーは林大元の視線から眼をそらした。首を小さく左右へ振り、

「マッケンジー商会はアヘンをいっさい扱わない。あんたもそれは知っているだろ」

「知っている。だから私も商会に雇われた」

「イギリスも日本にはアヘンを売ろうとしていない。今もそうだが今後もアヘンを持ち込むつもりはない」

「とうぜんだ。通商条約でアヘンの売買は禁止されている」

「その条約をイギリスも日本と結んでいる。たしかに清国には売っている。しかし日本にアヘンを売ることは絶対にないよ」

「ほんとだろうな」

林大元の表情は疑わしそうだった。

「神に誓うよ。われわれは日本人にアヘンは売らない」

「もしその約束を破ったら私はマッケンジー商会から即座に出てゆく」

「いいだろう」

とグラバーはうなずいた。

「林、ここは寒い。部屋へ戻らないか」

グラバーに促されて林大元はベランダの椅子から立ち上がった。

室内に戻るとグラバーは棚のブランデーの罎《びん》を取り出し、新しい封を切った。

グラスに酒をつぎわけ、

「とにかく乾盃だ」

と林と二人で盃をあげた。ベランダでこごえていたので、二人は一気にブランデーを喉《のど》へ流し込んだ。

机の前に向かい合って座り、再びグラスに酒をつぎながら、グラバーはいった。

「林、清国のことでマッケンジーさんを責めるのはやめてくれ。あの人はアヘンの売買を最も嫌っているイギリス人だ。他の商人といっしょにするのは気の毒だよ」

上海から長崎に帰ってきたマッケンジーは数日後の便船で、慌ただしく横浜へ赴くことになった。

横浜の商館支配人ケズウイックに会い、清国の現状をくわしく伝えるためだという。

「ジャーディン・マセソン商会の上海支配人のウイッタル氏がぜひケズウイックさんに早く会ってくれというんだ。手紙のやりとりでは時間がかかって、もどかしいんだろう」

「そんなに急ぐ話があるんですか」

「うん、横浜から出荷した日本の生糸が期待した以上の優秀な品質らしい。買値もロンドン相場の半額なんだ。たいへんな利益が見込まれている。日本生糸の買い占めに全力をあげるようケズウイックさんに伝言して、私にも協力してくれとウイッタル氏はいうんだ」

「協力するのはよいとして長崎はどうなるんです」

とグラバーは聞いた。

「うん、ウイッタル氏はじつのところ長崎は横浜へ情報を送る中継地と考えていて、貿易にはあまり期待していないようだ。とにかく今は横浜の日本生糸に眼の色を変えている」

「それはおかしいんじゃないですか。生糸だけが日本の商品ではありません。輸入だけが貿易でもない。げんに蒸汽船イングランド号をわれわれは日本に輸出して成功しました。ジャーディン・マセソン商会も相当な利益をあげたはずです」

グラバーは艦船取引を成功させた自負心を、ちょっと傷つけられた気がした。

「もちろん君の実績はウイッタル氏も高く評価している。しかし艦船売買のような大口取引は恒常的な商売ではない。ウイッタル氏は日常の必需品の取引を期待している。だから今は横浜の生糸に夢中なんだよ」

「だったらマッケンジー商会も長崎で生糸を扱いましょう。同じ日本の生糸です」

「君が長崎へやってくる前、私は三百二十俵の生糸を買って香港へ送った。これはロンドンで売られて三五パーセントの利益をあげた。しかし残念ながらあとがつづかない」

「どうしてです」

「第一の理由は九州には生糸の生産農家が少ない。第二は長崎奉行所が妨害する。奉行所に睨《にら》まれるのを恐れて、売り込み商人が自分の名前を登録しようとしないんだ。私は数人の商人と何度も交渉した末に長崎での生糸の取引をあきらめた。ここでは生糸に対しては奉行所や幕府の専売品だという思い込みがある。売り込みだけではなく買い取るのにも躊躇《ちゅうちょ》する。しらべてみると、それは事実だったらしい。長い間の習慣が染みついて離れないんだよ。生糸は横浜で集めるほかにないと、あれ以来、私は考えるようになったよ」

と、マッケンジーは苦笑した。

「生糸がだめだとすると、これからマッケンジー商会は何を主力商品とするつもりです」

とグラバーが聞いた。今の話を聞いていても、マッケンジーの商売は積極的とはいえない。むしろ消極的商法だろう。

聖職者の出身で、商人には珍しいほど知識の豊富なマッケンジーには、相手を踏み倒してでも利益をつかみ取るという気迫が欠けている。それが商人としてもうひとつ大きくなれない理由であり、同時に誰も敵をつくらず細々と長つづきしている理由でもある。

そのことにグラバーは気づきはじめていた。学ぶべき長所もあり、首をかしげる欠点もある。

「主力商品は……」

　とマッケンジーはしばらく思案した末、

「茶葉だろうな」

　と、はっきりとこたえた。

「茶ですか」

「うん、清国はいま太平天国の反乱で生糸と茶葉の生産が激減している。そのため値上がりも甚だしい。横浜の日本生糸の評判が高いのも、ひとつはそのせいだ。横浜が生糸なら長崎は茶葉でどうだろうと私は考えた。生糸と茶は世界中が求めている日常の必需品だよ」

「茶葉はウィリアム・オルトが扱っています。オケイさんと手を結んで九州の茶を一手に集めていますが、生産量はひどく少ないそうです。一昨年はたしか八千斤だと聞きました。ことしの取引高は知りませんが」

「それは私も耳にしている」

　とマッケンジーはうなずいた。

「しかしそれはオルトがオケイさん一人に頼っているからではないかな。もっと多くの茶商人を集め、九州全域に集荷の網を張れば従来の二倍、もしくは三倍の茶葉は集まるだろう」

「その茶商人がいないんですよ。長崎ではオケイさん一人だと聞いています」

「日本人は茶を飲むんだよ。茶の小売商人がいないはずはない。オケイさんのように大量の茶葉を買い集めて異国へ売るような商人がいないだけだろう」

聞いてグラバーはその通りだろうと思った。

「しかし小売商人では大量の茶を買い集める資金がないでしょう。買い付けに走り回る旅費もありませんよ」

「だから前貸しするんだよ」

とマッケンジーがいった。

「え?」

「横浜ではすでにケズウイックさんが生糸の仲買人に仕入金を前貸しして、効果をあげている。茶葉にも同じやり方が通じるのではないかな」

グラバーは腕組みして考え込んだ。

「この件は君にまかせるよ」

とマッケンジーはいった。

マッケンジーがいつものように林大元を伴って横浜へ赴いたあと、グラバーは丸山の料亭の筑後屋に二人の客を招いて会っていた。

ウィリアム・オルトとオケイさんである。オケイさんは通訳の品川を同行してきた。

グラバーはマッケンジー商会が茶葉取引に参加するとしても、茶葉では先輩格のオルトとオケイさんを無視できないと考えた。むしろ率直に二人に相談し、長崎の茶商人の実態など聞いてみたいと思ったのである。

そこでグラバーは筑後屋を思いだしてヤソキチを使いに出し、座敷を取った。

日本の料亭で自分が主人として客を招くのは、はじめてである。

オルトとオケイさんは率直なグラバーの話しぶりに好感を持ったらしい。

「マッケンジー商会が茶の輸出に力を入れるのは賛成だ。輸出量が増えれば、しぜん生産量も増えるだろう。いまのところ日本茶の生産量は非常に少ない。ことしオケイさんが九州中を走り回って集めた茶葉はせいぜい三万斤だった」

とオルトはことしの取引高を教えてくれた。百斤一ピクルとして三百ピクルである。一ピクル十五ドル平均として四千五百ドルの仕入れにすぎない。

「オケイさんは自分で茶葉の買い付けに出かけるんですか」

とグラバーが聞いた。

「はい、私はもっぱら肥前の嬉野《うれしの》と筑後の八女《やめ》を回ります。農家を一軒一軒訪ねて歩きますとよ」

「仲買人はいないのですか」

「茶葉の仲買人はおりまっせん。私が買い集めに歩きはじめて、それらしい人もぼつぼつ出てきたところです」

「長崎に茶の小売商人がいると思います。その人たちを仲買人にして茶葉を集めることはできませんか」

「私も同じことをオケイさんにすすめているところだ」

とオルトが膝を乗り出した。

「九州の各地を回り歩くにしてもオケイさん一人では限界がある。茶商人を集めて、手足のように使えばいいんだ」

「それはできないのですか」

とグラバーが聞くとオケイさんは首をかしげた。

「人を使うにはお金がいります」

とオケイさんは頰笑《ほほえ》んでいった。

「私にはまだそれほどの資金がありません」


オケイさんの本名は大浦慶。長崎油屋町に店をかまえる油商人で、先祖は油座総代をつとめた旧家である。慶は十七歳で大浦家の跡取りとなったが、長崎の旧家の例にもれず商売不振で家運は傾きかけていた。

女ながら商才にたけた慶は起死回生の策として、長崎会所の輸出商売に眼をつけた。

輸出といっても品目は限られており、特定の指定商人がいて誰でも参加できる仕事ではない。

大浦慶が眼をつけた商品が変わっていた。オランダ人も中国人もこれまで買ってくれたことのない茶葉だったのである。

オランダ人に喫茶の風習はない。中国は茶葉の本場である。ともに日本茶には眼もくれなかった。

しかし若い女商人は日本茶を将来有望な輸出品と信じ出島のオランダ人に見本を託し、それが通商開始と同時に多大な効力を発揮した。

ウィリアム・オルトが日本茶の見本を携えて大浦慶の店へ注文にあらわれ、慶は少量とはいえ注文に応じることができた。

慶によって集められ、オルトによって海外へ運ばれた茶が、日本茶輸出の第一号である。

若い娘にすぎない大浦慶がどうして茶葉の輸出の将来性を見抜いたのか。

じつはこの娘は二十一歳のとき海外の市況調査を目的とし、清国船に積まれた椎茸箱の中へ身をひそめ、上海へ密航したと噂されていた。開国前の話である。

当時、密出国は死刑の大罪であった。

果たして女の身でそれほど大胆なことをやったのかどうか、開国後の今となっても本人は肯定もしなければ、否定もしない。

しかし誰も見向きもしなかった日本茶を大量輸出できると見抜いた眼力は尋常でなく、上海密航の噂は、さもありなんと今は語られているのである。

大浦慶はもはや三十四歳、長崎の女商人として人にも知られ、かなりの資産も築きつつある。しかし背丈が小柄なのと下ぶくれの愛敬顔が、十歳ぐらいは若く見せていた。

「失礼ですがオケイさん。仕入れに必要な資金ならマッケンジー商会がお貸ししますよ」

とグラバーがオケイさんにいった。

「私どもがお貸しした資金で仲買人達を茶葉の集荷に走らせ、集まった茶葉は私どもが適当な市場価格で買い取ります。現地買い取り価格と市場価格にはとうぜん差が出ますので、その差を利益としてマッケンジー商会と仲買人、もしくはオケイさんとの間で折半します。もちろんお貸しした資金も利益の中から返済してもらうのです。どちらにも損のない、むしろ利益になる方法で、私どもは前貸し制度と呼んでいますが、どうでしょう。ためしてみませんか」

とグラバーは熱心にすすめた。

しかしオケイさんはうんといわない。

「御親切なお話でありがとうございます」

と丁寧に頭をさげるだけである。

「いけませんか。私どもの提案に何か御不満がありますか」

オケイさんは口もとに微笑をたたえて、

「いいえ」

といった。

「ただ……」

「何か」

「私は自分の商売は自分のお金ですることにしておりますとよ。他人さまから資金を借りてその方のために品物を集めて回るのは楽しくないとですよ。気が重いとです」

「はあ」

グラバーはオルトと顔を見合わせた。

「私は自分の身の丈《たけ》に合った商売をしてゆきたかと思いますので、今のお話はなかったことにして下さいませ」

「いつもこうなんだよグラバーさん」

とオルトがようやく口を挟んだ。

「前貸し制度については私も何回申し入れて断られたかしれない」

「横浜の生糸の場合は殆《ほとん》ど前貸し制度で商品を集めているんだが、どうしてだろう」

「長崎は古い伝統のある貿易の町さ。商人にも誇りがあって、他人の金を借りたくないんだと思うよ」

とオルトはいった。

「そうだろうなあ」

とグラバーもうなずき、こころみに他の茶商人のことをオケイさんに聞いてみると、

「他のお人のことは知りません。仕入金を貸して戴けると聞けば、よろこんで仲買人となって働く人達もいると思います」

「その茶商人の方達を私に紹介して頂くわけにはゆきませんか」

オケイさんはちょっと思案していたが、

「よろしゅうございます。うちの番頭が親しくしている小売商が十人ばかりいますので、さっそくマッケンジー商会にお話をうかがいに参らせましょう」

いやにあっさりと話は進んだ。

「オルトさん、マッケンジー商会は茶葉の仲買人を集めることになるが、あなたはそれでいいだろうか」

「けっこうです」

とオルトは明るくこたえた。

「私はとうぶんオケイさん一本でゆく。しかし仲買人が育つことで九州の茶業が活気づくなら、それにこしたことはない、とにかく今は大量生産。それだけだからね」

相談は予期しなかった方向で、しかし気持ちよく話がついた。

商談がすむのを待っていた筑後屋の女将が賑《にぎ》やかに飾り立てた女達を従えて座敷へ入ってきた。

料理の皿が運び込まれて卓上に並ぶ。赤や白の珍しいワインも用意された。

「どうぞ」

と声をかけられて背後を振り返ると濃い化粧をした若い女が頬笑みかけている。

濃いめの化粧をしているので、はじめは誰だかわからなかった。

黒い瞳が異人を恐れる色もなく笑みを湛《たた》えているので、グラバーは相手に気づいた。同時に女の名前も思いだした。

「オソノさん……」

「はい」

うれしそうにうなずいて、お園はグラバーの卓上のグラスに赤いワインを注《つ》いだ。

異人用の座敷なので女達は同席せず、それぞれオルトやオケイさん、通訳の品川の背後にひっそり佇んで、客の飲食の世話をする機会を待っている。

高級レストランで給仕を従えて食事をしているような気分だった。

食事がすむとオケイさんと品川は料亭を去り、グラバーは玄関先まで二人を見送ってから、オルトが残っている座敷に戻った。

「グラバーさん、ほんとに茶商人を集めて前貸しをはじめるつもりですか」

とオルトはグラスを卓上に置いていった。

「そのつもりです。ほかに茶葉を買い集める方法はないでしょう」

「危険ですよ。非常に危険だ」

「というと？」

「仕入金を前貸しした茶商人が行方不明になったらどうします。中国と違って日本では私達は国内旅行を認められていません。出歩けるのはせいぜい二十五マイル四方ですよ。それ以上の遠いところは私達にとっては全くの暗黒地帯といってもよい。前貸しした金はその暗黒地帯に消えてしまって、私達には探し出して取り戻す方法もないのです。その仕入金がほんとに茶葉になって戻ってくるまで、私達はひたすら心配して待つしかない。それでもいいのですか」

グラバーは卓上のオルトのグラスにワインを注ぎ、

「ありがとう。マッケンジーさんも私もそのことは考えています。だからできる限り多くの商人に小口の仕入金を貸すようにしたいと思っている。さいわいオケイさんは十人ほどの商人を紹介するといってくれました」

「紹介はしてくれても、オケイさんに保証させることはできませんよ」

「わかっています。日本人の商人達を信用するほかありません」

「それならけっこうです」

とオルトは言い、卓上のグラスを手にして一気にワインを飲み、椅子から立ち上がった。

「ではグラバーさん、行きましょう」

「どこへ」

「美しい女性がわれわれを待っていますよ」

オルトが廊下へ出ると座敷の女達が先に立って渡り廊下を案内する。

茶屋と棟つづきの隣家に筑後屋の経営する揚屋《あげや》があった。

揚屋は遊女屋のことである。

グラバーには揚屋と茶屋の区別はつかない。女達に案内されるまま長い廊下を渡って別棟の揚屋へ入り、階段を登って二階へ赴いた。

二階の廊下にきらびやかな衣裳をまとった女が出迎えていて、オルトを見ると笑顔になり、その手を取った。

「じゃ、グラバーさん」

とオルトは右手をかるくあげ、女と手を組んで廊下を去ってゆく。

オルトの背中を見送っていたグラバーは案内の女に促されて廊下を右へ曲がり、さらに左へ折れ、迷路を行くようにして一室へ導かれた。

襖《ふすま》をあけて小座敷へ入ったとき、グラバーは横浜のガンキローを思いだした。

同じような部屋だった。狭い座敷の真ん中に箱型の長火鉢が置かれ、その上で鉄瓶が湯気をあげている。鏡台や小箪笥《だんす》などの調度品もあった。

グラバーを長火鉢の前に座らせて案内の女は去った。

背後を振り返って見ると襖がある。立ち上がって襖をひらくと小部屋があり、華やかな赤い色の夜具が敷かれていた。

グラバーは思わず首を左右へ振った。

ガンキローの若い娼婦の顔があざやかに脳裡《のうり》に浮かんだ。

異人におびえて青ざめている女の顔だった。女は体を棒のように固くして、ぶるぶる震えていた。

あんな女の顔は二度と見たくない。

小部屋の襖をしめ、首を左右に振りながら座敷を出てゆこうとしたとき、廊下ごしに入ってよいかとたずねる女の声がした。

「どうぞ」

とグラバーはこたえた。

入ってきた女は二人だった。

「あら、あら」

突っ立っているグラバーを見て、小太りの中年の女が大仰な声を出した。

筑後屋の女将である。その女将の背後にひっそりと若い女が従っていた。

「どうなさったと？　お座りなさいよ」

と女将にいわれて、グラバーは長火鉢の前に腰をおろした。

女将がグラバーと向かい合って座り、振り返って、

「お園」

と若い女の名を呼んだ。

お園は座敷の隅に座り、両手を畳に突いてグラバーに丁寧に頭を下げる。

グラバーもちょっと慌てて辞儀をした。

「ガラバさん」

女将はグラバーをガラバと呼んだ。

「お園は遊女ではありまっせん。この筑後屋の養女ですと。わかりますか？」

遊女と養女……。

グラバーにはそんな日本語の違いはわからなかった。

「この娘は私ら夫婦の養女ですからね。遊女のように誰にでも相手をさせるわけにはゆきませんと。かくべつのお人とか、本人がよっぽど好きなお人。そんな方だけを選んでお客にしておりますとよ。わかりますか？」

筑後屋の女将はそれを言いたくてお園を連れて、ここへきたらしい。

養女と遊女の違いはグラバーにはわからないが、あなたには特別の待遇をしているのだと言いたい女将の心情は何となくわかった。

「お園はガラバさんのこと好きらしか。だからここへ来させましたと。今夜はこの子とゆっ

くりくつろいでくださいな」

相当に恩着せがましい口調でしゃべった末、女将はお園を残して座敷から出ていった。

女将が去るとお園は長火鉢の前ににじり寄ってきて、

「あの、お酒、召しあがりますか」

視線をそらして聞く。顔が赤くなり、グラバーがみつめると首筋まで赤味がさした。グラバーも釣られて赤くなり、

「はい」

とこたえた。本当はお園に何を言われたのか、聞き取れなかった。

お園はほっとしたように笑顔になり、グラバーに背を向けて茶簞笥の戸を開け、酒徳利《どくり》や銚子《ちょうし》などを取り出しはじめた。

グラバーが黙って見ていると、お園は徳利の酒を二本の銚子に器用に移し、銚子を一枚の盆の上に乗せて長火鉢の前に戻ってきた。

さも忙しそうに湯気をあげている鉄瓶の蓋《ふた》を取り、白い陶器の銚子を一本ずつ鉄瓶の熱湯の中へ立てて入れた。

「それ、何ですか」

とグラバーは聞いた。

「お酒です。すぐにお燗《かん》がつきます」

二人が黙りこんで注視していると熱湯につけられた二本の銚子がカタカタと音を立てて揺れはじめた。

お園は用心深い手つきで一本ずつ銚子を熱湯の中から引き上げ、長火鉢の横に乗せていた盆の上に置いた。

盆には盃が二つ伏せられていた。

その盃の一つを裏返して、

「ガラバさん、どうぞ」

とお園はいった。お園はまだ赤い顔をしている。

グラバーが盃を取ると、お園は銚子を手にとって、グラバーの盃にトクトクと熱い酒を注いだ。

手は震えていない。ガンキローの女のようにぶるぶる震えて茶碗を取り落とすような気配がないので、グラバーはほっと安心した。

「オソノさん、私、こわくないですか」

と、グラバーはおそるおそる聞いた。

「え？」

とお園は問い返し、はじめてグラバーの顔をまっすぐに見た。

聞き取れなかったらしい。

「私のこと、こわくないですか」

「いいえ」

とお園は顔を左右へ振り、

「どうしてですか」

「私、異人です。日本の女の人、異人のこと、こわいですね。違いますか」

お園がそれを聞いて頬笑んだ。にっこり嬉しそうに笑い、

「ガラバさん、やさしいんですね」

「やさしい？」

「はい。とってもやさしい。ガラバさんのこと、私、こわくありません」

グラバーは笑顔になり、盆の上に伏せてあったもうひとつの盃を取り、

「オソノさん、飲みますか」

「はい、いただきます」

お園は両手で盃を持ち、グラバーが注いでくれる酒を神妙な顔で受けた。

小さな盃、小さな銚子。馴れないグラバーの酌は目測をあやまって盃から溢《あふ》れ出し、お園の着物の膝元を濡らした。

「ゴメンナサイ」

胸のポケットからハンカチを取り出し、グラバーはお園の着物の裾《すそ》へ手をのばした。

「カップ、小さいです」

「お湯呑みにしましょうか」

お園は背後の茶簞笥から湯呑み茶碗を二つ取り出し、長火鉢の台の上に乗せた。

「これがいい。これなら大丈夫」

グラバーが銚子の酒を二つの湯呑みに慎重な手つきで注ぎわけた。

「オソノさん、乾盃《カンペイ》！」

湯呑みを持ちあげてグラバーが促すとお園も自分の湯呑みを取り、

「カンペイではなくてカンパイと言いますとよ」

と笑ってグラバーの日本語を訂正した。

「そうか、カンパイ。カンペイは清国語です」

湯呑みと湯呑みをかるく打ちつけ、二人は視線を合わせながら、酒を一気に飲んだ。

お園が飲み干したのを見てグラバーはうれしくなり、

「オソノさん、酒、つよいですね」

「いいえ」

とお園は首を横に振った。

「よわかとです。すぐに酔ってしまいます」

「どうぞ、酔ってください」

グラバーはもう一本の銚子を取りあげてお園の持つ湯呑み茶碗に酒を注いだ。

お園はおとなしく受け、湯呑みの半ばを満たした酒を、ためらわずこんどもひと息に飲み干した。

「だいじょうぶですか」

「はい」

お園はうなずいて頬笑み、酔いが回るのを確かめるように、しばらく俯《うつむ》いていた。

お園は酒の茶碗を長火鉢の台の上に置いて、すっと立ち上がった。

お園は隣の小部屋の襖の前へ歩いてゆく。酔いが回ったのかその体がゆらりと揺れるのを見て、グラバーが両手を差しのべた。

お園は襖をひらくと、

「ガラバさん、お先にどうぞ」

室内には緋縮緬《ひぢりめん》の夜具が敷かれ、枕もとに雪洞《ぼんぼり》が置いてある。

グラバーはすすめられて小部屋へ入ったものの、何をしてよいかわからず、壁に背中をあずけ両足を前に投げ出して座っていた。

一度は閉じられた襖が外から開き、着物や帯を解いて薄い長襦袢《ながじゅばん》の姿になったお園が入ってきた。

ぼんやり座っているグラバーを見てお園は何か言いかけたが口には出さず、掛け布団をめくって辷《すべ》り込むように横たわった。

横になってグラバーをみつめる。

誘われているのだとわかったのでグラバーは立ち上がり、手早く乱暴に着衣を脱ぎ捨てた。それを見てお園はくるりと背中を向ける。

グラバーは慌てていて、上衣やズボンは脱いだがYシャツは着たまま布団の中へ入ってしまった。

「オソノさん」

耳もとに声をかけて手をのばすと、背中を向けていたお園がくるりと反転して顔をグラバーの胸に埋めてきた。

「こわくないですか」

とグラバーは両手でお園の体を抱きしめながら耳元にささやいた。

「いいえ」とお園は首を振った。

「私、異人さんははじめてですと。だけれどガラバさんはこわくない」

返事のかわりにグラバーはお園をつよく抱いた。骨細の華奢《きやしや》な体は少女のように思えた。あまり力をこめると折れそうな気がした。

「女将さんが……」

とお園はグラバーの広い胸に顔を埋めてしゃべった。

「今日はガラバさんが泊まるので誰を座敷に出そうかとお店の人と相談していました。それを聞いて私、自分が出たいと言いました」

「どうしてですか」

「先日、店のお庭で私が粗相をしたときガラバさんは私をかばってくれました。やさしい異人さんだと思ったから」

グラバーはお園の胸の襟の中へ手を入れた。碗を伏せたような乳房がグラバーの掌の中におさまった。

その手を胸から腰、下腹部へと静かに動かした。

ぴくん、ぴくんとお園の体が揺れ、お園は逃げるかわりにしがみついてくる。

——だいじょうぶだ。少女ではない。

とグラバーは安心した。成熟した女であることは抱いていてわかったのだ。

一八六一年(文久元年)二月から三月にかけて、大浦居留地の海岸通りには、西洋館が次々と完成した。

木造二階建て、ベランダと暖炉、屋根には煙突が目立つ建物で、ヨーロッパ人の間ではコロニアル・スタイルと呼ばれているものだ。二階のベランダには円卓と椅子を置き、コーヒーか紅茶でも飲みながら海を眺めるつくりになっている。

マッケンジー商会の西洋館も二月の末には出来上がった。借地名義人はマッケンジーだが、所有権者はジャーディン・マセソン商会である。

マッケンジーは梅香崎《うめがさき》の仮泊地を引き払って西洋館の二階へ移転した。

出島に住んでいたグラバーも二階に部屋を与えられて西洋館へ引っ越した。

林大元は一階の事務所脇の一室に移った。

引っ越しを終えて間もなく、マッケンジーは居留地の欧米人達を招いて事務所開きのパーティーを開催した。

一階の広間に机を置き並べ、卓上に料理や酒を用意し、人々が自由に談笑する立食パーティーである。

この頃、長崎在住の欧米人は八十人ちかい数に増えていたが、まだ社交クラブはなく、多人数の食事を賄うレストランもできていなかった。

宴席に華やぎをもたらす欧米人の女性もいない。

マッケンジーに命じられてグラバーは筑後屋の女将に相談し、料理と世話係の女性達の双方を商館に派遣してもらう手はずをつけた。

当日の夜は長崎領事のモリソンもやってきて、パーティーはモリソンのスピーチではじまった。

海岸通りの一等地を占拠した各商館の代表者も次々とスピーチに立った。

大浦二番のデント商会のジョセフ・エヴァンズ、三番のウォルシュ兄弟商会のメショール、四番のサッスーン商会のエシキュールなどである。

貿易商として名を知られた商人は十数人だが、平均年齢が二十代前半か後半というのが、日本へきた男達の特徴だった。

五十六歳のマッケンジーは最年長で、四十歳のアーノルド商会のアーノルドがそれに次いでいる。

貿易商たちのスピーチは領事のモリソンを意識して不平不満が多かった。

「われわれのビジネスは清国商人にくらべて甚だ不利な立場でおこなわれている。あらゆる商品を清国人はわれわれより二〇パーセントも安い価格で輸入し、旧来の流通ルートに乗せて楽々と販売している。これでは競争にならない。清国商人達を厳重に統制してもらいたい」

そんな主旨のスピーチが多く、領事のモリソンは苦々しい顔で、宴席半ばで帰ってしまった。

領事のモリソンが引き揚げるとパーティーの雰囲気ががらりと変わってなごやかになった。

葉巻の煙が立ち昇り、賑やかな談笑の声が湧く。

商人達は官吏が好きではない。とくに長崎領事のモリソンが自分達のことを、

「死肉にむらがる禿鷹《はげたか》のような連中だ」

と評しているのを聞いて、商人達はみんな憤慨していた。商人蔑視《べっし》はモリソンにかぎらない。駐日イギリス公使のオールコックにしても、

「日本ほどありとあらゆる国から無法で身持ちのわるい連中が流れこんでいるところはない」

と公言し、それは商人達の耳にもつたわっている。

「なんだ。われわれの税金で養われているくせに。役人どもが偉そうな口を叩くな」

と居留地商人達は言い合っていた。

グラバーはこの日は主催者の側である。

高齢のマッケンジーが敏捷《びんしょう》なほうではないので、グラバーは食卓の料理や酒に眼くばりを欠かせず、パーティー会場を右へ左へと駆け回っていた。

マッケンジーは談笑している男達の輪の中へ入って、もっぱら話し相手をつとめている。

「おい、グラバー君」

マッケンジーに呼ばれてグラバーは人の輪に近づいた。

「紹介しよう。アーノルド商会のフランシス・グルームさんだ。昨年九月、日本へ来たばかりだよ」

頭髪をきれいに撫《な》でつけて真ん中で二つに分けた色白の男が、頰笑んでグラバーに右手を

差しのべた。

「フランシス・グルームです」

中肉中背、どこか気弱そうな温和《おとな》しい印象の男だ。

グラバーは握手して挨拶しながらあたりを見回し、

「そういえばアーノルドさんの姿が見えませんが」

「あいにく風邪を引いて寝込んでいまして……」

とグルームがいった。

「今日はかわりに私が出てきました」

「グルームさんはアーノルド商会のパートナーなんだ。この人はアーノルド君の話によれば裕福なジェントルマンの息子さんらしい。お父さんはむかしイギリス東印度会社の重役だったそうだ」

「ジェントルマン……するとグルームさんはどこの生まれですか」

「ロンドンのベイズウオーターの生まれです」

生粋のイングランド人らしい。

ジェントルマンというのは、イギリスの地主階級のことである。領地を持ち、その所領からあがる収入で生活する階層のことだ。

そういえばフランシス・グルームには育ちのよさを匂わせる品の良さがあった。

「失礼ですがグルームさんはおいくつですか」

　とグラバーが聞くと、

「二十四歳です。ロンドンの父にすすめられてシンガポールの東印度会社で一年ほど働きました。会社が解散させられたあと香港へ行き、香港でアーノルドさんと知り合ってパートナーになりました」

　ロンドンからイギリス東印度会社へ就職して渡航となれば、昔ならばエリートの出世コースといってよい。一六〇〇年に発足した東印度会社はかつて植民地貿易を独占していた。二百五十年に亘《わた》る繁栄を謳歌したが、インドのセポイの反乱の責任を問われ、三年前の八月、解散を命じられた。

　グルームはロンドンへは帰らず、香港へ赴いてアーノルド商会に参加し、日本へやってきたのだろう。

　それでもマッケンジー商会の一商務員にすぎないグラバーとは地位が違う。アーノルド商会のパートナーといえば、出資額に応じて利益の配分を受ける共同出資者《パートナー》のことである。

「アーノルド君は近頃病気がちのようだが、体調がわるいのかね」

　とマッケンジーが聞いた。居留地に高齢者が少ないので、お互い気になる間柄らしい。

「はい。どうも日本へ来てから体調が思わしくない、日本の水が合わないのではないかと本人は気にしています」

「おかしいな。上海にくらべると日本の水は遥《はる》かに上等だよ」

「水というより気候でしょう。この国は春、夏、秋、冬とめまぐるしく気候が変わります。天候不順の国ですから」

とグラバーがいった。来日して三年目を迎えるが、それは実感である。とくに体調に影響するのは湿度の高さだ。スコットランドのように寒くてもからっと乾いた空気が、ときどき懐かしくなることがある。

「アーノルド君に近く私が見舞いにゆくと伝えてくれ給え。医薬品で足りないものがあったら、私が何とか手に入れて持ってゆくよ」

「ありがとうございます」

とグルームが礼をのべた。

そのとき会場の中で盆が床へ落ち、グラスが割れる派手な音がした。

「これは失礼」

と大きな男があやまっているところを見ると、会場のサービス係とぶつかりでもしたのだろう。

日本人の女性が床にしゃがんで割れたグラスの破片を拾っている。

「オソノさん」

とグラバーが駆け寄って声をかけ、自分もしゃがんで破片に手を出した。

「ガラバさん」

お園がうれしそうに頬笑んだ。肩を並べて破片を拾う二人を見て、笑いと、拍手が湧き起こった。

間もなくサービス係の女達は筑後屋の女将に連れられてパーティー会場から姿を消した。茶屋と揚屋《あげや》の夜の仕事に戻るためだろう。パーティーも終わりにちかづき、客達も引き揚げはじめた頃、林大元が会場に顔を出し、手招きしてグラバーを呼んだ。

「お客さんだ。日本人のサムライです」

「サムライ?」

玄関へ出てみると三人の男が立っている。

「ゴダイさん」

薩摩藩の五代才助だった。通訳の堀のほかに一人の男を連れている。

「肥前佐賀藩の中牟田金吾どのじゃ。グラバーさんとは以前にいちど会っている」

額が高く張りでたおでこ頭とよく光る眼には見覚えがあった。

「グラバーさん、賑やかなようじゃが、何ごとです」

と五代が聞くので、商館の新築披露宴だとグラバーは告げ、

「もう終わるところですが、どうぞ」

遠慮する三人の日本人を会場の中へ案内した。まだ居残っている外人達がいっせいに三人を見る。大小を腰にしたサムライ姿を見て、慌てて隅へ避けようとする者もいた。

五代を見知っているマッケンジーがすぐ歩み寄ってきて、

「よく来てくださった」

と右手を差しのべた。卓上に残っている酒のグラスを自分で持ってきて、日本人の三人に手渡す。

五代はグラスに口をつけながら、

「ちょっとグラバーさんに相談があって訪ねてきました。新築披露の宴席とは知らず、失礼しました」

「いや、ちょうどよい。酒でも飲んでくつろいでください」

マッケンジーは居残った商人達の名を呼んで一人ずつ五代に紹介する。

イングランド号を買った薩摩藩のサムライだと知ると商人達はとつぜん愛想のよい笑顔になって、熱心に自分を売りこみはじめた。

適当に応対していた五代は、みんなから話しかけられて閉口したのか、

「グラバーさん、わしらは筑後屋の茶屋へあがって待っています。この宴がすんだらあなたも来てくれませんか」

筑後屋と聞いてグラバーの胸がおどった。もう引き揚げたお園とまた二人きりで会えるか

もしれない。

　五代ら三人が去ったあと、グラバーはマッケンジーに事情を告げた。

「筑後屋か。グラバー君、近頃は頻繁に遊んでいるようだな」

「いえ、そんなことは……すべて仕事のためです」

大浦慶に紹介された茶商人達との商談などで、近頃は筑後屋をよく利用している。それもお園に会いたいせいだとは、自分でも判っていた。

「まあ、遊ぶのもいいだろう。君は二十三歳、まだ若いんだからな」

　とマッケンジーは笑った。

「ここは私と林大元で片づけておく。何か話があるようだ。早く行きなさい」

　グラバーは喜んで会場をあとにし、丸山町の筑後屋へ向かった。

　暗い夜道だが、長崎の市街はもう歩き馴れている。横浜と違っていまのところローニン達が徘徊《はいかい》しているおそれも少ない。

　宴席で飲んだ酒の酔いも手伝って夜の寒さも気にならず、丸山町へ急ぐ足取りもはずんだ。

　筑後屋の茶屋では五代才助と中牟田金吾が日本座敷で酒を飲みながら待っていた。通訳の堀も同席している。

「よく来てくれました。駆けつけ三杯という言葉がある。ま、どうぞ」

差し出された盃の酒を干し、しばらく談笑したあと、五代才助が用件を切り出した。

「グラバーさん、じつは天祐丸のほかにもう一隻、蒸汽船がほしい。手に入れてもらえませんか」

昨年、薩摩藩は十二万三千ドルの高価な船を買ったばかりである。

グラバーは思いがけぬ申し出にびっくりした。しかし表情には出さず、

「ありがたい話ですが、タイクーンの政府が許してくれるでしょうか」

また幕府の仲介という形で売買すると、天祐丸と同じような厄介なことになるだろう。

「いや、もう幕府の仲介は必要ありません。いちど買った以上、二度も幕府の顔を立てることはない。時勢もそういう風に動いています」

黙って聞いていた中牟田金吾がそのとき口を挟んだ。

「グラバーさん、肥前佐賀藩も蒸汽船を求めています。わが藩にぜひ一隻、売ってもらいたい」

「しかし中牟田さん……」

グラバーは飛び込んできた商談に上気しながら、

「佐賀藩はオランダから新造のコルベット艦ナガサキ号を買ったと聞いています。蒸汽船を買うなら、なぜオランダに注文しないのですか」

「たしかに蒸汽船電流丸をオランダから買いました。こんども注文したいところですが、オランダは幕府の注文で手一杯で、とてもわが藩の注文に応じきれないでしょう」

「幕府はそんなに注文しているのですか」

「そうです。耳にした話では幕府はオランダに蒸汽船を五、六十隻、そのうち軍艦を二十隻と大量注文をしているそうです」

「五、六十隻？」

グラバーは耳を疑い、眼を丸くした。

「そんな無茶な」

「無茶な話には違いないが、そういう噂《うわさ》があるのは確かです」

と五代才助が横から口を添えた。

「いくら何でも……五、六十隻の蒸汽船といえばイギリスの東洋艦隊にもそんな数はありません。フランスやアメリカでも同じです。それは嘘《うそ》でしょう」

とグラバーはいった。

五代も中牟田金吾もそういわれると自信のない表情だ。

しかし嘘ではなかった。幕府が途方もない大量の蒸汽船をオランダに発注したのは本当である。

もちろん今現在の話ではない。ペリーが四隻の黒船を率いて浦賀沖に姿を見せた八年前、嘉永六年のことである。

狼狽《ろうばい》した幕府は海防の必要を痛感し、鎖国制度を堅持するために大艦隊の即時編成を思い立った。

老中一同協議の上、老中首座の名で長崎奉行に次のような命令を出した。

——軍艦・蒸汽船とも五、六十艘《そう》、取り揃《そろ》えて差し出し候よう出島カピタンへ申し達し候よう致すべく……

命令書の署名は賢明の名も高い阿部伊勢守正弘である。

オランダに命令すれば五、六十隻の蒸汽船ぐらい即座に手に入ると思っていたのだろう。

蒸汽船がどれほど高価であるか、そこまで考えていたとも思えない。

万一、五、六十隻の蒸汽船を即座に手に入れたとしても、誰が操作運用するのか、そのあたりも考慮していない。

注文を受けたオランダ政府はびっくり仰天した。

出島カピタンのドンケル・クルチュウスは、

「これはどういうことでしょうか」

と長崎奉行に質問したが、長崎奉行も答えられない。

それでも注文は注文なので、カピタンはオランダの東印度総督に申し送った。

「五、六十隻だと?」

と総督は呆《あき》れ返り、

「日本政府は何を考えているんだ。正気の沙汰とも思えない注文だ」

と本国へ通達するのをためらった。

しかしオランダと日本は二百年に亘《わた》る友好の歴史がある。

それを思うと頭から拒絶もできず、多少の義侠心も湧いてきて、

「われわれは日本政府を教育する義務がある。海軍とはどんなものか、一から教えてやらねばなるまい」

と決心し、一人の海軍中佐に命じて日本へ派遣した。その使節が乗ってきた蒸汽船が、のちにオランダ国王から幕府へ贈呈された観光丸だった。使節の名はゲルハルデ・ファビウス。

このファビウスの献策で幕府は長崎に海軍伝習所を開設する。

五代と中牟田はその伝習所の第一期生だった。

長崎に海軍伝習所が開設されたのは安政二年十月だが、幕府は伝習生を幕臣に限らず、全国諸藩の有志を募って参加させた。五代も中牟田もそれぞれ藩命によって長崎へやってきた。とくに中牟田などは予備伝習や本伝習にくり返し出席し、三年以上も海軍教育を受けている。

「ともかくオランダが幕府の注文で手一杯なのは事実です。ぜひわが藩のために蒸汽船を手に入れてほしい」

「薩摩藩も同じです。グラバーさん、金は惜しまない。よろしく頼みます」

五代と中牟田は口を揃えていう。

「わかりました。さっそく手配しましょう。しかし砂糖や毛織物を取引するのとはわけが違います。上海で売りに出ている蒸汽船があるかどうか、当たってみなければわかりません。早急にというわけにはゆかないでしょう」

とグラバーは逸《はや》る気持ちを押さえて慎重にこたえた。先達っての経験で、売却希望の蒸汽船が極めて少ないことは判っている。

確実なのはジャーディン・マセソン商会の信用を利用してイギリスの造船所に新造船の建造を依頼することだった。

しかし、それには危険がともなう。薩摩藩や佐賀藩の確かな注文書を取り、できれば手付金を入れさせなければならない。

違約すれば違約金を支払う約束も取りつけておく必要があった。

そこまでやれるかどうか。マッケンジー商会には負担の大きすぎる仕事となる。

ともかく上海の中古船を深すことだと判断して、グラバーは話をまとめた。

商談がすむと五代と中牟田は他に用があるといって筑後屋を去った。

「グラバーさん、あなたはゆっくりなさるがよか」

と去り際に五代がにやりと笑ったのが気になった。あるいはもうお園と自分のことを耳にしているのかもしれない。

居残ったグラバーを筑後屋の女将が長い廊下伝いに揚屋へ案内した。

「ガラバさん、あの子が待っとりますよ」

とささやいて、女将はグラバーを小座敷に送りこんだ。

いつもの部屋にお園が酒肴の支度をして待っていた。

「酒、もう飲まない」

お園はうなずいて立ち上がり、突っ立っているグラバーの背後へ回って上衣を脱がせ、前へ回ってシャツのリボンを解いてくれる。

グラバーが両手をのばして抱きしめると、お園は抱かれるままにじっとしている。

「オソノさん、私、酔いました」

お園は笑って隣室の襖を開け、わざとよろめいてみせるグラバーの腕を取って、寝間へ入った。

グラバーは緋縮緬《ひぢりめん》の夜具に仰向けに横たわり、両手を大きくひろげてみせる。

お園がくすっと笑い、グラバーの腕の中へ身を投げてきた。

四月のはじめ横浜のケズウイックが何の連絡もなしにとつぜん長崎へやってきた。

一階の事務所で執務中だったグラバーはふらりと入ってきた男を見てびっくりした。

「やあ」

とケズウイックは片手を挙げ、事務室の中をゆっくりと見回し、客用の椅子に座る前に腰のベルトをはずして、拳銃を机の上に音立てて置いた。

「長崎では誰もピストルを携帯していないようだ。ここは大丈夫なのかね」

横浜や江戸とは違って長崎ではローニン達の暴行沙汰は多くはない。

「今のところピストルを持ち歩く者はめったにいません。必要もありませんよ」

林大元がドアから顔をのぞかせ、これもびっくりして入ってきた。

「いつ来られたのです。マッケンジーさんは知っているのですか」

「やあ林、元気そうだな」

とケズウイックは笑顔を見せ、

「急な用件ができてね、手紙より早いと思って自分でやってきた。マッケンジーさんは留守かね」

グラバーより林大元のほうがケズウイックとは馴染《なじ》みがある。林は横浜に二度出かけている。

「友人の病気見舞いに出かけています」

とグラバーがこたえた。

「アーノルド商会のアーノルドさんがこのところ体調を崩して、ときどき寝込むものですから。しかしそろそろ戻ってくる頃です」

その間に林が手早くコーヒーを淹《い》れて室内に運んできた。

「なかなかいい商館じゃないか。横浜の商館にくらべてちょっと小さいがね」

「私は建築中に横浜へ行ったので、完成した商館はまだ見ていません」

「そうだったな。しかしこれから頻繁に出てくるようになるだろう」

雑談しているうちにマッケンジーが戻ってきた。

「ケズウイックさん、どうしたんです」

とマッケンジーもおどろいている。

ウィリアム・ケズウイックはジャーディン・マセソン商会の横浜支配人で同商会の対日貿易の総責任者でもある。

二十六歳の若さだが、切れ者で知られた商人だった。

「ちょっと話があるんだ」

とケズウイックはマッケンジーを誘い二人は肩を並べて二階の居室に向かった。

何やら内密の急用があるらしい。

「林、ちょっと妙だな。何があったんだろう」

自分が除《の》け者にされた気がしてグラバーは林にいった。

「さあ」

と林大元も二階を見あげて首をかしげている。

二階の二人の話し合いは二時間近くつづいた。

ようやくマッケンジーが階段をおりてきて事務室に顔を出し、

「グラバー君、ちょっと話がある。君も二階へきてくれないか」

マッケンジーは珍しく緊張した表情をしている。

「はい」

グラバーはマッケンジーの後に従って階段をのぼった。

二階はマッケンジーの個人の住居になっている。私生活用といっても客を泊める寝室もあれば食堂、応接間など部屋数は多い。グラバーの居室と寝室もあった。

ケズウイックは広い応接間の椅子にゆったり凭《もた》れ、紅茶を飲みながら窓ごしの海を見ていた。

「昨年の北京条約で清国政府が揚子江を開放し、流域の港をひらくことを認めたのは君も知っているだろう」

とケズウイックは正面の椅子に座ったグラバーに問いかけた。

「はい、耳にしています」

「その手はじめに揚子江中流の漢口がことし開港された。イギリスはもちろんフランス、アメリカ、ロシアなどの商社が先を競って漢口に進出しはじめている。間もなく租界がつくられて上海に次ぐ貿易港になることは明らかだ。ジャーディン・マセソン商会としても手を拱《こまぬ》いて見てはいられない。清国はアジア最大の顧客だからね」

「はい、判ります」

「そこでわが社としてはマッケンジーさんに漢口へ行ってもらうことにした。上海と違って揚子口流域は清国の内陸部だ。よほどの経験を積んだ人しか、内陸には送りこめない。上海支配人のウイッタルさんも香港総支配人のジャーディン氏も、マッケンジーさん以外の適任者はいないと言っている。そこで私はお二人の意向を受けて、今日マッケンジーさんを口説きにきたんだ。手紙一本ですませる用件ではないと思ってね。さいわいマッケンジーさんは快く引き受けて下さった」

　黙って聞いていたマッケンジーが横から口を挟んだ。

「こころよくとはゆかないがね。私はもう五十六歳の高齢だよ。しかしこの話は、先達って上海へ行ったときにウイッタルさんから内々に聞かされていた。君にも耳打ちはしておいたよ」

「はい」

「そこで私の役目の二つめはこんどはグラバー君、君を説得することだ」

　グラバーは緊張してケズウイックをみつめた。

「マッケンジーさんの仕事を君にぜんぶ引きついでもらいたい。ジャーディン・マセソン商会の長崎代理店を君にまかせたいんだ。まさかノーとはいわないだろうね」

かねてマッケンジーに聞かされていた話なので、グラバーは驚きはしなかった。しかしずっと先の話だと思っていたので、全く心の準備ができていない。

「ありがたいお話ですが、私には手持ちの資金が大してありません。独立するのは早すぎると思います」

とグラバーはケズウイックにこたえた。

「充分な資金を用意して独立する商人なんて、めったにいるもんではないよ」

とケズウイックはこたえた。

「それはぜいたくというもんだ。資金不足の場合は共同出資者《パートナー》を探して手を組むのが一番だが、君には心あたりの人はいないのかね」

グラバーはしばらく考えていた。

「いません。残念ながら……」

「それは仕方がないだろう。長崎にはまだ商人の数も少ない」

とマッケンジーが口を挟んだ。

「共同出資者《パートナー》はおいおい探すさ。とにかく名乗りをあげることだ。コミッション・エージェント（代理店業務）は必ずしも豊富な資金を必要としない。本店の資金を運用して利益をあげ、手数料を稼ぐのが本来の仕事だよ」

「それは判っています。しかし……」

と考え込むグラバーを見て、ケズウイックが不満そうな表情になった。

「君にとってはいい話だと思ったが、何か不足でもあるのかね」

「あります」

「ほう、何だろう」

「ジャーディン・マセソン商会に限らず、組織の安定した大商社は、危険を冒すことに極めて臆病です。商品の価格も取引量もすべて一定の枠内でおこなうことを指示してきます。そのためコミッション・エージェントは有利とわかった取引でも自由に動くことができず、せっかくのチャンスを見逃すことが多くなります。日本のように遠く離れたところでは、いちいち本店の指示を仰いでいては間に合いません。どこまで自由な裁量を任せていただけるのか、それが心配です」

「ほう」

とケズウイックは微笑した。

「本店の指示で仕事をするのはいやだというのかね」

「いやとはいいません。間に合わないことがある。それが心配だといっています」

ケズウイックはマッケンジーと顔を見合わせた。

「危険な匂いがするな、この男は」

「かわりに大きな仕事をします」

とマッケンジーはこたえた。

「蒸汽船イングランド号を薩摩藩に十二万三千ドルで売却したのは、このグラバーです。しかも先月は薩摩藩と佐賀藩に二隻の蒸汽船を売る話をまとめてきました。中々のやり手ですよ」

「蒸汽船二隻か……」

とケズウィックは首をかしげた。

「大きな仕事だな。ちょっと大きすぎる。取引が成立することはめったにないだろう。グラバー君、ほかに恒常的な仕事が必要だが、長崎では何が中心になると思うかね」

「もちろん茶葉でしょう」

「茶葉の生産量はここでは少ないと聞いた。しかもオルト商会が今のところ独占しているらしい」

「そうです。しかしマッケンジー商会も小口の売り込み商人を集めて前貸し制を実施するのに成功しました。ことしは少なくとも一万斤の茶葉が手に入る予定です」

「一万斤？　百ピクルか、大した量ではないな」

「はい。そのかわり長崎に茶の再製工場をつくります。それはマッケンジーさんと話し合い、ことし六月の茶葉の集荷の時期までに工場を完成させることになっています」

「ほんとうかね」

とケズウイックがマッケンジーに聞いた。

「いずれ御報告するつもりでした。グラバー君の予測ではオルト商会やデント商会の扱う茶葉もわれわれの工場で再製を請け負うことになるでしょう。御存じのように茶葉の加工、再製は原価の二〇パーセントの費用がかかります。今はそれをすべて上海でやっています。日本でやれば、二〇パーセントの再製費用は半分以下に節約できるでしょう」

「おもしろい。再製工場建設の費用はどうするのかね。ジャーディン・マセソン商会が引き受けてもよいが」

「それは大丈夫です。マッケンジー商会の資金で間に合います」

とグラバーはいった。

「それよりケズウイックさん。あなたにお願いがあります」

「何だね」

「長崎に商業会議所を設立したいのです。せっかくおいでになったこの機会に領事のモリソン氏やデント商会のエヴァンズ氏に働きかけていただけないでしょうか」

「商業会議所？」

ケズウイックはびっくりした顔になった。

「そんなものはまだ横浜にも生まれていないよ。いずれは上海や香港のように設立したいと思ってはいるが……」

「ここは長崎です。横浜とは違います」

とグラバーはつづけた。

「御存じのように長崎は横浜と違って清国やオランダと長い貿易の歴史を持っています。とくに清国の商人は古くから商品の流通ルートを確立して海産物の輸出入を一手に握っているので、われわれはきわめて不利な状況に置かれています。そのくせ清国は日本との修好条約も通商条約も結んでいません」

それは事実だった。日本と清国との修好、通商条約はこれから十年後の一八七一年に至って、ようやく締結される。そのため多くの清国人は欧米の商会の使用人として、あるいは欧米人の名義を借りて貿易に従事していた。しかし旧来の流通ルートはしっかり維持していて放さないので、新来の欧米人は太刀打ちできない。

「条約を結んだわれわれが、清国人より不利な立場に置かれるのは、おかしな話です。長崎奉行所にしばしば抗議しても奉行所は一向に耳を貸してくれません。だからわれわれ欧米人は結束しなければならないのです。結束して幕府に抗議し、清国人を管理統制させなければ、この不利な状況はいつまでも改善されないでしょう。そのために一刻も早く商業会議所を設立したいのです」

「つまり幕府に対して抗議団体をつくるというのかね」

「そうです。もちろん他にも多くのメリットはありますが、当面はそうです」

ケズウイックはしばらく黙ってグラバーをまじまじとみつめていたが、

「おどろいた。しっかりした男だなあ。外見はひょろっとして頼りないのに」

とマッケンジーにいった。

マッケンジーはうれしそうにうなずき、

「だから私が上海からわざわざ呼び寄せたのです。この若者は素直でお人好しに見えます。しかし若い頃はそれでよいのです。若い時から妙に自信過剰で皮肉めいた歪んだ人生観を身につけた男達もいます。そんな若者が晩年に成功した例を私は見たことがありません」

ケズウイックはふっと苦笑をもらし、

「何だか皮肉をいわれているような気がする。私も二十六歳の若者ですよ。マッケンジーさん」

「いや、私はグラバー君のことを言っています。この若者は正真正銘のスコットランド人です。外見は頼りなくても芯は強いですよ」

「わかりました。どうだねグラバー君、わが社のエージェント引き受けてくれないか」

「ときには本店の指示を待たぬ取引を認めてもらえますか」

「少なくとも私は認めよう。但《ただ》し上海、香港の支配人については私は知らない。それは君が今後の実績で認めさせることだ」

グラバーは黙ってうなずいた。

「どうだね、今夜はケズウイックさんを長崎の料亭で歓迎したい」

とマッケンジーがいった。

「君の得意の筑後屋へ案内してくれないか」

すみませんとグラバーは頭をさげた。

「今夜は建築業者の小山さんと再製工場の建築の打ち合わせをする約束をしているんです。オケイさんも一緒です」

「忙しいようだな。けっこうなことだ」

とケズウイックは満足そうに笑った。

茶葉の再製工場とは湿った茶葉を充分に乾燥させる設備のことである。大きな鉄鍋《なべ》を炉にかけて茶葉を炒《い》る。そのさい着色することもある。

人手を要する仕事なので相当な敷地と建物が必要となる。

グラバーは建築業者の小山と大浦慶に会い、工場の建設についての協力を請い、打ち合わせを進めていた。

再製鍋と呼ばれる鉄鍋で炒られた茶葉は、まだ冷えきらぬ頃合いに手揉《も》みしなければならない。鍋で炒るにせよ手揉みするにせよ、相当な数の日本人女性を雇わねばなるまい。

そのために再製工場の建設地は外人居留地ではなく女性でも通勤できる市中にするほうが便利だった。

敷地については小山商会に任せることとし、雇い入れる女性達については大浦慶の協力を仰ぐことにした。

工場の完成期日は新茶の入荷する六月中である。

それらの打ち合わせをすませてグラバーは大浦海岸のマッケンジー商会に戻った。

もう夜は更けていたが、マッケンジーはケズウイックを連れて丸山町の料亭へ出かけている。

グラバーは商館の一階の事務所脇にある林大元の部屋へ顔を出した。

日本へきて以来、清国人になりきっている林の部屋は家具も調度もすべて清国製である。誰がのぞいても、日本人が住んでいるとは思わないだろう。

林大元は寝台に横たわって本を読んでいた。

「林、ちょっと相談があるんだ。二階の私の部屋へきてくれないか」

林が本を伏せて半身を起こした。

「話ならここでもいいが」

「いや、ちょっと長い話になる。私の居間で酒でもどうかね」

「いいだろう」

と林はうなずいた。林が壁にかけた上衣を着ているとき、グラバーは寝台に伏せられた本を何気なく手に取って見た。

「林、これは聖書《バイブル》じゃないか。どこで手に入れた」

「マッケンジーさんがくれたのさ」

「これが読めるのか」

「ほとんど読めない。しかし少しはわかる」

「大したもんだ林。大したもんだ」

とつぶやいて分厚い本のページをくりながら、グラバーは自分と林が今も英語でしゃべっていることにはじめて気づいた。

そういえばこのところ林と自分の会話はすべて英語である。いつの間にか林はそれほど英語が達者になっている。

「君はずるい奴だな、林」

とグラバーはいった。

「私に日本語を教える約束をした。私の日本語は君の英語ほど上達していないぞ」

林大元はくすっと笑って肩をすくめた。

二階のグラバーの居間で林大元とグラバーは卓を挟んで向かい合った。

卓上にはブランデーの罎《びん》とグラスが二つ置かれている。

「じつは林、マッケンジーさんが長崎を引き揚げて清国へ帰ることになった。新しく開港された揚子江流域の漢口で仕事をはじめるそうだ」

ほうと林はグラバーをみつめ、

「では、あんたもマッケンジーさんについてゆくんだな」

いやとグラバーは首を横に振り、ブランデーの壜を手に取った。

「私はここに残る」

林は黙って聞いている。グラバーはブランデーの琥珀《こはく》色の液体をグラスに注ぎ分けながら、

「マッケンジーさんの日本での仕事は、私がこのまま引き継ぐことになったよ。今日、ケズウイックさんがとつぜん横浜からやってきたのは、その相談のためだった。私はマッケンジー商会を離れて独立することになった」

「独立？」

林はびっくりしてグラバーをみている。

「早すぎると思うだろう？　じつは私もびっくりしている。大した資金も持っていないしな」

林はグラスを取ってブランデーを一口すすった。それから首をかしげて考え、

「いいんじゃないか」

と、いった。

「ケズウイックさんがすすめるくらいなら、大丈夫だと考えているからだろう。マッケンジ

ーさんの意見はどうなんだ」

「賛成らしい。コミッション・エージェントは手数料の商売だ。大した資金は要らないといっている」

「ジャーディン・マセソン商会の仕事を請け負うことになるのかね」

「そうだ」

とうなずいてグラバーは自分もブランデーのグラスを口に運んだ。

「しかし私はマセソン商会の仕事だけではやってゆけないと思う。独立したらデント商会やサッスーン商会にも申し入れて、代理店業務をやらせてもらう必要があるだろう。マセソン商会は大きな組織だ。大きい組織は独立した商人には冷たい。マッケンジーさんの仕事を見ていて、それがよく判ったよ」

黙って耳を傾けていた林大元が、

「それで、私には何ができる。できることがあれば、あんたを助けたい」

グラバーはまっすぐに林をみつめた。

「ありがとう。頼みがあるんだ」

「何だろう」

「上海へ行ってくれないか」

「え？」

「君は上海へ行ってほしいんだ」

とグラバーはいった。

「上海へ行って私は何をやるんだ」

と林大元がけげんな顔で聞いた。

「上海には茶葉の再製工場がいくつもある。そこに清国人の再製工がいる。熟練した再製工を探して、二人ほど日本へ連れてきてほしいんだ」

「連れてくる?」

おどろいて林はグラバーに聞いた。

「雇ってこいというのかね」

「そうだ」

とグラバーはうなずいた。

「私が長崎に再製工場をつくろうとしているのは君も知っているだろう。六月には工場が完成する予定だ。茶葉の再製というのは湿った茶を乾燥させる作業だから、ちょっと見るとかんたんな仕事にみえる。しかし実は非常に難しい作業なんだ。素人ではできない。熟練した再製工を連れてきて、日本人に教えさせる必要がある。最低でも二人の熟練工を雇いたい」

うーんと林大元は首をかしげて考え込んだ。

「日本まで連れてくるんだ。支度金は出す。賃銀も上海の二倍、もしくは三倍を支払う。その条件で探してくれないか」

「私は茶葉の再製工場を見たことがない」

と途方にくれた顔で林はいった。

「どこで熟練工を探せばよいのか、それすらわからない」

「それは大丈夫だ。マッケンジーさんは今月の終わりに長崎を引き払って清国へ戻る」

「そんなに早いのか」

「うん、そのさい君もマッケンジーさんに同行してくれ。再製工場はもともとマッケンジー商会の資金ではじめた仕事だ。マッケンジーさんは再製工は自分で上海へ赴いて探してくる予定だった。もちろん君の役目を援助してくれるよ」

聞いて林はほっとした顔になった。

「再製工を連れてくるほかに君にはまだ仕事がある」

とグラバーはつづけた。

「君自身が茶葉の鑑定、加工、再製の技術をしっかり学んできてほしい。とくに大切なのは鑑定だ。茶葉の良し悪しを見分けるのは再製以上に難しい。それを学んできてほしいんだ」

林は聞きながらブランデーのグラスを取りあげて、一気に飲んだ。

空になったグラスをトンと卓上に置き、

「あんた、相当に人使いの荒い男だな」

グラバーはふっと笑って自分もグラスの酒をひと息にあおった。

「必死なんだよ林。私を助けてくれるといったじゃないか」

「わかった。あんたが独立するのは私もうれしい。協力するよ」

グラバーが手をのばし、二人は握手した。


マッケンジーの出発準備は慌ただしかった。清国の漢口開港と同時に諸外国の商社がぞくぞくと進出し、ジャーディン・マセソン商会は出遅れていたからである。

マッケンジーは大浦の海岸通り一番の商館をグラバーに明け渡し、日本から引き揚げる態勢をととのえた。

あとは便船を待つばかりとなったとき、マッケンジーは筑後屋の茶屋にグラバーを招待して、労をねぎらった。上海へ同行する林大元も同席した。

「忙しい思いをさせたなグラバー君、これで私の日本での仕事は終わった。あとはすべて君にゆずるよ」

「ありがとうございます。若輩の私がどこまでやれるか、とても不安です」

「焦らないことだな。日本の貿易は今からだろう。いちばん心配なのは長崎には輸出する商品が極めて少ないことだ。横浜と違って生糸が集まらない。海産物と銅器は清国人とオランダ人に握られている。となると輸入を主とする商売しかないが、九州は温暖な土地柄だ。毛織物や綿布の需要も横浜ほど多くはないだろう」

「はい、その通りだと思います」

とグラバーはマッケンジーにこたえた。

「有望なのは茶葉だが、早急に生産量が増大すると期待しては、あるいは失望することになるかもしれん。輸出にしろ輸入にしろ、とにかく大きな利益を狙わず、小口の取引をばかにせず、こまめに小さな利益を積み重ねることだ。当分はそれしかないだろう。しかしこの国の政情は不安定だ。政治制度が急激に変わる可能性も大いにある。制度が変われば貿易の間口も広がり、清国人やオランダ人の特権も失われるだろう」

「それはタイクーンの幕府が崩壊するということでしょうか」

「崩壊するとは言い切れぬが、少なくとも今のような統制力は維持できなくなるだろう。これはアジアのどの国でも同じだった。開港を強要された国の政治体制はタガをはずされて弱まる。内乱も頻発する。日本だけが例外だとは思えない」

「私もそう思います」

「横浜と違って長崎はこの国の首都の江戸から遠い。内乱が起きるとすれば真っ先に影響を受けるだろう。ひょっとすれば内乱は九州からはじまるかもしれない。理由は有力な封建貴族が九州に集まっているからだ」

「はい」

「そこで君に一つ忠告したい。この国の政治に深入りしないこと。内乱が起きても渦中に巻き込まれないこと。どさくさまぎれの大儲《もう》けを期待しないこと。政商と呼ばれる商人で長つづきする者は少ない。武器弾薬の取引でのしあがり、結局は破滅する商人を私は何人も見た。彼等は死の商人と、どこでも嫌われていたものだ」

「死の商人……」

とグラバーはつぶやいた。

「いやな言葉ですね」

「しかし世界中にいくらでもいる。武器弾薬にかぎらない。アヘンも同じだ」

とマッケンジーはいった。

「私はこれまでの生涯、アヘンと武器弾薬には手を染めなかった。大した商人にはなれなかったが、それが私のせめてもの誇りだ。聖職者としてインドへ渡りながら挫折した過去へのつぐないのためでもある」

「質問してもいいでしょうか」

とグラバーはマッケンジーにいった。

「どうぞ、何でも」

「牧師としてインドへ渡りマレー半島やタイなど転々として清国へやってきたと、私は聞いたことがあります。清国へきた頃は牧師ではなく商人になっていたとうかがいました。いつごろ、どうして牧師をやめたんですか」

うーんとマッケンジーは右手で顎《あご》を撫《な》でて高い天井を仰いだ。

「やめたのは三十代の終わり頃だったよ。私は英国国教会から離脱した非国教徒の牧師としてインドへ渡った。二十八歳のときだ。メソジスト派というのは知っているだろ」

「はい」

「私はメソジスト派の海外布教師だった。希望にあふれてインドへ渡り、あらゆる地方へ足をのばした。十年ちかくも布教に精出したが、結局は絶望してね、それからタイへ渡った」

「何に絶望したんです」

とグラバーが聞いた。

「何もかもさ。インドにはヒンズー教という根づよい土着の宗教がある。全民衆に支持された人生観と社会観が宗教という名で統一されたものだ。このヒンズー教にはカーストと呼ばれる階級制度があった。これは教義と密接に結びついた制度で、その起源はよくわからないが、われわれキリスト教がどんなに挑戦しても破れない根づよい制度だった。仏教でさえカースト制度に影響を与えることはできなかった。それでわれわれはやむをえず、カースト制度を容認したんだ。そうしなければ布教は一歩も先へ進めないとわかったからだよ。しかしその結果、どうなったと思うかね」

マッケンジーは顎を撫でて苦笑した。

「われわれ布教師の中にカースト制度が入りこんでしまったんだよ」

「え？」

「おかしな話だが」

とマッケンジーはつづけた。

「下層階級の人々に布教する牧師は、上層階級のバラモンに布教する牧師の前に出ると、ひざまずいて平身低頭するようになった。自分の息がかからないように、手で口をおおう仕種《しぐさ》をするようになってきたんだ」

「まさか！」

「うそだと思うだろう。しかし本当なんだよ。ヒンズー教にはキリスト教の布教師までいつの間にか自分のほうへからめ取ってしまう抱擁力、いや魔力といっていいかもしれない。それがあるんだ。なまじ妥協をしたのがわれわれの失敗だった。それを知って私はインド布教に絶望してタイへ渡った。タイは、インドで生まれヒンズー教に敗れて東へ東へと広まった仏教の王国だ。ここではヒンズーではなくて仏教との戦いだった。ヒンズーほど根づよい土着の宗教ではないと安心して布教をはじめたが、やはり難しい問題があった」

「こんどは何だったんです」

とグラバーは聞いた。

「祖先崇拝だよ」

とマッケンジーは苦笑した。

「死者崇拝といってもいいかもしれない。これはわれわれのキリスト教とは全く相容《あいい》れないものだ。死者が生者の礼拝を強要する、もしくは必要とする信仰など、認めることができるかね。しかしそれを認めない限り、キリスト教の布教はできないんだ。ここでもわれわれは妥協するかどうかで大いに迷った。祖先の位牌《いはい》に拝礼する行為を宗教ではなく単なる世俗的儀式として認めてはどうかということだ。私は反対した。インドでカースト制度を認めた失敗にこりているからね。結局は妥協することになりそうなのを見て、私は教会を離れたんだよ。そしてマレー半島へ行った。私はもう聖職者ではなくなっていた」

「マレー半島で布教はしなかったんですか」

「しなかった。キリスト教が全世界に通用する唯一無二の宗教だとはもう思えなくなっていた。少なくとも成熟した文明や文化を築いている国では、キリスト教は必ずしも普遍的ではない。インドや清国がいい例だよ。あらゆる宗派の布教師の懸命な努力が少しも報われていない。僅かに成功したのはフィリピン群島ぐらいだろう。それはフィリピンには成熟した土着の文化がまだ根づいていなかったからだ」

「日本はどうです」

と口を挟んだのはグラバーでなく、林大元だった。熱心に耳を傾けて聞いていたらしい。

「日本か、そうだなあ」

とマッケンジーは天井をみつめた。

「日本の仏教や神道については、もう私は布教師ではないので、熱心にしらべたことはないが、むつかしいだろうな」

とマッケンジーは林大元にこたえた。

「カソリックのイエズス会が日本の布教に成功した頃は、日本の文化が今ほど成熟していなかった。タイクーンの幕府のような統一政権もなかった頃だよ。イエズス会その他の宣教師が戦闘的な布教をしたために、タイクーンの政府はキリスト教を弾圧して、追放してしまった。統一政権にとってキリスト教は必要なかったんだ。それから三百年の間に日本の文化は成熟した。もし布教が許されるとしても、イエズス会の頃のように成功するのはむつかしいだろう」

「日本の仏教はどうです。タイや清国の仏教とは違いますか」

と林大元が聞く。林は自身が仏教僧として清国へ密航した男である。

「よくわからないが、違うんじゃないだろうか。寺院建築を見てもタイや清国にくらべて地味で寂しい印象を受ける。この世界で楽しいことは何もない、何もないのだから何も期待するな、早く死んで別の世界へ行け……そんな感じがするよ」

聞いて林大元は考えこんでしまった。まんざら当たっていないこともないと思ったのだ。

「キリスト教の旧約聖書《バイブル》にも同じような教えがあるよ」

とマッケンジーはつづけた。

「しかし何も無いから別の世へ行けとは決していわない。それをいうと宗教ではなくなる。何も無いから毎日毎日を精一杯に生きようというんだ。そこが大いに違うところさ」

「神道はどうです」

と林が再び聞いた。

「シント？　神社のことかね」

「そうです」

「あれはインドのヒンズー教とよく似ているよ。いちど聞いてびっくりしたが、八百万の神々がいるらしい。八百万となるとヒンズーの神々どころではないな」

「八百万？」

とグラバーがびっくりして聞いた。

「ほんとうかね林」

「それはものの譬《たと》えだ。日本では数が多いことを八という字であらわす。八百万というのはヤオヨロズと呼ぶんだ。多くの神々という意味にすぎない」

「ああ、びっくりした」

とグラバーは右手で胸を撫でるしぐさをして、他の二人を笑わせた。

「妙な話になったな」

とマッケンジーが宗教の話題を打ち切ったときにグラバーがいった。

「海岸通りの商社のみんなが、マッケンジーさんの送別会をしたいと言っています。明後日です。よろしいですね」

マッケンジーの送別会は盛大だった。大浦海岸通りに軒を並べた欧米商社の社員全員が駆けつけてきた。

会場は海岸通り二番のデント商会の二階大広間である。

デント商会のエヴァンズ、サッスーン商会のエシキュール、ウォルシュ商会のウォルシュなど有名商社の代表が発起人となり、もちろん長崎領事のモリソンも招かれていた。丸山の料亭から動員した日本の女達が華やかな衣裳で料理や酒のサービスをつとめる。女達の中には筑後屋のお園の姿もあった。

モリソンをはじめ次々とスピーチに立つ男達の言葉はどれも別れを惜しむ真情にあふれ、耳を傾ける全員がマッケンジーの人徳の厚さを思い知らされた。

マッケンジーの答辞はみんなの期待を裏切るほどあっさりしていた。

マッケンジーは早々にスピーチを切りあげ、そのかわりにグラバーの名を呼んで演壇の自分の横に並んで立たせた。

「すでに御存じのように私は当地でのあらゆる仕事をこのトーマス・グラバー君にゆずり渡

した。私は若いグラバー君に全幅の信頼を寄せています。私が清国へ去ったあとは、このグラバー君を私の息子と思って、みなさんで引き立ててやってほしい。私マッケンジーは商人として大して成功した男ではありません。そのためグラバー君に充分な資金を残してやることもできない。独立したグラバー君には共同出資者《パートナー》が必要です。しかし彼にはパートナーを募る実績はまだありません。これからのグラバー君の仕事を見て、信頼にあたいすると思われた方は、いつでもよい、ぜひ名のり出て頂きたい」

　グラバーは思いがけず全員の注目をあび、首筋まで赤くして足もとをみつめていた。

「長崎を去るにあたり、私はグラバー君に一つの贈り物を用意しました。それは近く上海の『ノース・チャイナ・ヘラルド』紙に掲載される予定の社告であります。トーマス・グラバーの独立宣言といってよいでしょう」

　マッケンジーは上衣の内ポケットから一枚の紙を取り出して広げ、そこに書かれた文面を読みあげた。

　新聞の紙面に掲載されれば、おそらく数行にすぎない文章だが、簡潔で力づよいグラバー独立宣言だった。

「グラバー商会とは敢えて名のりません。それは共同出資者《パートナー》を獲得して改めて名のればよい。社名はトーマス・グラバーです。皆さん、よろしくトーマス・グラバーを御引き立て下さい」

マッケンジーのスピーチがおわると、参会者全員の間から大きな拍手が湧《わ》き起こった。名指しされてグラバーは短いスピーチをしたが、突然のことで上気して、自分が何をしゃべったのか、あとでいくら考えても思い出せなかった。

会場の隅で聞いていたらしい林大元が、散会のあと、

「なかなかよかったよ」

と言ってくれたので、ほっと安心したぐらいである。

マッケンジーの送別会はいつの間にかグラバーの独立祝賀会となり、グラバーのまわりに人の輪ができた。

うれしかったのはデント商会のエヴァンズ、サッスーン商会のエシキュールがやってきて、

「いま聞いた新聞広告によると、君はゼネラル・コミッション・エージェントと名のっている。ジャーディン・マセソン商会だけではなくわが社の代理店業務でも、引き受けてくれるつもりはあるのかね」

とそれぞれ聞いてくれたことである。

「もちろんです。いずれ私のほうからお願いに参るつもりでした」

「けっこうだ。さっそく相談しよう。いつでも訪ねて来てくれ給え」

二人の有力商社の代表が、全く同じことを申し出てくれた。

それだけではなかった。長崎領事のモリソンが珍しい笑顔で近寄ってきた。

「グラバー君、独立おめでとう」

とモリソンはいった。

「商業会議所の設立の件だが、マセソン商会のケズウイック君から聞いたよ。君が熱心に設立を希望しているらしい」

「はい」

「じつはいいニュースがあるんだ。五月のはじめ駐日英国公使のオールコック氏が香港からの帰路に長崎へやってくる。商業会議所の設立には私も賛成だ。横浜や箱館でも実現していない。真っ先に長崎で設立すれば、横浜領事や箱館領事もおどろくだろう。ぜひオールコック氏にお願いして、この機会に設立したいと思っているよ」

「それは……ありがとうございます」

「他の商社の連中には君から言っておいてくれ給え」

「はい、もちろんです」

「とにかくよかったな。いい仕事をするように私も期待している」

商人蔑視《べっし》のモリソンには珍しい笑顔だった。横浜や箱館を出しぬくというのが、気に入ったのだろう。

二時間ちかくのパーティーが終わり、グラバーはマッケンジーと肩を並べて商館へ戻った。

「ありがとうございます。マッケンジーさん。私は何と御礼を申したらよいか」

「これぐらいのことしか私にはできん。すまないね」

とマッケンジーは笑ってグラバーの肩を叩いた。

（下巻に続く）

本書は、朝日新聞に平成七年七月十一日から平成八年八月三十一日まで連載され、
同社より平成九年に単行本、そして平成十一年に文庫として刊行された作品です。

|著者|白石一郎　1931年釜山生まれ。早大卒。'87年『海狼伝』で直木賞、'92年『戦鬼たちの海』で柴田錬三郎賞、'99年『怒濤のごとく』で吉川英治文学賞を受賞する。著書は他に本作の『異人館』を筆頭に『海王伝』『航海者』など海を舞台にしたものが多く、'98年に海洋文学大賞特別賞を受賞した。また、TVドラマ化された人気シリーズ『十時半睡事件帖』は2000年3月号より「IN☆POCKET」誌上で連載再開、好評を博している。

異人館《いじんかん》(上)

白石一郎《しらいしいちろう》

講談社文庫

定価はカバーに表示してあります

2001年2月15日第1刷発行

発行者──野間佐和子
発行所──株式会社 講談社
東京都文京区音羽2-12-21　〒112-8001
電話 出版部 (03) 5395-3510
販売部 (03) 5395-3626
製作部 (03) 5395-3615

デザイン─菊地信義
製版───豊国印刷株式会社
印刷───豊国印刷株式会社
製本───有限会社中澤製本所

Printed in Japan

落丁本・乱丁本は小社書籍製作部あてにお送りください。送料は小社負担にてお取替えします。なお、この本の内容についてのお問い合わせは文庫出版部あてにお願いいたします。　(庫)

ISBN4-06-273085-5

講談社文庫刊行の辞

二十一世紀の到来を目睫に望みながら、われわれはいま、人類史上かつて例を見ない巨大な転換期をむかえようとしている。

世界も、日本も、激動の予兆に対する期待とおののきを内に蔵して、未知の時代に歩み入ろうとしている。このときにあたり、創業の人野間清治の「ナショナル・エデュケイター」への志を現代に甦らせようと意図して、われわれはここに古今の文芸作品はいうまでもなく、ひろく人文・社会・自然の諸科学から東西の名著を網羅する、新しい綜合文庫の発刊を決意した。

激動の転換期はまた断絶の時代である。われわれは戦後二十五年間の出版文化のありかたへの深い反省をこめて、この断絶の時代にあえて人間的な持続を求めようとする。いたずらに浮薄な商業主義のあだ花を追い求めることなく、長期にわたって良書に生命をあたえようとつとめるところにしか、今後の出版文化の真の繁栄はあり得ないと信じるからである。

同時にわれわれはこの綜合文庫の刊行を通じて、人文・社会・自然の諸科学が、結局人間の学にほかならないことを立証しようと願っている。かつて知識とは、「汝自身を知る」ことにつきていた。現代社会の瑣末な情報の氾濫のなかから、力強い知識の源泉を掘り起し、技術文明のただなかに、生きた人間の姿を復活させること。それこそわれわれの切なる希求である。

われわれは権威に盲従せず、俗流に媚びることなく、渾然一体となって日本の「草の根」をかたちづくる若く新しい世代の人々に、心をこめてこの新しい綜合文庫をおくり届けたい。それは知識の泉であるとともに感受性のふるさとであり、もっとも有機的に組織され、社会に開かれた万人のための大学をめざしている。大方の支援と協力を衷心より切望してやまない。

一九七一年七月

野間省一